LES HÉROS MODERNES

L'ACCIDENT

DE

MONSIEUR HÉBERT

PAR

LÉON HENNIQUE

PARIS

G. CHARPENTIER ET Cie, ÉDITEURS

13, RUE DE GRENELLE-SAINT-GERMAIN, 13

1884

773

L'ACCIDENT.

DE

MONSIEUR HÉBERT

———————

Sceaux. — Imprimerie Charaire et fils

LES HÉROS MODERNES

L'ACCIDENT

DE

MONSIEUR HÉBERT

PAR

LÉON HENNIQUE

PARIS

CHARPENTIER ET Cie, LIBRAIRES-ÉDITEURS

13, RUE DE GRENELLE, 13

1884

A MON AMI

ÉMILE ZOLA

L'ACCIDENT DE M. HÉBERT

I

Malgré le rude soleil de juin, à Longchamps, la revue avait été superbe. On attendait le défilé.

Des panoplies tricolores pavoisaient la menuiscrie uniformément sombre des tribunes, maquillaient leur aspect général, çà et là piquaient les colonnettes comme des cocardes. Aucune brise ne soufflait. Un vol de pigeons planait, très haut dans l'atmosphère.

Au sommet du pavillon d'honneur, le long des mâts dressés pour la circonstance, les oriflammes et le drapeau présidentiel s'étaient affalés.

Des femmes, la plupart grimpées sur des chaises, des messieurs serrés les uns contre les autres, parqués à l'intérieur de la balustrade, emplissaient le promenoir sablé, devant les tribunes. Quelques ombrelles ressemblaient à de larges pivoines. Étagée sur les amphithéâtres, correcte, alanguie, une foule causait presque sans gestes, se lançant parfois des saluts; promenait des regards circulaires, armés de lorgnettes, sur la plaine que les régiments parsemaient, dans un accablement grave. Mille toilettes claires éclataient, à l'ombre, derrière un va-et-vient de mouchoirs blancs et d'éventails agiles comme des ailes.

Le pavillon d'honneur, parmi ses tentures de velours rouge à franges, étalait un groupe vêtu de noir où un général en grande tenue, le bicorne à la main, se tenait debout derrière un fauteuil. — Des chapeaux hérissaient les terrasses. — Par instant, de profonds silences se faisaient, petit à petit promenaient une torpeur sur les tribunes; puis, le murmure des voix reprenait, et il ne tardait pas à s'exhaler de nouveau dans la chaleur torride. Cependant, de la plaine, des bois, des pelouses encombrées, des routes de la Seine, de Neuilly, de Sèvres, envahis par une multitude poussiéreuse, grouillante, affamée de spectacles, un lourd tumulte ne cessait de rouler, pareil à un bruit d'ouragan.

Le ciel, d'un bleu implacable, pesait sur l'hippodrome de toute sa lourdeur, plus limpide au-dessus des futaies du bois de Boulogne, plus ensoleillée du côté de Saint-Cloud, vers les côteaux de Suresnes où des maisons blanches dormaient. Là, partout, grâce à l'éblouissement des yeux, de hauts bouquets d'arbres, des buissons, des arbres seuls, en un poudroiement d'or, paraissaient monter à l'assaut de la colline, au milieu des cultures, sous des flots de lumière. Plusieurs peupliers dominaient la vallée comme des phares. Le Mont-Valérien était sombre. Des coups de canon éclataient encore, de temps en temps, avec solennité.

Et les régiments s'allongeaient à travers les prés, formaient d'interminables rubans séparés par des flaques de verdure : les fantassins d'abord, dont les baïonnettes lançaient des éclairs; puis l'artillerie, à droite; la cavalerie massée devant le bois de Boulogne.

En face des ambulances tranquilles, sur la gauche des tribunes, une rangée d'officiers, de toutes les armes, partait d'un vieux moulin couvert de lierre, s'était groupée un peu en désordre.

Pas un commandement, pas une fanfare ne déchiraient l'air. Seul, un hennissement lointain de chevaux se mêlait aux rumeurs.

Bientôt des officiers d'état-major apparurent. Montés sur de vigoureuses bêtes, ils se croisaient, au galop, s'arrêtaient à des groupes, puis repartaient plus vite encore. Des plumets bleus, rouges, blanc et rouge ondoyaient sur leurs chapeaux, et l'on voyait sauter leurs aiguillettes.

L'un d'eux se dirigea vers les tribunes, les atteignit. C'était un beau garçon à moustaches noires, à poitrine d'hercule. Et il passait à fond de train, quand son cheval, un alezan sec, effrayé par un chiffon de papier, blanc dans l'herbe, fit un écart. L'officier ne broncha pas; claquant de la langue contre son palais, il essaya de calmer l'animal. Celui-ci reculait, secouait la tête. Sa crinière bouillonnait; néanmoins il finit par s'arrêter, les veines saillantes, les jambes écartées, fixant la foule d'un œil farouche. De la sueur lui coulait du poitrail. Sa queue tournoyait avec furie.

— Hop! hop! dit l'officier, rudement. Et ses éperons attaquèrent la robe fumeuse du cheval.

— Hop donc! répéta l'officier, plus rudement encore.

Alors, prise de folie, la bête se mit à ruer. Elle se cabrait avec des contorsions de croupe, criant sous les coups d'éperon, saccageant l'herbe et les pâquerettes, ne reposant ses quatre pieds que pour s'enlever de nouveau. Le sabre du cavalier bondissait à son côté, fouettait la fureur du cheval avec bruit.

Deux soldats accoururent. Déjà on se lamentait ; mais le cheval se calma, tremblant de tout le corps. Ses flancs battaient, — et l'œil morne, durant quelques secondes il demeura stupide, lançant par la bouche une écume que son mors éparpillait.

— Bravo ! Ventujol, cria un gros homme, les deux coudes sur la balustrade des tribunes.

— Bravo ! reprit une femme, la voix enthousiasmée.

L'officier regarda, sourit. Son plumet rouge était fripé.

— Hop ! fit-il, une dernière fois.

Et il partit, au trot, poursuivi par des applaudissements.

Pendant ce temps, les troupes se mouvaient. D'abord serrées en masse, les colonnes faisaient maintenant face à gauche, s'apprêtant à défiler en colonnes de régiment. Elles s'étaient rapprochées du bois de Boulogne à qui ses cimes pleines de soleil formaient une couronne flamboyante. Des éclairs couraient sur une file d'hommes, s'y maintenant avec une fulguration vive ; la garance des pantalons rougeoyait ; puis l'embrasement s'éteignait, remontait à une autre file, la quittait pour lui revenir ; tandis que la manœuvre continuait, sans désordre, que les régiments silencieux, partis les premiers, commençaient à s'aligner, laissant la distance réglementaire de soixante pas entre eux et les régiments destinés à les suivre.

Soudain, parce que l'éloignement des masses désintéressait les curiosités, on vit le président de la République se diriger vers les tribunes, au pas large et cadencé d'un magnifique cheval bai-brun, de pur sang.

De tous côtés s'éleva de la foule une longue clameur qui parla en grossissant. A cette heure, l'Hippodrome paraissait plus étendu, rutilait sous le soleil comme une savane.

Le maréchal de Mac-Mahon portait le grand cordon de la Légion d'honneur ; et derrière lui, tout un état-major trottait, galopait presque sur place, piqué d'étincelles tremblotantes. Les culottes blanches des généraux éclataient ; des officiers anglais avaient des tuniques rouges ; un cosaque était caparaçonné d'or ; les burnous des chefs arabes les entouraient comme des suaires, et, dominant le trépignement, de gros plumets sur certains casques se gonflaient et s'aplatissaient comme des flots.

Lentement le groupe avançait ; mais quand il s'arrêta en face du pavillon d'honneur, pour la seconde fois les tribunes applaudirent. Le maréchal souleva son chapeau, découvrant ses cheveux blancs.

Alors, dans les lointains, le général en chef, gouverneur de Paris, lança un commandement auquel d'autres commandements répondirent. La distance empêchait de les comprendre.

— Pour défiler en avant... guide à droite ! chantonna un homme blême, à cheveux blancs, la face éclaboussée d'une énergie bizarre.

Il venait de se dresser, maigre et très haut, sur une banquette, au second rang des tribunes. On se retourna.

— Qui est-ce ?

— Le lieutenant-colonel Thuilier... jadis mal fusillé par les Prussiens... légèrement timbré d'ailleurs, depuis cette petite opération.

— Arme sur l'épaule droite !... En avant, marrrche !

chantonna de nouveau le fou, l'œil ardemment fixé
sur les troupes.

Elles, parurent lui obéir : les premières compagnies
s'ébranlèrent. L'une après l'autre, elles partaient du
pied gauche, se mettaient en marche, semblables à
un formidable serpent en train de se dérouler. Et elles
avançaient, l'aspect tranquille, coupées par un balan-
cement rhytmique de mains aux gants lavés et par la
projection de pieds ornés de guêtres blanches. Les
guidons et les drapeaux voletaient péniblement, comme
des papillons, sur les verdures sombres du bois.

Tout à coup, hors de l'hippodrome, un vacarme se
produisit : la foule hurlait d'enthousiasme, brandissait les mouchoirs dont précédemment elle avait garanti
ses chapeaux :

— Vive la République !... Vive la République !

Les colonnes, après avoir tourné en bon ordre, suivaient une ligne parallèle aux tribunes.

Le général en chef fut le premier qui défila, suivi
de son état-major. Son épée salua le maréchal, et il
vint se placer en face de lui, tournant le dos au pavillon d'honneur.

Quand les premiers clairons et les premiers tambours, ceux du bataillon de Saint-Cyr, arrivèrent à
une trentaine de mètres du président, ils entonnèrent
une marche. Le cuivre pétardait joyeusement ; les
baguettes ronflaient sur les peaux d'âne. Un avertissement de grosse caisse, deux roulements de tambours
retentirent : la musique de la garde républicaine éclatait à son tour. L'effet en fut martial, discordant,
s'attaqua aux nerfs. Elle prit la dro ; du maréchal,
opéra une volte-face, et se tint immobile, soufflant
toujours dans ses instruments.

Les Saint-Cyriens approchaient, derrière leur général et leurs officiers supérieurs. Ils passèrent. Des
plumets ondoyaient sur leurs schakos bleus.

La garde républicaine suivait, composée d'hommes
solides sur la poitrine desquels les aiguilettes rouges
s'agitaient, semblables à des trousseaux de décorations ; puis la gendarmerie mobile, dans un éblouissement crayeux de passementeries ; les pompiers.

Les compagnies se succédaient ; on ne cessait d'applaudir. Après un régiment, un autre régiment : le
génie ; les bataillons de chasseurs à pied, bleu et jaune,
petits et trapus, simples de mine ; un détachement
d'infanterie de marine, à qui ses épaulettes jaunes
donnaient un aspect exotique. Des applaudissements
réitérés l'accueillirent.

Les pantalons garance de la ligne défilèrent interminablement. De profil, les gants et les guêtres s'élançaient, retombaient, par secousses régulières.

Quand les musiciens devaient se remplacer, près
du cortège présidentiel, on voyait les tambours-ma-
jors se faire un signal, de loin. Officiers et soldats, à
hauteur du maréchal, tournaient la tête, le regardaient,
reprenaient la position directe, quelques pas plus loin.
Les généraux de division et de brigade, suivis de leur
état-major, d'une escorte de cavaliers, précédaient
leurs troupes ; les colonels leur régiment ; les capitaines leur compagnie. Il n'y avait pas de serre-files,
et les lieutenants, sous-lieutenants, sous-officiers se
tenaient dans le rang. Les drapeaux se dressaient au
milieu de leur garde ; les médecins et les porte-sacs
marchaient après la dernière subdivision de leur régiment.

A cette heure, un grand silence avait envahi les

spectateurs, las d'applaudir parce que les même uniformes revenaient sans cesse; mais un nouvel accès d'enthousiasme éclata bientôt.

— Laboissières!... Laboissières! cria-t-on.

Le général de Laboissières, très aimé du public (on ne savait pourquoi!), entouré comme les autres généraux, avait parmi ses aides de camp Ventujol, dont le cheval, énervé ce jour-là, se cabrait encore.

L'artillerie arriva, au trot. Ses plumets rouges semblaient brûler; les trompettes, montés sur des chevaux blancs, sonnaient à pleine poitrine, et neuf batteries, les pièces attelées de six chevaux bais, les caissons surmontés de soldats, passèrent dans un fracas d'essieux.

Puis vinrent le train des équipages; les voitures des ambulances, au-dessus desquelles de maigres drapeaux hachés d'une croix, flottaient; l'escadron de Saint-Cyr; les gardes républicains dont les bottes luisaient; les cuirassiers tout couverts de soleil, le plumet rouge au casque; la gendarmerie mobile, à cheval; deux escadrons de gendarmes aux buffleteries jaunes; les chasseurs, dont la fanfare succédant à celle de l'artillerie, se rangea contre le maréchal, au galop de ses petits chevaux arabes. Après les chasseurs, ce fut le tour des hussards; leurs dolmans bleus étaient zébrés de blanc. Des régiments de dragons fermèrent le défilé, aussi nombreux à eux seuls que le reste de la cavalerie.

On ne cessait d'applaudir, tandis qu'à certains carrefours, l'infanterie quittait le champ de manœuvres, prenant ses chemins de retour. L'artillerie disparut bientôt; et il ne resta plus que les escadrons, marchant en demi-cercle sur la pelouse. Ils s'allongèrent contre le bois de Boulogne. Des hennissements par-

taient sans discontinuer, de maigres hennissements
qui, malgré la distance et les conversations, parvenaient très clairs à toutes les oreilles.

La chaleur était encore accablante, sans brise. Les
futaies, autour de l'hippodrome continuaient à flam-
boyer sur un ciel ensoleillé. Un grand mouvement
agitait la foule; on se préparait au départ. Le maréchal de Mac-Mahon et son état-major tournaient le
dos aux tribunes.

Quand la cavalerie ne forma plus qu'une longue
ligne, au bout du champ de verdure à présent vide,
dont la surface s'étendait comme celle d'un lac tranquille, le gouverneur de Paris se détacha du groupe
où il se tenait depuis le défilé, près du président, parcourut au petit galop une centaine de mètres, et, lentement, il mit l'épée à la main.

Un froissement et un cliquetis d'acier répondirent à
son geste, emplirent les lointains qui pétillèrent un
instant. Les cavaliers tiraient leurs sabres.

— Pour l'attaque! clama d'une voix enrouée le
général gouverneur de Paris.

Alors les trompettes sonnèrent la charge et la cavalerie s'ébranla. Un moment elle eut l'air de ne pas se
décider à partir, caracolant, piaffant, reculant; puis
soudain elle avança, soulevant au-dessus du gazon
de minces tourbillons de poussière. Des chevaux
criaient, se cabraient; les crinières voletaient sur les
casques. Sept mille hommes, presque une armée,
couraient là, pour le plaisir des yeux, dans un frémissement d'acier clair. A mesure qu'ils approchaient, la
poussière montait, les entourait d'un nuage fauve. Et
cette marche au galop avait l'aspect terrible d'une
charge véritable, sur un champ de bataille. Elle arri-

vait comme une avalanche, au milieu d'un tapage
lourd dont le sol était ébranlé. On finit par distinguer
les cavaliers. Tous, gardes, cuirassiers, dragons, chasseurs, hussards projetaient leur sabre en avant. Malgré
la poussière soulevée, la diversité des uniformes était
frappante. Les chevaux s'emballant, ceux de l'escorte
du maréchal reniflèrent, les naseaux rouges.

— Bravo! bravo ! répétait la foule, les femmes surtout.

Sur sa banquette, le colonel Thuilier se tenait
toujours debout. On voyait trembler sa barbe blanche.

Les trompettes sonnaient, de plus en plus bruyantes,
derrière leurs régiments; — et, brutalement, elles se
turent. L'avalanche humaine s'arrêtait, suante, dans
le feu de son action, à quelques pas du maréchal,
tandis que plusieurs cavaliers, le torse en arrière, à
violents coups de brides, s'efforçaient de maîtriser
leurs montures.

De tous côtés, les applaudissements tonnèrent ; et le
public applaudissait encore, quand les gens pressés
donnèrent le signal du départ, se glissant entre les
chaises, devant les tribunes, avec difficulté.

— Majorelle! dit une voix, au moment où un
homme de haute taille, les joues ornées de favoris
roussâtres, se faufilait à travers un groupe.

M. Majorelle se retourna.

— Tiens! fit-il, M. de Jancourt.

Puis s'adressant à une jeune fille blonde, mince,
assez gentille, dont un foulard à carreaux jaune et
marron, identique à son costume, torsadait le chapeau
de paille, il ajouta :

—J'ai l'honneur de vous saluer, mademoiselle.

La jeune fille sourit :

— Vous êtes seul?

— Non, je suis venu avec les Hébert, Morizot... Ils sont là-bas, dans une autre tribune.

— Tout Versailles est donc ici?

— Je crois que oui, ricana Majorelle.

Il n'avait pu s'empêcher de ricaner, venant d'apercevoir quelques minutes auparavant, très bien placée, presque contre lui, une femme que *tout Versailles* savait appartenir aux officiers.

— Tant pis pour nous! reprit alors M. de Jancourt, quinquagénaire grisonnant, les joues ornées aussi d'une magnifique paire de favoris. Nous allions vous offrir une place dans notre voiture.

Majorelle s'inclina.

— Je regrette, fit-il.

Puis, tous trois se dirigèrent vers l'enceinte dont on apercevait, plus loin que la foule, plusieurs marronniers, entre deux tribunes.

On avançait lentement; de la sueur perlait sur les visages. Quelques retardataires causaient encore, à leur place, préférant leur tranquillité aux tracas des cohues. De larges oiseaux plaqués sur des coiffures, des fleurs aux teintures violentes, des coques de rubans mettaient comme des éclaircies au milieu des redingotes sombres et des éternels chapeaux noirs. Néanmoins, peu à peu, les tribunes se vidaient, et parmi la débandade des chaises abandonnées, le gravier des promenoirs s'allumait, parsemé de micas.

— Donnez-moi donc le bras, Cécile, dit M. de Jancourt, nous pourrions nous perdre.

La jeune fille obéit.

— Une belle revue, n'est-ce pas, Majorelle?

— Superbe!... un entrain!... une discipline! mais

quelle chaleur! — Savez-vous que, pour son âge, le
maréchal est encore un fameux cavalier?

Et comme Majorelle, le regard à cinq ou six mètres,
prenait vivement son chapeau, le soulevait, Mlle de
Jancourt lui demanda :

— C'est Mme de Blériot que vous saluez?

— Oui, répondit-il... une femme charmante.

— Ma sœur, Mme Salomon Bissinger, la connaît
beaucoup.

De tous côtés, des mots, les mêmes, s'entendaient :
entrain, discipline... nos soldats!... bonne tenue! et
tous étaient à la louange de l'armée. On ne tarissait
pas.

— Je les aperçois, dit brusquement Majorelle, au
moment où il passait devant le gardien de la paix
préposé au service de sa tribune.

— Qui?

— Hébert... Mme Hébert.

— Eh bien! nous vous suivons.

Dans l'enceinte *dite* du pesage, la foule était moins
compacte. Les de Jancourt et Majorelle marchèrent
donc un peu plus vite. Et déjà on se composait des
figures souriantes pour s'aborder, quand un individu
se précipita :

— Majorelle, je vous tiens; vous dînez chez nous ce
soir.

— Impossible! fit Majorelle.

Et d'un geste il désigna M. et Mlle de Jancourt qui
l'attendaient.

— Ce Majorelle! murmura M. de Jancourt... un
homme universel!

Les Hébert arrivaient, en compagnie d'un gros
homme lippu, aux yeux malins, dont une barbiche

de bouc agrémentait le double menton. On échangea
des poignées de main, à l'anglaise.

— A la bonne heure! dit Mme Hébert, nous n'avons
pas eu trop de mal à nous rencontrer.

Elle était jolie, brune, avec un nez droit un peu
épais, une bouche retroussée, un front bas sous une
frange de cheveux frisés ; et vêtue de grenadine noire,
son corsage plissé autour de la taille jusqu'à une cein-
ture de nuance fauve, elle ressemblait à ces petits
taureaux, d'aspect volontaire, que la Bretagne lâche
dans ses plaines d'ajoncs.

Majorelle, par plaisanterie, présenta le gros homme
à Cécile de Jancourt :

— *Mosieur* Morizot, conseiller en la cour d'appel.

— Oh! fit-elle, nous sommes d'anciennes connaissances.

Morizot éprouva le besoin de placer un compliment.

— Mon enfant, dit-il, vous m'apparaissez entre votre
père, Majorelle, Hébert et moi, comme la nymphe de
la justice, — si la justice pouvait avoir une nymphe.

Puis, désignant les trois hommes dont il venait de
parler, il se mit à rire, proclamant de sa voix aigre :

— Ont-ils assez l'air de magistrats! Regardez-les :
trois paires de favoris.

Et comme tous riaient excepté Hébert, grand, la
face large et sévère, le conseiller demanda :

— Est-ce que j'ai dit une inconvenance?

On ne lui répondit pas. Tous craignaient sa liberté
de paroles. Mme Hébert proposa de regagner Paris :
on dînerait à la gare Saint-Lazare, puis en route pour
Versailles.

Tandis qu'on s'en allait, Hébert se pencha vers
Morizot :

— Vous avez tort de parler ainsi de la magistrature :
on pourrait vous entendre.

— Eh bien ! après ? répliqua Morizot. J'en suis, moi,
de la magistrature.

Cela coupa court aux remontrances d'Hébert, et il
se tint coi, la mine allongée, entièrement vêtu de noir,
entre ses favoris blonds qui retombaient sur sa poitrine.

A la palissade du bois de Boulogne, on s'arrêta un
peu décontenancé. Des voitures barraient le passage,
se succédaient. Les harnais clapotaient sur les chevaux, et au-dessus des sièges, près des cochers, une
forêt tremblotante de fouets se dressait.

— Diable ! fit M. de Jancourt.

Majorelle s'élança, l'œil aimable. Sa bonne volonté
à s'offrir en toute occasion, en avait fait un homme
très recherché. Le groupe ne le perdait pas de vue ; lui,
quêtait, furetait, revenait sans cesse vers Mᵐᵉ Hébert
pour repartir ensuite.

Un stationnement de voitures s'enfuyait à perte de
vue, et derrière le stationnement, une file serrée de
landaus, de fiacres, de victorias, de coupés, sur deux
rangs, avaient pris un trot accéléré. Au détour d'une
futaie, les de Jancourt aperçurent leur coupé ; le landau
des Hébert, un landau loué chez Honoré, pour la circonstance, se tenait à quelques mètres plus loin. On
se sépara cérémonieusement.

— Gare Saint-Lazare, cria Morizot au cocher.

A la portière d'une voiture qui passa, Cécile de
Jancourt jeta un dernier sourire à Mᵐᵉ Hébert.

— Bon voyage, dit-elle.

La voiture des Hébert entrait dans le courant.

A peine installé près de Mme Hébert, en face de Majorelle, Morizot enleva son chapeau.

— Vous permettez? demanda-t-il. Je n'en peux plus.

La réponse de Mme Hébert se perdit dans le roulement épais des roues autour d'eux, dans le tapage claquetant des pieds ferrés sur le sol.

— Sst! sst! faisait le cocher, pour encourager ses chevaux.

Il était très haut sur son siège, les deux boutons du derrière de sa livrée bleue allumés comme des escarboucles. Une poussière fade emplissait l'atmosphère, attristait les pensées déjà somnolentes à la suite des fatigues de l'après-midi. On ne se parlait pas. Morizot respirait avec bruit. On traversa le carrefour de Longchamps.

— Nous allons avoir de l'orage, dit soudain Majorelle. Voyez-vous, là-bas, les nuages?...

— Bah! nous serons à la gare, répondit Morizot.

On était dans l'avenue de Longchamps, à l'ombre d'arbres hauts. A droite et à gauche, les futaies regorgeaient de familles endimanchées. Du papier salissait l'herbe, pendait aux buissons, montrait qu'une foule avait déjeuné là, le matin. Sur les trottoirs, de louches commerçants vendaient aux piétons des liquides d'une couleur étrange. Le soleil piquait les feuillées, s'allongeait sur certains troncs, tombait sur les gazons en nappes dorées. A chaque instant, on apercevait, dans des voitures, des officiers en grande tenue, le sabre entre les jambes.

Morizot se mit à rire.

— A propos, dit-il à Mme Hébert, n'est-ce pas vous qui avez crié bravo à Ventujol?... Vous savez bien... ce capitaine dont le cheval faisait des bêtises.

— Oui, répondit-elle, c'est moi... Il se nomme Ventujol?

— Robert Blanc de Ventujol, affirma Majorelle...
je le connais beaucoup.

Le landau avançait toujours, entouré des mêmes
voitures, et tantôt les précédait, tantôt se voyait dé-
passer par elles. Une lumière douce éclairait l'avenue.

Ventujol! ce nom qu'on venait brusquement de
rappeler à Mme Hébert lui avait causé une impression
presque agréable, l'avait reportée vers la minute où,
malgré elle, au mépris des bienséances, elle s'était
écriée : Bravo! transportée d'admiration pour l'intré-
pidité et la force de l'officier. Et maintenant, elle le
revoyait tel qu'il était précédemment, avec ses moustaches noires, sa carrure de beau militaire, sa face
poussée à l'énergie par la volonté de dompter son
cheval, sous les yeux des tribunes. Elle regarda son
mari : celui-ci promenait un regard glacé sur le contenu des voitures voisines. Une fine poussière saupou-
drait ses épaules, son chapeau où deux doigts étaient
marqués, à rebrousse-poil. Certes! Mme Hébert ne
le trouva pas laid. Elle admira même son nez droit,
sa bouche bien fendue, ses longs favoris d'un blond
argenté vers le milieu des joues; mais quelle différence
avec l'autre! Elle en ferma les yeux, et par comparaison, la tournure de son mari lui apparut un peu
vulgaire. Elle essaya en imagination de le vêtir de
l'uniforme de Ventujol, et le trouva si drôle coiffé du
bicorne à plumet, les reins serrés par un ceinturon,
le pantalon rouge à bande noire sur les jambes,
qu'elle ne put retenir un petit gloussement saccadé.

Ses rêves de jeune fille, lentement évoqués, lui
esquissèrent le portrait de l'homme qu'elle aurait

voulu épouser, et, dans leur banalité intoxiquée de sentimentalisme, Ventujol plana. Jusqu'à sa première entrevue avec Hébert, il y avait déjà six ans, elle n'avait pressenti du mariage qu'un jeune homme aux yeux de gazelle, brun, aux longues moustaches lustrées. Elle l'avait désiré vêtu d'un uniforme quelconque. Elle aurait voulu encore qu'il chantât près d'elle, le soir, dans les salons, à l'heure où les pianos roucoulent les accompagnements des romances à la mode ; qu'il fût une espèce d'esclave en perpétuelle adoration ; qu'il s'appelât Henri. Pourquoi donc avait-elle consenti à épouser Hébert, sans difficultés ? Elle ne put se dissimuler qu'elle avait aimé, malgré tout, cet homme si loin de son idéal, et peut-être par cela même qu'il s'en éloignait davantage ; qu'elle lui gardait encore une profonde estime mêlée à ce respect câlin et particulier des femmes pour leur père. N'importe ! il fallait l'avouer, ce magistrat boréen n'avait rien de l'amoureux vers qui ses aspirations s'étaient naguère envolées. Elle se remémora plusieurs manies d'Hébert : sa ponctualité, une certaine rondeur de pensée qui ne le faisait jamais revenir sur ses pas, même pour l'embrasser une dernière fois, dans le lit, après son déjeuner du matin, les jours où il devait se rendre au Palais de Justice. Cela monta en elle comme un reproche : Ventujol ne pouvait être ainsi.

Elle s'interrompit pour écouter Hébert.

— Je vous parie ce que vous voudrez, disait-il, que l'épuration aura lieu, qu'on scrutera nos opinions tôt ou tard, et que cette gueuse de République nous mettra tous à la porte : vous, Morizot pour une cause quelconque, de Jancourt et moi parce que nous sommes orléanistes.

— Je serais curieux de voir ça, répondit Majorelle,
avec une intention.

Lui, n'avait pas d'opinion, s'était sans cesse montré
l'homme de tous les partis; aussi, vivait-il absolument
reposé d'esprit sur son avenir.

Et Mme Hébert écœurée pensa : Toujours leur magistrature!... Ils ne parlent jamais d'autre chose.

Majorelle enfonça son chapeau sur son front. Un
grand vent venait de se lever, et il parcourait les taillis
au milieu desquels la route des Sablons courait vers
la porte Dauphine. Un flot de poussière entoura les
voitures. Les jeunes arbres penchaient leur cime,
demeuraient échevelés, puis se rédressaient après
chaque rafale, comme rendus à eux-mêmes par un
effort brusque. On débouchait dans l'avenue du Bois-
de-Boulogne; la file des voitures accentua sa marche.

— Tiens!... Ventujol! articula soudain Majorelle.

Mme Hébert leva la tête. Alors, presque contre leur
landau, sur la piste réservée aux cavaliers, elle aperçut de nouveau l'officier, à cheval. Il revenait de la
revue avec le général de Laboissières.

— Un beau gaillard ! dit Hébert, en désignant l'aide-
de-camp.

Mme Hébert enveloppait celui-ci d'un regard lent.

— Oui, un beau gaillard! ne put-elle s'empêcher
de répéter, se servant de l'expression toute faite que
lui offrait son mari.

Quand ils passèrent à la hauteur des cavaliers,
Majorelle et Morizot saluèrent. Les officiers soulevèrent
leurs bicornes sans vouloir les reconnaître.

— Ces militaires! fit Morizot, avec une moue de
mépris.

Il choqua Mme Hébert, éloigna d'elle l'imperceptible sentiment d'humeur dont l'indifférence de Ventujol venait d'être cause; et cédant à un mouvement de nervosité, trop naïve encore pour discuter l'influence qui germait au fond de sa cervelle, elle fut toute à l'homme dont la vue seule, pour la seconde fois, avait le don de promener en elle quelque chose de doux comme une caresse et d'incompréhensible comme les prémices d'une sensation.

— Je voudrais, dit-elle, que mon fils ressemblât plus tard à ce M. de Ventujol.

Morizot la considéra, un sourire au coin de la bouche, le regard transversal.

— Ces militaires! accentua-t-il encore, mais cette fois avec une inflexion de voix comique.

Hébert, trop sérieux pour s'arrêter à une baliverne, ne comprit point; mais Mme Hébert allait répondre, quand le général de Laboissières et Ventujol devancèrent la voiture au petit galop de leurs bêtes fatiguées. Ils disparurent.

Cependant des gouttes de pluie commencèrent à tomber. Le ciel très noir s'était allongé en nappe lourde, avançait sur Paris; seul, l'Arc de Triomphe se découpait encore sur une éclaircie de nuages floconneux.

— Vous prendrez la rue de Morny, dit Hébert au cocher.

Dans la descente rapide des Champs-Élysées, le landau quitta brusquement la cohue des voitures, tourna. Les gouttes de pluie se succédaient, larges, tachant la poussière des habits. On ne se parlait plus, les yeux préoccupés. L'image de Ventujol s'était éloignée de Mme Hébert; à présent, sous son en-tout-cas, elle appartenait aux mille craintes des femmes pour leur toilette. Un violent coup de foudre précéda l'orage au moment où on descendait de voiture, sous les arcades Saint-Lazare.

Et quand, à la queue-leu-leu, Mme Hébert d'abord, puis Morizot, puis Majorelle, enfin Hébert, pénétrèrent dans le restaurant de la gare, tandis qu'un garçon en tablier blanc, sa serviette sur l'épaule, leur entr'ouvrait bienveillamment la porte, les promeneurs, de tous côtés, fuyaient déjà sous l'averse.

II

Trois semaines après la revue, Ventujol, pris d'une fringale de travail (il apprenait l'allemand!), rentra un soir, vers huit heures, à son petit appartement meublé de la rue Saint-Pierre, à Versailles. Il monta chez lui, rôda un peu partout, puis quittant sa tunique, comme la soirée était chaude, il passa un veston de toile et s'assit devant sa table. Celle-ci, recouverte d'un morceau de drap rouge à dessins noirs, supportait des livres, un gros encrier de cristal en forme de cube, quelques paperasses. Au-dessus d'elle, contre la muraille tapissée d'un papier gris, commun, à larges bouquets blancs et jaunes, était suspendue sur un fond de velours vert, une panoplie d'armes de tous les pays, ombreuse dans le crépuscule.

La digestion de Ventujol n'étant pas terminée, les deux tiers d'un cigare lui restant au coin de la bouche, il s'allongea dans son fauteuil, après l'avoir éloigné de la table, et souffla vers le plafond de longs jets de fumée qui partaient d'abord comme une fusée, se balançaient en nuages minces, et finissaient par s'évanouir. Ce jeu sembla beaucoup l'intéresser.

Sur la cheminée, devant une glace à cadre presque dédoré, sali par les mouches, une affreuse pendule en

stuc, sous un globe, tic-taquait avec fureur. Elle était
flanquée de deux pots de fleurs, en stuc aussi, et aussi
sous globe; d'un porte-cigare en palissandre, exago-
nal, dont les portes ouvertes étalaient un arsenal bien
garni, maintenu par des fils de cuivre, et d'une bouteille de rhum entourée de verres minuscules, pour les
amis. Quatre chaises, une bibliothèque de livres spé-
ciaux et de romans, un second fauteuil, terminaient
l'ameublement du *salon* de Ventujol. A droite de la
glace, une paire d'éperons dorés, pareils à ceux qu'il
portait à ses talons, pendait à un clou. Trois gravures,
dont deux seulement sous verres, représentaient la
prise de Seringapatam par le major général Baird, la
mort du sultan Tippoo, et le corps de ce même sultan
reconnu par sa famille. Elles composaient le mobilier
artistique de l'officier. Il était riche cependant, aurait
pu posséder mieux, mais ses chevaux, sa collection
d'armes, ses plaisirs surtout, accaparaient ses revenus.

Le jour déclinait, éteignait un à un les objets épars
dans la chambre, et bientôt il ne resta plus qu'une
large tache de lumière sur la glace, une tache qui
s'éteignit avec difficulté.

— *Fort von hier! Ich habe die zeit lang* [1] *!* mâchonna
tout à coup Ventujol.

Son professeur lui avait recommandé de penser en
allemand, et il pensait en allemand. Cette phrase que
l'officier crut avoir prononcée comme un Poméranien
le mit en goût, et, rapprochant son fauteuil qui roula
vers la table au milieu d'un sifflement criard, il s'engouffra dans l'étude.

---

1. Je voudrais bien m'en aller, je m'ennuie

— *Ich will futter auf jedem preise.* — *Macht platz* [1] *!* criait-il d'une voix forte, la bouche contournée, l'accent furibond.

— *Wo liegt das stadthaus* [2] *?*

Il écrivait d'abord sa phrase à coups de dictionnaire, puis la déclamait. Et il se préparait à prononcer une nouvelle interpellation : *Wie heisst dieses dorf* [3] *?* indispensable au militaire en campagne, quand un pas lourd, un bruit de molettes résonnèrent sur le palier, devant sa porte. On frappa doucement.

— Entrez, Loiseau.

Un artilleur entra, possesseur d'une paire d'oreilles semblables à des castagnettes, la face glabre, les cheveux ras, tordus en un léger tourbillon sur le sommet du crâne. Il avait ôté son schako ; son bancal cliquetait le long de ses basanes.

— Une lettre pour mon *cap'taine*, dit-il.

— Bon ! Allumez la lampe.

L'artilleur frotta une allumette contre le fond de son pantalon, alluma la lampe, puis passa dans la chambre à coucher où il fit la couverture du lit, à grand renfort de tapes ; tandis que Ventujol décachetait sa lettre sous le rond de lumière de l'abat-jour, la parcourait avec stupéfaction.

Le canonnier reparut.

— Mon *cap'taine* n'a plus besoin de moi, ce soir ?

— Non. — Vous m'amènerez la jument, demain matin, à six heures.

— Bien, mon *cap'taine*. Bonsoir, mon *cap'taine*.

— Bonsoir, Loiseau.

1. Il me faut du fourrage à tout prix. — Faites-moi place !
2. Où est la mairie ?
3. Comment s'appelle ce village ?

La porte se referma et, sur le palier, ensuite dans l'escalier, Ventujol entendit de nouveau le pas lourd, le froissement clair produit par le sabre et les molettes de son brosseur.

A présent, l'officier souriait, tortillait sa moustache en relisant sa lettre.

— Elle est bonne! murmura-t-il.

Puis, allant dans sa chambre à coucher, il en sortit bientôt en civil, descendit rapidement son escalier et se dirigea vers l'avenue de Saint-Cloud.

Des réverbères éclairaient déjà la rue, pâles encore sous le ciel où des lueurs s'étaient attardées. Ventujol marchait vite, une crispation de joie aux mâchoires, le cœur tressautant. Et, tout en marchant, bien qu'absorbés par une pensée unique, ses yeux, en de courts regards, embrassaient les devantures mal éclairées, jetaient aux étalages l'exubérance de leur contentement. Il traversa l'avenue de Saint-Cloud que quatre rangées d'arbres touffus obscurcissaient, s'approcha d'un estaminet sur le fronton duquel on pouvait lire : *Café des Anglais*, plongea un œil curieux entre deux rideaux, parut satisfait et pénétra dans le café. Ventujol avait cet aspect commun, mêlé de raideur, que l'habit bourgeois donne à la plupart des officiers. — Il salua la dame du comptoir, une blonde, autrefois jeune, et entra dans la salle de billard où trois officiers, — dont un seul en uniforme, de la ligne, — avaient entamé une partie joviale.

— Voici Ventujol, le beau Ventujol! Bonjour, Ventujol, dirent-ils.

On échangea des poignées de main.

— Tiens! Ventujol, ferais-tu ça? dit l'officier de la ligne, un blond frisé, en mettant à bras tendu une queue de billard qu'il tenait par le procédé, entre l'index et le médium.

— Quel biceps! fit Ventujol.

— De Bourdais permute; il passe aux tirailleurs.

— Ah!

— Et toi, Ventujol?... Nous restes-tu à Versailles?... Ton général est-il décidément nommé commandant de la subdivision?

— Oui, — et il me conserve.

— Veinard.

Le garçon ouvrit une porte.

— Une anisette à l'eau pour monsieur?

— Toujours, répondit Ventujol.

Et s'adressant à un long gaillard dont une paire de moustaches coupait la face en deux, au-dessus d'une mouche qui lui couvrait le menton, il lui présenta la lettre qu'il avait reçue dans la soirée, disant :

— Lis ça, Pointude; et passe aux autres après toi.

Pointude prit la lettre.

— Une lettre de femme?

Il la flaira, la balança sous le nez de son voisin, lieutenant d'état-major, joli garçon.

— Péuh! fit celui-ci. Mais lis tout haut, nous sommes seuls.

Pointude commença :

« Cher Monsieur,

« Vous ne me connaissez pas, vous ne m'avez même jamais remarquée, pour qui allez-vous me prendre? Sachez pourtant que je ne suis ni écervelée, ni sotte ; et promettez-moi de ne penser aucun mal de ma singulière personne. C'est promis, n'est-ce pas? Je continue : Votre mère habite Lyon, et vous avez une sœur charmante. Suis-je bien informée ? Vous ne vous doutez pas du plaisir que j'aurais à les recevoir et à les aimer ; malheureusement, la chose est peu pratique et le sera toujours aussi peu, aucune de mes relations ne pouvant nous rapprocher. J'en ai donc fait mon deuil ; mais mon cœur a saigné.

« Je vous ai vu pour la première fois, il y a trois semaines, devinez-où ?... et je me suis mise en tête de devenir pour vous une seconde sœur, une amie véritable, vous m'entendez ? une simple amie, dévouée par exemple ! et à qui vous confierez vos peines, toutes vos peines,... si vous en avez. Pourquoi ne deviendrions-nous pas amis ?

« Je suis mariée, adulée par mon mari ; c'est assez vous exprimer qu'aucun espoir ne doit vous venir, au cas où ma démarche vous encouragerait à me juger... comment dirais-je ?... un peu sévèrement ; non... un peu trop légèrement. Jamais vous ne saurez mon nom, celui qui n'appartient pas à moi seule, bien entendu, malgré ma confiance en vous, confiance dont vous serez digne, à n'en point douter ; mais je suis une honnête femme. Je vous crois tellement digne d'une affection désintéressée, tellement capable de ne pas me demander plus que je ne pourrai donner, que je me suis lancée en pleine aventure, sans protection directe contre les tentatives dont vous voudrez m'entourer. Ayez donc pitié de moi, et surtout de ma réputation, monsieur. Je me sens si sincère vis-à-vis de mes devoirs, qu'un instant j'ai eu la fantaisie de courir chez vous, de vous raconter de vive voix et ma sympathie, et certaines inquiétudes presque indéfinissables ; j'ai eu peur. Vous souriez ! je vous vois sourire

parce que ce sentiment doit vous être inconnu, mais
je ne suis qu'une femme, moi, et j'ai eu peur, peur de
tout. Je serais arrivée, un beau jour, oui certes, un beau
jour! j'aurais mis mes deux mains dans les vôtres, et
je vous aurais dit : C'est moi! je viens pour être quelque chose dans votre vie. Cela vous aurait beaucoup
étonné d'abord, mais petit à petit vous m'auriez regardée comme une habitude, et je serais venue souvent
sans crier gare. Rien n'aurait su me ravir davantage! »

— Naïve enfant! murmura le lieutenant d'état-
major.

Pointude continua : .

« Je me vois veillant à toutes vos affaires, comme
une sœur aînée... »

— Elle y tient, dit l'officier de la ligne. Sans compter
que *toutes vos affaires* est une trouvaille.

« J'aurais mis un voile, un voile épais,... afin de vous
cacher mon visage. »

— Aïe! aïe! interrompit encore le lignard, c'est une
vieille !

— Allons donc! fit le lieutenant. Montrez-moi une
lettre de femme et je vous dirai l'âge de la femme;
celle-ci doit avoir dans les vingt-cinq ans.

— Réveillère a raison, affirma Pointude; mais
voyons la fin. J' aperçois ici un *hélas!* qui ne manque
pas d'intérêt.

Et il reprit :

« C'eût été romanesque et exquis!... Hélas! je suis
tombée toute frissonnante de mon rêve; et maintenant... Je ne sais même pas pourquoi je vous raconte
un tas de choses presque folles.

« Conservez ma lettre cependant, et si je ne vous écrivais plus, ce qui est possible! relisez-la quelquefois en pensant à l'*inconnue*.

« Adieu, cher, je vous ai griffonné des sottises, ne les montrez à personne, personne; on rirait de moi devant vous, et je ne le veux pas, Adieu encore, ou mieux, au revoir! on ne sait jamais...

           « A vous,

                       « GABRIELLE.

« *P.S.* — Bast! Cherchez mon autre nom, si vous le désirez; je suis sûre que vous ne trouverez pas. »

— Cherchons, dit Ventujol.

— Oh! les femmes! les femmes! toutes les mêmes, accentua gravement le lieutenant d'état-major : pleines de prétentions à la maternité! mais ça se transforme, heureusement.

L'officier de la ligne, allongé sur le billard, en train de placer les boules en vue d'un coup difficile, la patte de sa tunique pendante, s'écria :

— J'ai connu, à Lille, une grue dont les cheveux étaient coupés comme ceux d'un homme. Eh bien! c'est étonnant ce que ces cheveux-là lui attiraient de monde!

— Pourquoi nous racontes-tu ça? demanda Ventujol.

L'officier dont la pensée vaguait ailleurs, essaya de se rattraper, répondit :

— Parce qu'elle avait la manie d'écrire.

Et poussant sa bille, il manqua le coup difficile.

Pointude réfléchissait, et, dans son cerveau, étiquetées comme les sujets d'une collection, passaient

les unes après les autres, les femmes de Versailles connues pour aimer les militaires : la femme d'un notaire
d'abord, grande, usée comme un vieux fourreau, si
décolletée, les soirs de bal, qu'on n'osait l'inviter à
danser; celles de trois ou quatre commerçants, habi-
tués à changer de régiment comme de chemise; quelques femmes d'officiers : celle d'un commandant entre
autres, Marseillaise aux lèvres pourpres, aux cheveux
frisés, parlant haut et buvant sec, ainsi que son mari;
celle du général Folliot, toute jeune, très jolie, mais
d'une effronterie de catin; la femme d'un ancien per-
cepteur; une veuve riche, venue on ne savait d'où,
pimpante, sans cesse à cheval, pareille à une écuyère,
et ne donnant que dans la cavalerie, dans les cuirassiers surtout; une suite de matrones d'un certain âge,
Parisiennes pour la plupart, réfugiées à Versailles,
assoiffées d'uniformes, vieux débris qui avaient appar-
tenu à la Garde, sous l'empire, l'avaient suivie comme
des chiennes. Elles considéraient chacun de leurs
amants comme un mari, se flattaient d'avoir été fidèles
à tous, parlaient savamment des gloires de la France,
possédaient, en guise de bénitier, des tableaux surmontés de crêpes où des décorations rayonnaient sous
des verres bombés.

Aucune ne lui parut susceptible d'avoir écrit une
lettre chaste à son camarade.

Ventujol, lui, au milieu de ses recherches silencieuses, entrevoyait le visage d'une femme toujours
bien accompagnée, dont la fixité de regards, depuis
un certain temps déjà, s'était posée sur lui avec une
douceur embarrassée.

Il l'avait aperçue pour la première fois, une après-
midi, à la musique, dans le parc, et tout dernièrement

3.

encore, à Trianon où il avait accompagné Mme de Laboissières. Il se détailla cette femme : la nuance de ses cheveux ; son nez droit, un peu épais, dont les ailes se soulevaient presque continuellement ; son costume mastic garni de rubans feu ; sa bouche retroussée ; son chapeau, une petite capote où couraient des fleurs de seringats et que des brides en blonde noire complétaient, attachées sur la gorge par une broche en rubis. Elle lui sembla trop élégante, d'aspect trop irréprochable pour s'être jetée à lui dans la désinvolture d'un billet sentimental.

Cependant, comme la lettre, en définitive, n'intéressait que Ventujol, Pointude, Réveillère et l'officier de la ligne s'étaient remis à leur partie de billard, laissant le capitaine d'état-major en contemplation devant son anisette à l'eau. Ses recherches furent de moins en moins positives ; et pendant que les billes, à chaque instant, roulaient, se cognaient sur le tapis vert, que les trois officiers parlaient des choses de leur métier, une espèce de lassitude mêlée à de la satisfaction mal digérée clouait Ventujol sur sa banquette ; et il poursuivait, en imagination, des poupées mignardes, attifées comme des gravures de mode ; et il les prenait d'assaut, comme des places fortes. Mille parfums d'intrigues le dilataient, lui mettaient parfois un battement précipité aux reins. Qu'allait-il résulter de la lettre?... *La femme* se déciderait-elle à venir chez lui? Obéirait-elle à son rêve? viendrait-elle?... Et il se répéta : Oui, viendra-t-elle? faisant aboutir ce refrain à toutes les chaleurs de ses désirs. Mais, parce qu'il était un garçon raisonnable, des pressentiments fâcheux l'assaillirent : une liaison allait lui saper son temps, l'empêtrer dans ses travaux, le

fatiguer peut-être! Ventujol baissa la tête, demeura
une minute les yeux perdus sur une bande de lumière
aplatie à ses pieds. De telles craintes, aussi anticipées,
ne lui durèrent pas. « Au moins, pensa-t-il brusquement, si cette femme doit venir, elle fera bien de se
dépêcher! » Une préoccupation au sujet de ses études
allemandes lui traversa l'esprit; elle ne s'y arrêta
point, un tourbillon d'idées le ramenait vers son inconnue : « Je lui plais, moi, parfait! mais elle, me
plaira-t-elle?... Si j'allais me trouver en face d'un
avorton abominable?... ou de la légitime d'un ami?
Diable ! »

— Nous recommençons une partie, joues-tu ? demanda Pointude.

— Non, merci! répondit Ventujol, — je ne suis pas
en train.

Pointude n'insista pas.

Alors, l'image de la femme entrevue par Ventujol à
la musique, puis à Trianon, le hanta de nouveau.
Elle s'épanouit, se transforma, ricocha d'une vision à
une autre, finit par disparaître; et le cerveau de l'officier ressemblait à ces carrefours où les coups de
vent se succèdent. Il voulut relire encore la lettre,
mais une fausse honte occasionée par la présence de
ses camarades le retint.

— Bonsoir, dit-il bientôt, en décrochant son chapeau.

— Tu t'en vas?

— Oui, j'ai à travailler.

— Allons, bonne chance!

Ventujol s'en alla.

Mme Hébert, à cette heure, ne se doutait guère qu'on

venait de prostituer sa lettre, et que la plupart des
lettres, en pareille circonstance, sont ainsi prostituées.
Elle aurait dû le savoir; mais élevée au fond de la
Bretagne où elle était restée jusqu'à son mariage,
n'ayant pas eu de frère, sans être ignorante en amour,
elle manquait de cette malice experte dont les femmes
de son monde savent parfois si étonnamment se servir. C'était à elle encore à se cuirasser contre les tendresses de hasard; mais celle-ci avait poussé tout à
coup, comme les broussailles, complexe, enchevêtrée.
Et pareille à toutes les sentimentales mal apaisées,
Mᵐᵉ Hébert n'avait pas su se défendre. Cependant, elle
n'en était pas arrivée là loin des remords, loin des
ressouvenirs; quelques-uns même lui avaient posé de
la fièvre aux poignets. Elle avait eu beau se raisonner,
traîner dans son esprit les résultats possibles de ces
sortes d'algarade, trop femme pour se contenter du
présent, trop perfide parce qu'elle était femme, malgré la turbulence continue d'un fils dont elle se disait
folle, lentement, avec l'énergie des gens qui ne veulent rien entendre, elle avait glissé jusqu'à Ventujol.

Une première intention d'écrire lui était venue le
lendemain de la revue, intention peu pressante; mais
émancipée par quelques matinées sans sommeil,
l'intention s'était changée en idée fixe. Alors, dans le
malaise vague d'une après-midi d'oisiveté, Mᵐᵉ Hébert
avait couru à son secrétaire, avait étalé des plumes,
du papier, avait procédé à la mise en train difficile de
ses pensées. Qu'allait-elle dire à l'officier?... Aucune
phrase ne tombant de sa cervelle surchauffée, des
vérités, en foule, se mirent à lui prouver la misère de
sa fantaisie : allait-elle se dégrader comme une de
ces femmes dont elle avait lu l'histoire dans des ro-

mans? Que deviendraient sa réputation, le nom de sa
famille, celui de son mari, si une imprudence finissait
par dénoncer... Mon Dieu! voulait-elle se livrer corps
et âme à un homme dont elle ignorait tout, ouvrir
son cœur à un étranger, commenter avec lui sa propre existence, celle des siens, vivre de fraudes et de
lâchetés, déserter son foyer, l'affection de son fils,
bien d'autres affections encore? Pouvait-elle donc, de
gaieté d'esprit, se mettre au ban de la religion; ne
plus avoir à prier le cœur tranquille, la tête reposée,
le dimanche, à la messe? — Mme Hébert pleura, et
l'adultère qu'elle méditait dans les replis de son incli-
nation, grâce à l'évidence de certains raisonnements,
lui apparut ignoble et disproportionné. D'attendrissements en attendrissements, elle se refit petite fille,
eut avec ses parents morts quelque chose comme
un colloque. Elle leur parla, les interpella même l'un
après l'autre, à demi-voix, les yeux clos, leur mendia
des conseils indéfinis, fut bête à plaisir, éjaculant au
milieu de sanglots menus, entrecoupés, la monnaie
des substantifs et des épithètes courantes : mon pauvre père! ma pauvre mère!... ma sainte femme de
mère!

Elle se revit à Brest, jadis, à l'heure où les mamans
amènent leurs petits jouer ensemble sur le champ de
bataille. On jetait un coup d'œil sur la terrasse de la
préfecture maritime, et on se mettait à bavarder. Les
ballons en caoutchouc montaient maladroitement,
retombaient avec un bruit essoufflé, rebondissaient,
s'accrochaient parfois aux branches des maigres arbres
rangés autour de la place. Çà et là, des gamins jouaient
aussi, finissaient par se livrer à des pugilats acharnés.
Les jours de promenade, les lycéens passaient, sanglés

dans leur uniforme, deux par deux, marchant au pas,
la poitrine bombée; ils jetaient des regards vainqueurs
aux petites filles. Jeudis et dimanches, la musique de
la marine arrivait vers les quatre heures, formait un
cercle; on l'entourait par groupes où des soldats et des
matelots bien astiqués écoutaient, l'œil pensif; et les
enfants reconnaissaient des airs mille fois entendus sur
les pianos maternels. Ces jours-là, les mamans avaient
une robe de soie, et de temps en temps, rejointes par
leurs maris, on les voyait se mêler au va-et-vient et
au dandinement de la foule.

Vers sa huitième année, Gabrielle s'était prise d'un
colossal amour pour un lieutenant de vaisseau, gaillard dégingandé, à longs favoris, toujours débraillé,
même en grande tenue, mais la poitrine chamarrée
de décorations. Que de fois elle l'avait vu passer dans
ses insomnies! Que de fois le pantalon à bande d'or du
jeune homme avait hanté son sommeil de gamine!
Lui, ne l'avait jamais regardée. Elle avait eu beau se
planter devant ses promenades, quêter une parole
quelconque, les yeux écarquillés d'affection, tour-
noyer en mille jeux énervés, courir, danser, sauter,
rien n'avait tiré le *bien-aimé* de son indifférence.
Certes! un abîme séparait cette passion enfantine de
la passion présente; et il était si profond qu'elle ne
put s'empêcher de sourire.

Ces coins d'enfance, subitement appelés, sautillant
comme des étincelles, la conduisirent à en évoquer
d'autres : Elle se remémora la messe du dimanche,
dans la froide église paroissiale, auprès d'un marché
dont les émanations, à l'époque des fraises, lui dilataient les narines; les paysans de Plougastel, vêtus de
drap blanc, le bonnet rouge sur l'oreille, remuant des

paniers hauts, pleins de légumes; les amies de sa
mère : une vieille demoiselle surtout, si impressionnable que des souvenirs de trente ans lui poussaient
des larmes entre les cils. Elle se ressouvint du salon
où son père, chaque soir, se livrait à d'abasourdis-
santes parties de tric-trac, en face d'un vieux colonel
en retraite, dont la mâchoire édentée s'ouvrait parfois,
très noire, en un large sourire, au centre d'une barbe
grise. Quand neuf heures sonnaient à une grosse pendule empire, une bonne entrait, emportait Gabrielle
assoupie. Une fois, on l'avait menée au théâtre; les
acteurs, gros comme des marionnettes, lui apparurent
poussiéreux, pareils à des bibelots très anciens. Elle se
rappela des promenades en baleinière sur la rade : les
vagues luisaient, et des vaisseaux à l'ancre, çà et là, dressaient leurs mâtures dans des ciels bleus, éblouissants.
A douze ans, elle avait fait sa première communion. Elle
possédait même, au fond d'un tiroir, une photographie
qui la représentait en toilette floconneuse, toute roide,
son chapelet au poignet, un cierge dans la main gauche. Puis elle avait grandi; des robes longues avaient
succédé aux jupes courtes, et peu à peu, des profes-
seurs, mâles et femelles, lui avaient enseigné un tas
de choses inutiles. Elle s'en rendait bien compte à
présent.

Gabrielle Thégonec, aujourd'hui Mᵐᵉ Hébert, avait
fait son entrée dans le monde, affublée d'une de ces
toilettes modestes, peu coûteuses et laides dont on
agence les jeunes filles encore à la becquée. Néanmoins, elle avait eu du succès, et de bras en bras,
rouge de plaisir avait dansé jusqu'à deux heures du

matin, au bruit pitoyable de mazurkas, de polkas, de
quadrilles venus de Paris. D'autres bals avaient suivi
ce premier bal, sans jamais l'ennuyer; et elle avait
fini par penser au mariage, insensiblement s'était
arrangé un idéal, s'était plu à le chercher sous l'uniforme, attirée d'instinct vers le clinquant des épaulettes sur les tuniques. Mais, malgré la fortune de son
père, d'ailleurs ancien magistrat, aucun officier ne
s'était présenté. Et déjà on désespérait de la marier,
quand Hébert, alors substitut à Brest, l'avait deman-
dée. A la stupéfaction de tous, elle l'avait agréé, malgré son titre de magistrat. Les familiers des Thégonec,
ne surent jamais à quoi imputer un semblable revire-
ment.

Ce n'était pas qu'Hébert eût démérité de l'opinion,
mais ce jeune homme rigide, éternellement accolé à
des gens d'âge mûr, ce jeune homme sans fredaines,
dont on riait parfois à mots couverts, semblait appartenir au célibat. Cependant, Hébert n'était point le
premier venu; bel homme, riche, parleur sec, infatigable, il avait de l'avenir dans la magistrature. Et
Gabrielle, d'abord hésitante, s'était laissée fiancer après
huit jours de réflexions, séduite par les convenances
de ce mariage, désireuse de plaire à ses parents, à la
suite d'observations dont certaines heures rendent
susceptibles les filles les plus innocentes, entraînée
aussi par les besoins de son tempérament, par l'atmosphère où elle vivait chaque soir, près d'Hébert anxieux
et devenu méconnaissable.

Lui, aussitôt agréé, avait apporté des bijoux, s'était
arrangé avec Boucheron qui envoyait de Paris ce
qu'on lui demandait. L'anneau des fiançailles fut une
merveille; on en parla dans toute la ville, et il ajouta

de la considération sympathique à la considération froide dont jouissait déjà le jeune magistrat.

Les Thégonec, devant la générosité de leur futur gendre, avaient dévalisé les magasins de Brest. Il leur fallait un trousseau *princier*.

Quant la couturière avait apporté la toilette blanche de la mariée, vers les quatre heures de l'après-midi, un jour de réception, toutes les bouches, en train de jacasser dans le salon familial des Thégonec, avaient poussé un cri d'admiration. On avait étalé la toilette sur le canapé : elle était en grosse faille, chargée de point d'Angleterre. Gabrielle éblouie, à partir de cette heure, avait envisagé le mariage sans aucune arrière-pensée. Une semaine avant le grand jour, des invitations furent lancées, partout.

— Nous aurons plus de monde de notre côté que du côté du marié, proclamait avec orgueil le père Thégonec.

Hébert souriait complaisamment. L'amour l'avait attendri, et il ne parlait plus de sa nouvelle famille qu'avec des larmes dans la voix.

La veille du mariage, sa mère arriva de Picardie, où elle habitait une belle maison, depuis la mort de son mari, dans un village, en compagnie de trois servantes. Elle n'avait pas voulu qu'on vînt l'attendre à la gare. « Tu ne dois pas avoir le temps, avait-elle écrit à son fils. »

C'était une grande femme desséchée, plate, le nez en bec d'aigle, ornée d'anglaises, d'une robe en brocart, d'une face-à-main retenue à son cou par une chaîne d'or, et de bottines en satin lacé, à bouts vernis. Elle possédait une voix forte, comme un homme ; ses moindres gestes avaient la raideur du commandement,

et au fond de sa poche, on entendait tinter des clefs
et des sous. Elle avait à peine salué les Thégonec, du
bout des doigts avait touché la main de sa future belle-
fille, avait simplement posé ses lèvres sur le front de
son fils. Les Thégonec s'étaient regardés, terrifiés.
Elle, après cinq minutes de politesse étrange, avait
voulu voir le trousseau. Les lèvres pincées, sa face-à-
main à dix centimètres de l'œil, elle passa tout en
revue. Et comme elle n'avait décoché ni un geste
d'approbation, ni une parole de discrédit, Hébert,
s'approchant de Gabrielle, lui avait soufflé : Maman
est contente.

Le trousseau inspecté, il s'agissait d'admirer les
bijoux. La vieille dame examina les diamants, s'approcha d'une fenêtre, les manipula dans la lumière,
puis se retournant vers son fils, dit : « Tu ne t'es pas
laissé voler. C'est bien ! » On était revenu au salon. La
vieille dame, sous un vieux chapeau à bavolet qui lui
donnait un air monacal, s'était assise sur le coin d'une
chaise, les mains à plat sur les cuisses, les jambes
serrées l'une contre l'autre. Elle avait refusé un fauteuil. Mais soudain, rompant le silence cérémonieux
dont ses allures étaient la cause, elle avait entamé avec
son fils une conversation à très haute voix :

— J'espère que tous ces préparatifs n'ont pas nui
à tes travaux?

— Non, maman.

— Tes supérieurs sont toujours contents de toi?

— Oui, maman.

La vieille dame n'était pas risible, et les puériles
réponses d'Hébert ne le diminuaient pas, le montraient
au contraire dans une auréole faite de dignité respec-
tueuse. Quand elle eut appris de son fils tout ce qu'elle

désirait savoir, madame Hébert se mit à considérer Gabrielle. Celle-ci rougissait, avait envie de pleurer, de s'enfuir.

— Je serai bientôt votre mère, lui fut-il dit brusquement.

Alors, touchée de ce mot qui lui tombait du ciel, Gabrielle pleura. Deux grosses larmes avaient coulé aussi des yeux éraillés de la vieille dame, et elles étaient tombées par le bout de son nez.

Et le père Thégonec, malgré lui, se demandait :

— Quel diable d'homme a donc pu épouser un pareil dragon?

Un receveur particulier avait eu cette audace.

A dîner, Mme Hébert s'était contentée de quelques cuillerées de potage, d'un morceau de fromage. Ses moindres actes paraissaient à ses hôtes des événements. De l'hôtel où elle était descendue, on avait apporté une boîte en carton. Elle la déballa au moment de se mettre à table, en sortit un bonnet de tulle noir à rubans violets, se le campa sur la tête.

La conversation tombait souvent; les couverts cliquetaient contre les assiettes, et la vieille dame s'enfermait dans de longs silences qu'on n'osait troubler. Après dîner, vers huit heures, elle s'était endormie. Hébert, sans descendre à excuser sa mère, avait essayé de l'expliquer, avait raconté la solitude de sa maison, l'affection qui couvait pour lui sous ces rudes apparences. Puis, comme il parlait des économies de la vieille femme, économies dont elle voulait le gratifier plus tard, celle-ci s'était réveillée, avait souhaité le bonsoir à tout le monde, et, au bras de son fils, s'était dirigée vers son hôtel.

Le lendemain, toujours au bras de son fils, on

l'avait revue. Hébert, en habit noir, cravaté de blanc, était correct; la vieille dame avait gardé sa robe de brocart, mais cette fois, une aigrette jaune surmontait son chapeau et un cachemire à fond rouge s'étalait sur ses épaules. Elle avait fait monter en broche la photographie de feu M. Hébert; et il s'épanouissait sur la poitrine de la veuve. « Comme cela, avait-elle dit à son fils, il sera de ton mariage, lui aussi. » Quand ils arrivèrent, Gabrielle s'habillait. Un des témoins, le colonel édenté, se promenait déjà dans le salon, en sifflottant. Il attendait là depuis sept heures du matin et commençait à s'ennuyer. Mme Hébert disparut dans la chambre de sa future belle-fille. Les Thégonec s'habillant, Hébert était resté avec le colonel, vieux garçon dont les propos ne tardèrent pas à le scandaliser. Les autres témoins avaient été deux juges pour le magistrat, un ami d'enfance du père Thégonec pour Gabrielle.

A neuf heures et demie, celle-ci avait fait son entrée dans le salon paternel, au milieu d'un chœur laudatif de demoiselles et de garçons d'honneur, de cousins et d'amis intimes, tous du cortège, à qui sa toilette causa des transports. Hébert, pris d'une joie folle, s'était précipité, avait saisi la main gantée de blanc qu'on lui tendait; et des voix affectueuses avaient souhaité au couple les prospérités d'usage.

Les voitures de noce péniblement escaladées, on s'était dirigé vers la mairie. Là, et à l'église d'ailleurs, le mariage avait eu lieu comme tous les mariages auxquels Gabrielle avait assisté, avec son concert d'orgues, son inévitable discours, l'argent qu'il fallait à chaque instant sortir de sa poche. Et à présent, il lui semblait qu'elle avait dormi les yeux ouverts,

malgré les souleurs et le battement aux tempes dont
elle avait tremblé à la pensée de la nuit qui, lentement, s'était approchée, non pas pleine de mystères,
mais terrible et longue de souffrances en perspective.

L'après-midi, selon la mode des Bretons bretonnant,
les mariés avaient disparu en patache, n'étaient
revenus que pour le dîner.

Gabrielle aimait à se rappeler combien, durant ces
quelques heures de solitude à deux, Hébert avait été
bon ; la tendresse mitigée de précautions infinies dont
il l'avait entourée, essayant de l'habituer à l'idée d'être
bientôt seule, côte à côte avec l'inconnu, dans un lit.

On avait dîné, en famille, sauté un peu, pas trop
longtemps, *pour ne pas prolonger le supplice des mariés*,
puis, les joues encore humides des baisers larmoyants
de sa mère, la nouvelle Mme Hébert avait gagné la
chambre nuptiale. Dieu ! qu'elle avait eu peur !

Une fois, mais une seule fois, Gabrielle avait vu la face
de sa belle-mère toute rayonnante d'une joie intérieure :
le jour où on l'avait reconduite à la gare, malgré ses
protestations ; car la vieille dame avait hâte de se
retrouver dans sa maison, craignant la bêtise de ses
trois servantes abandonnées à elles-mêmes.

Aussitôt marié, tranquille sur son bonheur, jugeant
sa femme d'après lui, sans tenir compte de l'ennui où
il allait la plonger, des divergences de leurs caractères,
Hébert rendu à ses occupations publiques, à la médiocrité de ses aptitudes, avait repris sa mine grave, sa
raideur, le train-train casanier de son existence gar-
çonnière.

Et brusquement, il obtint un avancement inespéré,
fut nommé procureur de la République à Versailles.
Gabrielle, enceinte de sept mois, quitta Brest, ses pa-

rents, presque sans regrets, enchantée de cette nomination qui la rapprochait de Paris, objet de ses continuels désirs, patrie de toutes les élégances.

Ils s'installèrent dans un hôtel avec jardin, boulevard de la Reine, le meublèrent luxueusement. Hébert, orgueilleux de sa nouvelle position, content de la belle grossesse de sa femme, lui passa toutes ses fantaisies. D'ailleurs, ils étaient riches, pouvaient se satisfaire. C'est là qu'elle avait accouché d'un fils, de *son* Jules, comme elle l'appelait !

Puis, dans la même année, ses parents étaient morts coup sur coup. Un grand chagrin l'avait secouée, amenant un deuil dont son intention première avait été de ne jamais se débarrasser. Elle s'en était débarrassée pourtant, deux jours après avoir reproché à son mari de ne s'être point suffisamment intéressé à la maladie des Thégonec. Et, petit à petit, sans autre cause que ces deux morts dont personne n'était responsable, son humeur avait changé. Une manie, due à l'état de ses nerfs, la fit rattacher à son mari les mille tracas fâcheux dont la vie déborde, la rendit acerbe, rancunière, injuste, l'affina au point de la rendre spectatrice intolérante de la ruine de ses propres espérances. Elle se croyait malheureuse, éclatait en sanglots à la moindre contradiction, chassait des domestiques pour des fautes légères, cherchait des consolations à ses douleurs imaginaires dans les églises un jour, le lendemain dans d'interminables promenades en voiture ; mais de retour chez elle, ses rancœurs la reprenaient. Seule, la vue de son fils parvenait encore à la dérider.

Hébert, aussitôt le deuil de sa femme terminé, avait donné des dîners, s'était plu à réunir les magistrats que les exigences du métier tenaient à Versailles. De

relation en relation, il ne se donna bientôt plus une soirée dont les Hébert n'étaient pas. Gabrielle revit des
uniformes, fut éblouie, fréquenta les revues, les car-
rousels, et toutes les fêtes où, en général, le militaire
trône sous la gloire de ses dorures et de ses costumes
bigarrés. Elle aima la toilette, redevint gaie, appartint
de nouveau à son mari; mais Hébert n'avait rien de ce
qui réchauffe l'amour, l'amuse ou l'intéresse, l'intrigue
ou le dirige, et l'amour le quitta pour ne plus lui revenir, tué par lui cette fois, par son avachissement de
régulier, d'homme heureux de retrouver sa femme et
ses pantoufles, quand il rentrait de l'audience. D'ailleurs il ne flattait pas la vanité de Gabrielle. — « Ce
brave Hébert! » disait de lui Morizot. — « Ce brave
Hébert! » répétaient les autres magistrats. Cette épithète, compagne inséparable du nom de son mari,
froissait Mme Hébert comme un manque d'originalité.
Elle était incapable de comprendre que, derrière cette
désignation trop familière, de l'estime dormait pour la
droiture du procureur. — Et une après-midi, sous le
soleil d'une revue, banal comme un héros de roman,
en uniforme, à cheval, répondant aux aspirations de
son adolescence, à l'ahurissement de son esprit capri-
cieux, au prestige maladif qu'il fallait à ses vapeurs de
femme ennuyée, Ventujol lui était apparu.

Chaque jour maintenant, depuis sa première fantaisie d'écrire, des envies prenaient Mme Hébert de
couvrir une feuille de papier du trop plein de ses sentiments, de l'envoyer à l'officier; il lui semblait que
cela aurait soulagé ses facultés d'un poids immense,
arraché une obsession de ses pensées; mais elle hésitait, se contentait de méditer sur ce qu'elle pourrait

écrire et n'écrivait jamais, retenue par les timidités
de son éducation, par mille craintes vagues, par un
reste d'orgueil honnête et de franchise. Elle n'avait
pas encore songé, au milieu des excuses qu'elle se
cherchait, à la transformation possible de son désir
en un faux semblant d'amitié fraternelle, parce qu'une
foule d'obstacles s'étaient pressés entre elle et l'in-
cubation de ses projets. Il s'agissait d'abord de revoir
Ventujol, de s'assurer une dernière fois qu'il était bien
l'homme attendu. Mme Hébert avait encore la passion
prudente. Elle courut les musées, arpenta les rues de
Versailles, le parc, dut assister à plusieurs séances de
la Chambre, et, finalement, rencontra l'officier deux
fois : à Trianon, en compagnie d'une dame âgée, puis
à la musique, une après-midi, dans le parc où il se promenait avec le général de Laboissières. Là, elle put le
considérer à son aise : il était grand, large des épaules,
portait superbement l'uniforme, et de la lumière à ses
mollets faisait paraître son pantalon un peu plus rouge.
Mme Hébert remarqua qu'il avait le pied petit pour sa
taille. Lui, tournait en cercle autour de la musique,
l'aspect fier, marchait d'un pas lent et assuré qui soulevait de la poussière, et quand il disparaissait, perdu
pendant quelques minutes au milieu des promeneurs,
Mme Hébert, l'œil inquiet, se disait que peut-être il
allait partir et ne plus repasser devant elle. Des rêveries scandées par de maussades comparaisons, défa-
vorables à son mari, la traversaient au vacarme inégal
d'instruments dont elle ne percevait pas toujours les
dissemblances. Son esprit, tantôt voguait sur les eaux
bleues d'un sentimentalisme à outrance, tantôt s'attar-
dait à d'insondables contemplations où sa chair palpi-
tait. Et Ventujol repassait, de son même pas régulier,

la face placide. Alors, Mme Hébert s'enfonçait en des
extases qui la berçaient très doucement, et ses pensées
devenaient légères, se mouvaient, murmuraient, mou-
raient avec une langueur attristée, comme la brise
dans les feuilles en éventail des marronniers, au-dessus
d'elle. Parfois aussi, impatiente, elle quittait sa chaise,
allait croiser Ventujol, par besoin de le revoir plus
vite, revenait s'asseoir pour le revoir encore. Ce jour-
là, aucune de ses relations n'était à la musique; elle
eut conscience de ce hasard, en fut heureuse une minute. Auprès d'elle, son fils jouait dans le sable sous la
surveillance d'une bonne; Gabrielle coulait jusqu'à
lui des regards pesants, avait l'air de s'oublier, jalouse
de sa maternité, mais elle se demandait follement pourquoi le sort, la Providence, peu lui importait ! n'avait
pas fait de Ventujol son mari, le père de cet enfant.

Les musiciens exécutaient des pots-pourris d'opéras,
soufflaient des valses où les fifres florituraient souvent,
pareils à des gosiers d'oiseaux. Ils se taisaient; un
crescendo de voix les remplaçait, montait parmi les
arbres; et quand des silences planaient, au moment où
certains morceaux exhalaient une harmonie éteinte,
on entendait plusieurs jets d'eau bruire en s'aplatissant dans leurs vasques.

Longtemps Mme Hébert demeura sur sa chaise, la
tête sonore; puis ses membres s'engourdirent, la plon-
gèrent en une espèce de pâmoison, durant laquelle,
des frissons qui couraient sous les cheveux follets de sa
nuque lui mirent là comme des attouchements. Elle fermait les yeux, humait les moindres odeurs éparses, sentait une lourdeur dans ses genoux. Un tapage de chaises,
un lourd piétinement la rendirent à elle-même : la
musique retournait à sa caserne.

Mᵐᵉ Hébert se dressa, d'une parole brève renvoya son fils et sa bonne, prit en face d'elle la première allée qui se présenta. Une pluie de minces taches d'or semblait goutter du ciel sur la terre, parmi les feuilles d'arbres. La face tournée vers le coucher du soleil, Gabrielle Hébert marchait, toute charmante, en proie aux mille futilités des esprits amoureux. De longues dentelles noires se soulevaient autour de son mantelet, et ses souliers mordorés, sur le gravier du parc, luaient comme des élytres de scarabée. Oui, elle connaissait Ventujol à présent ! elle aurait pu se le représenter depuis les pieds jusqu'au képi. Quel noble visage il avait ! quelle tournure distinguée !... Un homme qui n'était certes pas poitrinaire, celui-là ! tandis qu'Hébert avec sa face maigre, ses jambes qui n'en finissaient plus... Robert Blanc de Ventujol,... un beau nom !... Robert !... Robert !... Et elle se répéta ce nom, le prononçant même à demi-voix, pour mieux se rendre compte de l'effet qu'il produisait ainsi entendu... A n'en pas douter, l'officier devait être bon, meilleur que les autres hommes. Ses yeux ne pouvaient avoir une telle douceur sans refléter un âme parfaite, une quiétude saine, un cœur fait pour aimer longtemps.

Tout avait disparu autour de Mᵐᵉ Hébert; une nuit sans lune l'enveloppait où sa maison, son fils, les profondeurs fraîches du parc, pleines d'ombre verte, hachées de branches et de troncs, avaient disparu. — Elle chercha des excuses à ses pensées dans les conversations de son entourage; se cita des femmes de son monde, pourvues d'amants, excusables, bien accueillies; en arriva même à scruter l'*Histoire*, tant son imagination errait, tant elle avait besoin de ne pas se trouver seule fautive et condamnable.

Orgueilleuse comme toutes les femmes, Mme Hébert ne se demanda pas un instant si Ventujol l'aimerait, lui ! A la veille de s'offrir, elle se contentait d'aiguiser ses sens. La possibilité d'une liaison à renverser peut-être ne la troubla point ; et elle allait sûre d'elle-même, dans la vanité triomphante de son sexe et de son inexpérience. — Un passant qui la coudoya, lui rappela son mari, l'heure de dîner. Alors elle rentra chez elle, fut aimable, expansive, douce pour Hébert, fausse et cruelle cependant.

Le lendemain, elle écrivait à Ventujol sa première lettre, lettre d'amour bâtardée d'amitié.

III

•

Des jours s'écoulèrent. — Sa lettre partie, Gabrielle
faillit en prendre les expressions au sérieux ; elles flattaient la tension sentimentale de son esprit, avaient
des naïvetés voulues, naïvetés dont les femmes se
leurrent parfois, avant de se lancer à corps perdu dans
les aventures. Pourtant, une après-midi où des récla-
mations avaient conduit Hébert au Ministère de la
Justice, elle résolut d'aller chez Ventujol, à tout hasard,
avec un espoir vague de ne pas le rencontrer. Elle fit
une toilette savante, choisit parmi ses robes noires une
robe dont elle ne se servait plus, cacha une mantille
au fond de sa poche, et sortit comme si des visites la
réclamaient. Elle ne tarda pas à déboucher sur la place
d'armes, par la rue Hoche. L'après-midi était magnifique. Devant les casernes d'artillerie, des sentinelles
se promenaient, le sabre au poing. Mᵐᵉ Hébert jeta
un coup d'œil du côté du Palais : il se dressait, la crête
de ses toits allumée de soleil. Aucun promeneur sur la
place.

Gabrielle se dirigea vers l'avenue de Paris où des
flaques d'ombre dormaient sous la hauteur d'arbres
gris de poussière. Là, une frayeur la saisit : jamais je
n'oserai passer devant le concierge !... Elle se demanda

ensuite si Majorelle, par qui elle savait indirectement
l'adresse de Ventujol, sa situation à Versailles, ne s'é-
tait pas trompé; et encore, si l'officier avait reçu *la*
lettre? — Il lui revint que, depuis plusieurs mois
déjà, le service des postes manquait d'équilibre. Bah !
finit-elle par se déclarer, à quoi bon s'effrayer d'a-
vance ! le concierge ne sera peut-être pas dans sa loge.
Je ne vois pas pourquoi M. Majorelle se serait trompé,
ni pourquoi M. de Ventujol n'aurait pas reçu ma
lettre.

Néanmoins, elle passa plusieurs fois devant la rue
Saint-Pierre, sans oser s'y aventurer. Qu'allait dire
l'officier, quand il la verrait? Une minute, elle craignit qu'il ne la sermonnât, la suppliant de retourner
vers son mari, au nom de ses devoirs; mais cette idée
ne la hanta point, l'obligea même à rire, lui procura
le courage et la gaieté nécessaires pour prendre une
décision. Son cœur battait à se rompre, et une chaleur
de fièvre rougissait ses joues ordinairement pâles.

En revoyant la rue Saint-Pierre, petite, mal pavée,
elle pensa : « Comment peut-on habiter une rue
pareille! » Puis elle ajouta : « Bast! un garçon!... et
puis, son appartement est peut-être très bien! » Elle rêva
de cet appartement, se le figura luxueux ; et ce luxe,
à travers son exaltation, lui rappela par ouï-dire celui
de certains cafés décorés à l'orientale, cafés où elle
n'était jamais entrée, en vraie femme du monde.

Elle s'engagea dans la rue et tressaillit devant le
Palais de Justice, comme si son mari, l'arrêtant brutalement, lui avait crié : Où vas-tu? — Cela lui fit
déclarer que Ventujol devrait déménager, plus tard, à
cause du voisinage.

Et soudain, elle aperçut le numéro qui l'attirait, au-

5

dessus d'une porte béante, entre une boutique peinte
en vert et une autre boutique de couleur foncée. Cette
vue la cloua sur place. Sa tête éclatait ; elle entendait
son cœur ; ses jambes refusaient de la porter. Alors,
pour se donner une contenance, sans préméditation,
elle se mit à fouiller sa poche fiévreusement, en tira
un porte-cartes, son mouchoir. Un ouvrier lui demanda :
« Vous avez perdu quelque chose ? » Elle rougit, répondit : « Non », la bouche tremblotante. Son gosier
était sec. « Décidément, jamais je n'oserai » ! murmura-
t-elle.

Elle rebroussa chemin, marchant vite, repassa devant le Palais de Justice, reprit l'avenue de Paris, le
trottoir de la caserne, la rue Hoche, furieuse et contente au même chef de son manque de courage et de
l'entrevue qu'elle venait d'éviter.

L'étalage d'une modiste l'intéressa : de vieux chapeaux, un feutre blanc à plume abracadabrante
achevaient de s'y délabrer, fanés par les après-midi
de soleil, par les coups de lumière du gaz. A peine
contre la boutique, Mᵐᵉ Hébert ne les regarda plus.
Leurs nuances papillotaient sous ses yeux abêtis
par la fuite. A présent, elle réfléchissait qu'elle avait
eu tort de ne pas monter chez Ventujol, qu'Hébert ne
lui donnerait sans doute pas de sitôt une après-midi
de liberté complète. Elle s'accusa de lâcheté. Trois
heures sonnèrent. « J'ai encore le temps ! pensa-t-elle.
Je resterai une heure rue Saint-Pierre, puis j'irai
attendre Hébert à la gare ; il sera enchanté de moi. »

Et elle repartit, bien décidée cette fois à pénétrer
jusqu'à Ventujol, tout en souhaitant de ne pas le rencontrer. Cependant, comme le Palais de Justice l'effrayait un peu, elle changea son premier itinéraire,

prit l'avenue de Saint-Cloud. La porte de la maison
béait toujours. Elle entra. Et déjà, sans même s'infor-
mer de l'étage où habitait l'officier, par frayeur du
concierge, elle avait escaladé une dizaine de marches
quand une voix vint la bouleverser :

— Vous demandez ?

Les mains de Gabrielle se crispèrent sur la rampe
de l'escalier.

Tous ses nerfs vibraient.

— Vous demandez? répéta la voix.

— M. de Ventujol.

— Au troisième, porte à gauche.

On ne l'avait pas vue; Mme Hébert respira, continua d'escalader l'escalier, mais plus lentement : des
timidités la reprenaient.

Au second étage, se rappelant qu'elle devait cacher
son visage, ne pas être connue, elle s'enveloppa la tête
et attacha sa mantille sous son menton par un nœud
presque mal fait.

Au troisième étage, elle s'arrêta pour ne point
paraître essoufflée, découvrit sa bouche, huma l'air à
pleins poumons.

Aucun bruit ne s'échappait de la maison. La cime
d'un gros acacia, à hauteur de la fenêtre du palier,
étalait une surface feuillue où le soleil irradiait. De
la honte maintenant empêchait Mme Hébert de se
calmer. Elle eut envie de pleurer, de se sauver pour
la seconde fois, mais elle voulut voir l'officier par le
trou de la serrure, avant de partir. Une clef l'empêcha
de satisfaire sa curiosité. Puis, comme elle s'émotion-
nait de plus en plus, elle s'adossa contre le mur, près
de la porte de Ventujol, se faisant mince. Des chatouil-
lements, dans son nez, lui causaient des terreurs à

chaque instant; elle craignit d'éternuer. Elle écoutait
cependant. Des coups secs, réguliers, partirent du rez-
de-chaussée. Elle se souvint que beaucoup de con-
cierges raccommodaient des chaussures, et une idée
absurde, sortie de ses terreurs comme une plante d'un
fumier, lui traversa l'esprit : « Il faudra que je donne
ici mes bottines à raccommoder. »

A ce moment, un bruit de pas retentit presque contre elle et la porte de Ventujol s'ouvrit. L'officier allait
sortir, en uniforme, mais il aperçut cette femme toute
noire et s'arrêta décontenancé. Mme Hébert ne bougeait
pas. Ventujol se rappela la lettre qu'il avait reçue,
pâlit, finit par balbutier :

— C'est vous, mad...ame?

— Oui, répondit Gabrielle.

Et passant devant lui, légèrement, avec un tremblement qui lui faisait sauter les seins dans le corset, elle
pénétra chez l'officier. Lui, se retourna derrière elle,
ferma sa porte. Et pendant une minute qui leur parut
très longue, ils restèrent sans se parler, debout l'un
en face de l'autre. Ventujol rompit le silence :

— C'est vous qui m'avez écrit?

— Oui.

Il voulut lui prendre les mains; elle recula.

— Je vous fais peur?

Elle ne répondit point.

— Asseyez-vous donc, reprit-il.

Il approcha un fauteuil, en proie à une stupéfaction
contre laquelle il s'efforçait de lutter. D'ailleurs, il se
sentait ridicule. Mme Hébert s'était assise.

— Vous devez me trouver bien inconséquente,
dit-elle.

— Non, non, je vous assure....

Et l'officier ôta son épée, la déposa sur sa table.

— Vous sortiez?... Je vous dérange?

— Vous ne me dérangerez jamais.

De nouveau ils se turent, n'estimant aucune parole digne de leur situation. Mᵐᵉ Hébert reprit :

— J'ai eu joliment peur en venant, allez!

— Pourquoi?

— Je ne sais pas.

Ventujol, les reins contre la cheminée, essayait d'entrevoir le visage de sa visiteuse inconnue, malgré la mantille.

— Vous avez réfléchi à ma lettre? demanda Gabrielle. Voulez-vous que nous soyions amis... amis véritables?

— Oui, répondit-il. Je veux tout ce que vous voudrez.

— Alors, c'est entendu.

Et Mᵐᵉ Hébert lui tendit une main, sur laquelle il déposa un baiser respectueux, l'œil épanoui, charmé par la voix jeune et l'incontestable jeunesse dont il se voyait déjà le maître, en perspective.

Gabrielle fut charmante, voulut des détails sur le passé de Ventujol. Lui, se montrait bon enfant, la traitant en demoiselle, comme si on la lui avait confiée, l'initiait à tout ce qu'elle désirait savoir : « Il avait été à Saint-Cyr, était sorti dans l'état-major, n'avait pour ainsi dire jamais quitté le général de Laboissières. »

— Et Mᵐᵉ de Laboissières?

— Oh! une excellente femme, presque une mère.

— A propos, vous n'avez fait voir ma lettre à personne?

— A personne... parole d'honneur!

5.

Un album de photographie était ouvert sur la table de l'officier ; Mme Hébert s'en approcha.

— On peut regarder ?

— Certainement.

Elle regarda, feuilleta les pages de carton les unes après les autres, mais sa mantille la gênait, l'empêchait de reconnaître les gens collectionnés là. Et comme l'officier l'arrêtait devant un portrait, disant :

— Voici ma mère.

Elle lui ordonna de tourner le dos, leva son voile, put contempler un instant une vieille tête encore jeune.

— Elle vous ressemble.

— Beaucoup, affirma Ventujol.

Quelque chose, à présent, lui disait qu'il ne devait pas continuer à garder son beau calme en face de cette femme venue chez lui pour un motif compréhensible, qu'il était temps de lui parler un autre langage ; et il s'écria :

— Est-ce que vous resterez toujours masquée pour moi ? Ce n'est pourtant pas la coutume... entre amis.

— Vous voulez donc m'obliger à ne plus revenir ? répondit-elle, un peu guindée.

Ventujol eut peur de l'avoir froissée.

— Pardonnez-moi, dit-il. Je viens d'avoir tort ; je ne recommencerai plus.

Mme Hébert se mit à rire, l'assura d'un franc pardon, le plaisanta même :

— Seriez-vous déjà las de mon incognito ?... Au moins, ne pouvez-vous être amoureux de moi, puisque vous ne m'avez jamais vue. — Voyons, êtes-vous amoureux ?

L'officier baissait les yeux, très embêté, craignant de lâcher une sottise.

— A la bonne heure, reprit Mme Hébert, je vois que vous n'êtes pas amoureux.

Puis, parce qu'il se défendait, balbutiant :

— Je n'ai rien dit... Ce n'est pas bien de me taquiner.

Elle s'approcha de lui, jusqu'à le frôler, demanda tendrement si une sœur n'avait point le droit de rire un peu de son frère. Et tandis qu'elle parlait, Ventujol aurait voulu l'embrasser sur sa mantille, à une place que son souffle avait mouillée, devant sa bouche.

Par hasard, Mme Hébert se douta du désir que ses chatteries faisaient naître, faillit s'abandonner au délire d'une surexcitation spasmodique, tant l'officier lui plaisait, lui semblait aimable à tous égards; mais la peur de ne paraître qu'une catin lui rendit de la volonté, et elle résolut de quitter immédiatement la place pour ne pas succomber.

— Allons, au revoir! dit-elle; je suis obligée de m'en aller.

— Pourquoi?

— J'ai un mari.

— Quel malheur!

Cette exclamation plut à Mme Hébert, remua en elle un reste de délicatesse. Elle promit de revenir bientôt.

— Quand? dit l'officier.

— Bientôt; je ne peux pas préciser. Oh! si j'étais libre!... mais voilà! je ne suis malheureusement pas libre.

Alors Ventujol, tout en se lissant les moustaches, affirma que maintenant il allait s'ennuyer ne cesser

de penser à elle. Et il répéta la chose d'une voix triste
qui parlait aux tristesses de Mme Hébert.

— Vous penserez à moi, bien sûr? demanda-t-elle.

— A chaque minute.

— Oh! le menteur! fit-elle. Il dit cela pour me
plaire.

L'officier protesta de sa bonne foi. « D'ailleurs n'a-
vait-il pas l'avenir?... Le temps prouverait la sincé-
rité de ses déclarations. »

Mme Hébert avait ôté un de ses gants, avec lenteur;
elle le tendit à Ventujol.

— Ne me donnerez-vous pas un souvenir de vous,
en échange?

L'officier, pris au dépourvu, murmura :

— Oui, oui... mais certainement... ce que vous
voudrez.

Mais il ne trouva rien. Il avait beau se creuser la
tête, aucun cadeau présentable ne lui saillissait de
l'esprit. Un moment sa pensée traîna sur un presse-
papier, puis sur un gant aussi, puis sur son porte-
feuille, enfin sur une chinoiserie qu'il possédait dans
un tiroir de sa chambre à coucher; mais aucun de
ces objets n'était de circonstance.

Mme Hébert vit son embarras, ne put contenir une
pointe d'ironie :

— Allons! ce sera pour une autre fois.

Ventujol se confondit en excuses.

— Je vous demanderais bien un de vos poignards,
reprit-elle en désignant la panoplie, mais je n'ai l'intention d'assassiner personne.

Elle se rapprocha pourtant de la panoplie, tourna
le dos à l'officier, afin de lui cacher son hilarité. Ventujol était furieux, furieux contre lui-même et furieux

de sentir que cette première entrevue ne se terminait
pas à son avantage. Quand Mme Hébert fut plus
calme, elle revint vers l'officier; déjà elle lui avait
pardonné de s'être laissé surprendre.

— Au revoir! dit-elle encore. A bientôt!... Je vous
écrirai.

Ce brusque départ, sans un mot direct en sa faveur,
vexait Ventujol. Il ne bougea pas.

— Je vous ai fâché? demanda Gabrielle.

Cette fois, il se précipita, saisit fortement la main
qu'on lui tendait, et, à plusieurs reprises, il y promena
ses lèvres depuis les ongles jusqu'au poignet.

— Finissez donc! disait Mme Hébert. Voulez-vous
bien finir... grand enfant!

Mais Ventujol ne se lassait pas, se payait de la chasteté de l'entrevue; et l'odeur de la main qu'il violait
lui emplissait la tête comme d'une griserie.

Aussitôt dégagée, Mme Hébert ouvrit la porte, se
sauva dans l'escalier, les joues en feu.

— A bientôt! répéta-t-elle, à voix basse.

Elle descendit quelques marches, le corps à demi
tourné, la taille cambrée, très élégante sous l'ombre
de son mantelet noir.

— Vous savez! supplia-t-elle. Je vous défends de
me suivre.

Ventujol s'inclina. — Quand il releva les yeux, la
traîne du jupon blanc de madame Hébert disparaissait,
très lumineuse, à l'étage inférieur. — Il écouta néanmoins le piétinement léger des deux minces talons qui
battaient son escalier tout en s'éloignant, les entendit
trottiner sur le carrelage du rez-de-chaussée. Puis un
silence épais monta jusqu'à lui du bas de la maison.

La face pensive, l'officier rentra dans son appartement, ouvrit sa fenêtre, mais au milieu de la rue, il n'aperçut qu'une forme sombre; elle détalait, sans se retourner. Alors il alluma un cigare, s'étendit sur un fauteuil, croisa ses jambes, et longtemps il se frotta les mains, l'œil ravi par des contemplations où le présent et l'avenir se confondaient agréablement.

Mᵐᵉ Hébert, elle, se dirigeait vers la gare (rive droite), afin d'attendre son mari. Elle suivit un instant l'avenue de Saint-Cloud. A cette heure, des soldats, quelques civils, des officiers de toutes les armes, les uns en petite tenue, d'autres vêtus d'introuvables redingotes, coiffés de melons, se promenaient par groupes. Aucun ne lui sembla valoir Ventujol. Elle prit la rue Duplessis, et bientôt aperçut la gare, de très loin. Des omnibus, des fiacres, à chaque instant s'y engouffraient, ne reparaissaient plus. Un flux de préoccupations joyeuses montait en Gabrielle, et de son escapade, il ne lui restait qu'un bourdonnement dans les oreilles.

Décidément, Ventujol était bien l'homme dont elle avait rêvé, jadis, avant d'être mariée. Incapable d'observation profonde, elle le revoyait, même après cette première entrevue, tel qu'elle se l'était fabriqué. Une particularité à laquelle son regard ne s'était pas attaché tout d'abord lui revint à l'esprit : deux mèches de cheveux blanchissaient aux tempes de Ventujol. Elle les attribua au labeur journalier du capitaine, aux travaux acharnés que l'armée entière élucubrait, travaux peu appréciables, mais dont les têtes étaient farcies à cette époque, même celle de Gabrielle.

En traversant le marché Notre-Dame, Mᵐᵉ Hébert vit des fleurs, résolut d'en acheter pour son mari, se disant avec une malice perverse qu'elle lui devait ça; et résumant ses maigres rancunes en une vengeance plus maigre encore, elle se fit composer un bouquet de roses où les roses jaunes dominaient. Elle repartit.

Sur les pavés éculés de la rue, des voitures roulaient bruyamment, continuant à se diriger vers la gare. Mme Hébert pressa le pas. Des boutiques filaient à sa droite, lui jetant la disparité trouble de leurs étalages, et par certaines portes cochères, des bouffées de fraîcheur lui arrivaient, bonnes à respirer durant cette fin d'après-midi. Gabrielle atteignit la gare; il était temps. Les voyageurs du train de quatre heures et demi avaient déjà quitté le débarcadère, s'avançaient par une espèce de couloir obscur où les visages mettaient des taches claires. Çà et là, des galons de képis brillaient, et des sabres cliquetaient doucement. La cohue s'éparpilla dans la cour, devant la gare, déboucha sur la rue Duplessis. Les conducteurs, à la portière des omnibus, acclamaient des noms d'hôtels. Et soudain Mme Hébert aperçut son mari; celui-ci arrivait, la mine sévère comme toujours, la bouche pincée entre ses favoris blonds, bien peignés. Il lui fit l'effet d'un grand bonhomme en pain d'épice.

— Raoul! appela-t-elle, au moment où il passait.

Hébert se retourna, aperçut sa femme, sourit.

— En voilà une surprise! fit-il.

Elle lui prit le bras.

— Je savais bien que tu serais content; mais ce n'est pas tout, tu vois! je t'ai acheté des fleurs.

Elle haussait le bouquet jusqu'à ses narines.

— Merci, dit-il.

Et tous deux s'éloignèrent de la gare, se dirigèrent vers le boulevard de la Reine.

— Jules a été gentil pendant mon absence ?

— Je ne sais pas ; j'étais en visite.

— Qui as-tu vu ?

— Toujours les mêmes personnes.

Prête à tous les mensonges, Gabrielle se hâta pourtant de détourner la conversation.

— Eh bien ! M. Majorelle sera-t-il décoré cette fois ?

— Oui, répondit Hébert.

Et il ajouta, la face de plus en plus grave :

— J'ai vu le ministre.

— Ah !... C'est un homme bien ?

— Très bien. Il m'a recommandé de mettre un frein au zèle des journalistes ; on fera tenir une circulaire à plusieurs parquets.

— Tu n'as rencontré personne ?

— Si, Morizot... à la gare Saint-Lazare. Il viendra te présenter ses respects ce soir.

A ce moment, leur attention fut attirée par les zigzags qu'opérait devant eux, à l'entrée du boulevard de la Reine, un soldat du train des équipages, dans un état complet d'ivresse. Des passants s'étaient attroupés, lançaient des éclats de rire.

— N'est-ce pas ignoble ! fit Hébert... Il n'a pas même le respect de son uniforme. Où allons-nous !

Gabrielle, un peu effrayée, se serra contre son mari.

Le soldat choppait, buttait à chaque pas, s'embarrassait dans son bancal, flageolait, reprenait son équilibre ; et il paraissait un peu plus solide sur ses semelles, quand il piqua soudain une tête en avant, à grandes enjambées alla donner du schako contre un des ormes du boulevard, dans un fracas de sabre, de gros souliers et d'éperons. Là, il s'aplatit par terre,

comme une masse, décoiffé, lamentable sous son dolman bleu, sans une plainte.

Quelques curieux accoururent. Mme Hébert avait
poussé un cri ; Hébert essaya de la rassurer : « A quoi
bon s'émouvoir ! Est-ce que ces gens se faisaient du
mal ! » Il cita la phrase connue : « Il y a un Dieu pour
les ivrognes. » Mais Gabrielle tremblait encore dans
la cour de leur hôtel.

La première personne qu'ils aperçurent au fond du
jardin, jouant avec le petit Jules, fut la vieille Mme Hébert, plus plate que jamais, carrée des épaules, en fourreau de cachemire noir, son éternelle face-à-main
devant les yeux. Ses cheveux étaient devenus blancs,
mais elle se tenait encore droite comme un peuplier.

— Tiens ! maman... s'était écrié joyeusement Hébert.

Sa femme à la gare ! sa mère à la maison ! ce jour
avait été pour lui fertile en surprises. Il ne s'étonna
point de voir la vieille dame ainsi installée. Elle n'avait
pas voulu mentir à ses habitudes, était arrivée sans
prévenir. Une fois par an, elle débarquait de cette manière chez ses enfants, et le magistrat redevenait petit
garçon.

Mais cette fois, l'intrusion de la vieille dame avait
déplu à Gabrielle, avait ému ses superstitions, s'était
dressée comme une menace pour ses futures amours ;
puis cette chose naturelle : la présence de la grand'-
mère près du petit Jules, l'avait choquée aussi. « Ne
payait-on pas une bonne afin de surveiller l'enfant ?
On avait beau aimer son fils, on ne pouvait cependant
s'astreindre à ne jamais le quitter ! » Sans se l'expliquer, à cause de son entrevue avec Ventujol, elle
était mécontente d'elle-même, et toutes sortes de
mauvaises raisons la faisaient jalouse.

— Jules !

— Maman ?

— Eh bien ! tu ne viens pas m'embrasser ?

Le petit bonhomme accourut, la face encore barbouillée des confitures de son goûter, les mains poisseuses, noires de poussière, son tablier de toile bise maculé.

— Oh ! le sale !.. fit Gabrielle.

Elle refusait de l'embrasser, répétant toujours :

— Oh ! le sale ! le sale !

— Je me suis bien amusé, va, maman ! dit l'enfant.

Il était très gentil, avec de grands cheveux blonds taillés à la bretonne.

— Comme si ta grand'mère n'aurait pas pu te débarbouiller ! gronda Gabrielle, assez haut pour que la vieille dame l'entendît.

Et elle emporta son fils, toute rassérénée d'avoir décoché cette flèche du Parthe.

La vieille dame ne broncha pas. Hébert la promenait dans le jardin.

— Tu vois, maman, il y a du changement depuis que tu n'es venue ? Les troènes ont poussé, la plupart des massifs ont changé de place.

— Oui, oui.

— Et ton jardin, à toi, là-bas, est-il beau ?... Tes espaliers ?

— Ils ont eu beaucoup de fleurs.

— Tu as toujours Ralph ?

— Toujours, mais ce pauvre Ralph est comme moi ; il devient vieux... Tu ne le reconnaîtrais guère ; il n'aboie plus après personne.

— Ce pauvre Ralph ! répéta Hébert.

Ils allèrent s'asseoir sous un grand tilleul, à un angle

du jardin, contents d'être ensemble, malgré la sécheresse de leur maintien ; et la vieille dame parla de sa
dernière lessive, de ses trois servantes dont l'une voulait la quitter, des économies qu'elle avait accomplies
depuis un an.

La chaleur du jour s'évaporait ; sous le ciel qu'un
léger envahissement d'ombre commençait à ternir,
les plantes, les arbustes étaient immobiles. — Un
domestique annonça le dîner.

Alors, sa mère au bras, Hébert se dirigea vers la
salle à manger. Et ils se préparaient à monter les
marches du perron, quand la vieille dame s'arrêta, un
sourire sur ses lèvres minces.

— Tu ne sais pas ce que Jules m'a demandé pour
ma bienvenue ? dit-elle.

— Non, répondit Hébert.

— Un uniforme de soldat.

L'enfant avait les goûts de sa mère.

IV

Autant Versailles est solitaire, d'aspect profondément ennuyeux, même en été, quand elle n'appartient
qu'à sa population ; autant, les jours de gala, ses rues
droites, ses places désertées, ses maisons correctes se
transforment.

Il faut à cette ville des foules étrangères pour user
l'herbe qui croît entre les pavés de ses rues ; alors,
comme dans les cités mortes où viennent parfois des
pèlerinages, un souffle de vie passe, et les monuments
reprennent leur splendeur, et les vieux arbres pal-
pitent.

La soirée de la Saint-Louis, fête patronale de Versailles, vers les sept heures, promettait d'être magnifique. Toute la matinée, le ciel s'était maintenu d'un
gris blanc plein de vapeurs ; d'interminables masses de
nuages s'étaient amoncelées ; mais, à trois heures, une
brise haute avait soufflé, et on avait vu les nuages se
disperser, s'éloigner, de plus en plus rares, sous une
nappe bleue sans cesse grandissante. Puis, au moment
où le soleil tombait à l'horizon, derrière des toits,
plus loin que les cimes moutonnantes du parc, au
milieu d'un flamboiement d'antimoine en fusion,
de pourpre vive et d'or, la lune dans le ciel encore

bleu, avait exhibé son profil, et elle montait avec les premières ombres du crépuscule.

Aucun souffle n'agitait les feuilles qu'une ondée, la veille, avait nettoyées de leur poussière. Les cloches de l'église Notre-Dame sonnaient des notes tranquilles.

Il faisait bon de vivre ; aussi les promeneurs, partout, marchaient-ils à travers les rues comme des invités sur les allées plantureuses d'un jardin de château.

On allait, on se croisait, sans hâte. Des groupes endimanchés se dirigeaient vers la place d'armes, d'autres groupes descendaient vers les faubourgs. C'était un va-et-vient continu de gens placides, de paletots noirs mêlés à des uniformes çà et là dominés par des casques à plumet rouge. Tout ce monde, durant l'après-midi, avait visité les musées, arpenté le parc, assisté aux ébats des jets d'eau, commenté la mythologie des bassins, avait essayé de tuer le temps. A neuf heures, un feu d'artifice devait être tiré ; on attendait.

Et, brusquement, au milieu de l'oisiveté générale, certaines rues apparaissaient plus bruyantes que les autres, plus garnies de drapeaux, plus enguirlandées de lanternes vénitiennes. Des gaîtés perçantes jaillissaient de cabarets largement ouverts, sautaient aux oreilles ; et sous des tentes amollies par les pluies, derrière des ombrages de sapins et de lauriers-roses, des assoiffés gesticulaient, des verres tintaient ; tandis que la voix chevrotante d'un ambulant égrenait les couplets en vogue. Dans les rues, des estropiés, hommes, femmes, enfants, chantaient à tue-tête ; des mendiants étalaient leur difformités, agitaient des moignons, tapaient leurs béquilles contre les pavés ; et, bousculant la foule, le gilet déboutonné, la cravate lâche, la face rouge, fiers d'une journée complète de bombance,

des calicots venus de Paris soufflaient leur dernière
salive dans des mirlitons gagnés aux tourniquets.

Sur quelques petites places, loin du centre de la ville,
des chevaux de bois tournaient frénétiquement, comme
excités par la bruyance canaille de leurs orgues, sous
un déploiement de drapeaux et de loques rouges garnies de paillettes.

Cependant l'aspect de la ville était calme.

Par bandes, un peu partout, les soldats de la garnison se répandirent, vers le soir ; tandis que des familles
de paysans, la journée finie, arrivaient à leur tour,
marchaient les bras ballants, les jambes appesanties,
sans se parler. On s'engouffra dans les restaurants, et
une odeur de cuisine se mit à traîner aux environs des
enseignes qui annonçaient de la mangeaille à vendre.

La nuit jeta un peu de son silence sur la foule moins
nombreuse. Une à une, des fenêtres s'allumèrent, piquè-
rent de feux l'obscurité des maisons. Le ciel très con-
stellé faisait pleuvoir sur la ville comme de la poussière
lumineuse où de longues traînées claires planaient. Des
hommes parcoururent les rues rapidement ; on entendait un grincement sec, une perche se dressait, et les
becs de gaz lançaient un éclair. Les cabarets, les cafés
s'étant illuminés, bientôt les monuments flambèrent.
De minces ceintures de flammes les enveloppaient,
s'allongeaient sur les balcons, traçaient des lettres sur
leur face ; puis des couronnes incendiaient leur sommet, rougeoyaient sous la clarté blanche de la lune.
Partout à présent, le long des rues, à la plupart des
fenêtres, parmi les arbres des avenues, des bougies,
dans des lanternes vénitiennes, égayaient la nuit d'une
multiplicité de nuances douces à l'œil ; et des lampions
grésillaient sur des boutiques, brûlaient devant les

casernes, entourés d'une fumée bleuâtre. A la porte
de la Chambre des députés, au bas du porche des
églises, debout contre tous les monuments de l'Etat,
des ifs en verres de couleur scintillaient, surmontés
d'oriflammes en verres de couleur aussi. La fête de
nuit allait commencer dans le parc.

Alors, au milieu de la foule à présent compacte,
repue, avide de spectacles, répandue sur le pavé de
Versailles comme un fleuve débordé, la retraite aux
flambeaux passa.

— Bravo ! les artilleurs, cria-t-on.

Une fanfare pétardait joyeusement sous un dais
tremblant de lanternes ; et des notes suraigües de
trompettes chantaient sur un rythme vif et cadencé,
retombaient sans cesse dans l'ensemble de l'accompa-
gnement pour s'enlever encore.

Des galopins gambadaient à ses côtés ; elle s'éloigna,
laissant un remous de plus en plus ombreux derrière
la fantasmagorie de ses lanternes.

Cependant, par toutes les voies possibles, la foule
se dirigeait vers le parc, sans bousculade. La place
d'Armes, la rue des Réservoirs, les trois grandes
avenues, la rue de la Bibliothèque, la rue Maurepas
et le boulevard de la Reine étaient noirs de monde.
On avançait avec une lenteur désespérante, les épaules
pressées par des épaules, les bras serrés contre les
corps. Pas un cri, pas une plainte ne s'échappaient.
Une cohue avait fini par s'entasser dans la cour
d'honneur du château, sous la voûte du Sénat.
On se poussait ; des enfants criaient ; des femmes ne
cessaient de se plaindre ; parfois le coup de sifflet
d'un voyou déchirait l'air. Petit à petit, malgré tout,

la voûte vomissait sa cohue, et un spectacle impatiemment attendu frappait les arrivants.

Dans le grand silence forestier du parc, dominant
les jardins du bassin de Latone, le tapis vert, éclairant
d'une immense lame de lumière le grand canal aplati
en croix derrière le char d'Apollon, sur la plate-forme
du palais, des verres bleus, jaunes, verts, rouges,
blancs, fleurs de nuit régulièrement étagées, formaient
un arc de triomphe à colonnades unies par des giran-
doles, jetaient aux regards l'éclat de leurs mille feux
adoucis. Des lustres pendaient de tous les arceaux.
Des cordons de gaz enceignaient les parterres d'eau,
s'y reflétaient à l'infini, couraient en pente vers des
profondeurs d'arbres, le long de terrassements où des
ifs taillés en pointe ressemblaient à des mamelles de
bronze. La blancheur d'une allée de statues fuyait en
se mourant vers le grand canal; et debout sur leurs
vases effrités, à chaque instant, des géraniums étalaient des bouquets d'un rouge ombreux. Quelques
torchères versaient une lumière calme sur les marches
de marbre rose. Le ciel pesait à peine sur les futaies
du parc qu'aucune éclaircie ne tachait. L'atmosphère
était sonore.

Sous la voûte du Sénat, le passage continuait à se
dégorger, à jeter des curieux sur la plate-forme du
château. On admirait un instant les illuminations,
puis, par l'allée des Marmousets, on se dirigeait vers
le bassin de Neptune. Là, quelques becs de gaz éclairaient seuls la foule. Celle-ci grouillait, bourdonnait
dans une demi-obscurité, attendait avec impatience
le feu d'artifice. Des rires s'enchevêtraient, des quoli-
bets s'échangeaient, et de temps en temps, une tyro-
lienne partait, se terminait en hoquet de gouttière.

Un immense brouhaha s'échappait dans la nuit, autour du bassin, courait sur la cohue que des cigares et des pipes, çà et là, tachaient de points lumineux.

Au milieu d'une allée qui longe le groupe de Neptune, par derrière, une tribune avait été construite à l'usage de certains privilégiés; et elle s'allongeait au-dessus de la foule, toute blanche sur des poutres blanches, pareille à une carcasse de mammouth. — Quelques groupes s'y étaient déjà installés, causaient. — A chaque instant, des messieurs, des dames, quittaient péniblement le courant formé par la populace, trébuchaient contre des marches, rejoignaient les invités de la tribune. On se tirait des coups de chapeau, de loin; tandis que les femmes, en s'asseyant, se saluaient d'un léger coup d'échine. Et quatre ou cinq places, sur les bancs, étaient encore vides, quand un homme arriva, essoufié, la mine piteuse, se haussa sur la pointe des pieds, embrassa d'un regard les gens assis devant lui, au hasard de leur venue. Quelqu'un l'appela :

— Hébert?

— Tiens! c'est vous, Morizot? Je ne vous avais pas vu, répondit le magistrat.

Il ajouta, la voix basse :

— Ma femme n'est pas ici?... Voilà vingt minutes que je la cherche. Nous avons été séparés par la foule. Est-ce que vous ne l'auriez pas aperçue?

— Non, fit Morizot.

— Diable! diable! c'est que je suis dans une inquiétude!...

— Bah! les femmes savent toujours se tirer d'affaire, scanda Morizot. Asseyez-vous là, près de moi, une minute, et vous verrez!

Hébert s'assit, mais il ne tenait pas en place, les yeux braqués sur la foule.

— Alors, ce n'est pas une plaisanterie; vous avez fait une pièce, monsieur Morizot? dit une voix de femme continuant une conversation interrompue.

— Parole d'honneur; ah çà! vous ne m'en croyez donc pas capable?

— Si, si... Une pièce sur quoi?

— Une pièce politique... et conjugale.

— Elle s'appelle?

Morizot hésita un instant, puis brutalement il lâcha:

— La conjonction des centres.

La voix fit:

— Oh! oh! très moral.

Elle étouffait un éclat de rire. Le président gardait son sérieux.

Hébert, malgré sa préoccupation, s'était retourné. Et il reconnut, assise à la droite de Morizot, la petite Mme de Blériot, une jolie veuve, d'allure libre, honnête d'ailleurs, connue pour la blondeur de ses cheveux et par deux touffes de poils frisottants qui lui descendaient plus bas que les tempes. Une paire de gros brillants, à ses oreilles, scintillaient comme des gouttes de feu.

— Eh bien! vous ne voyez rien venir? demanda Morizot.

— Rien, répondit Hébert, scandalisé par le bout de conversation qu'il avait entendu.

Autour de lui, on chuchotait; un bavardage de bonne compagnie contrastait avec la joie bruyante épandue devant la tribune.

Mme de Blériot reprit:

— N'importe! M. Morizot; je comprends que vous

vous amusiez à faire des pièces, car vous devez joliment vous ennuyer au Palais, à force d'entendre toujours les mêmes choses.

— Moi, m'ennuyer? répliqua Morizot; allons donc! Je n'écoute jamais, alors, vous comprenez, tout est nouveau pour moi.

Hébert se leva. Ce mot de magistrat manquant de respect à la magistrature venait de le froisser, d'ajouter encore au chagrin qu'il ressentait d'avoir égaré sa femme.

— Au revoir, dit-il.

— Au revoir, répondit Morizot.

Il ajouta, une pointe d'ironie sur le visage :

— Bonne chance.

Et déjà Hébert, après s'être excusé de déranger Mme de Blériot, mettait le pied sur l'escalier de la tribune, quand deux bouquets successifs de bombes à détonation éclatèrent, jetant une clarté soudaine sur le bassin de Neptune, sur la foule, sur lui-même.

— Ah! ah! ah! fit l'assemblée en une exclamation qui dura, s'étendit, sombra dans un large silence. — Le feu d'artifice commençait.

Hébert, à présent au milieu de la cohue, nageait, jouait des coudes, se frayait un passage vers la rue Maurepas qui donne sur le boulevard de la Reine; mais la cohue, hargneuse, se resserrait devant lui, et il n'avançait qu'à force de politesse, la tête vide.

On lâcha les grandes eaux; elles murmurèrent d'abord, jaillirent, ne parurent pas certaines de leur équilibre, puis vigoureusement elles montèrent, se croisèrent, s'arrondirent en gerbes, les plus forts jets ébréchant les autres, les plus faibles s'aplatissant en fine poussière d'eau. A leurs pieds, des masses de

vapeur s'irisèrent, coururent sur la planeur liquide ;
tandis que des fusées, partout, lançaient du feu, tour-
billonnaient, zigzaguaient avec fureur, ajoutaient à la
féerie poudroyante de l'eau un poudroiement d'étincelles, çà et là formaient des arcs-en-ciel. Les murs
du bassin dardaient des flammes et des cascades. La
gueule ouverte, deux dragons montés par des amours
crachaient comme des fontaines. Des bouillons d'écume
susurraient, pêle-mêle se jouaient avec un frétillement
squameux de vagues d'émeraude qu'une incessante
poussée chassait vers un rivage de granit en lames
de plus en plus minces. Quatre chevaux ruisselants se
cabraient devant la conque marine où Neptune et
Amphitrite, depuis des années, sous le givre et les
orages, sous le chaud soleil des canicules et la vapeur
des aurores trônent majestueusement. Des monstres
émergeaient des flots, batifolaient autour d'eux ; des
tritons, la poitrine nue, soufflaient de la pluie par des
coquillages ; Protée gardait ses troupeaux ; l'Océan
se baignait avec les Néréides. Tout ce monde de
statues vivait et vibrait, apparaissait là, éclaboussé
de lumière, dans une splendeur au moins égale à sa
splendeur antique ; cependant que, sortant de vases
de plomb également espacés, de bouches à peine
visibles, une suite de longs jets d'eaux se pressaient,
pareils à un cortège de piques, derrière une exhibi-
tion royale. Un immense bruit de cataracte dominait
les autres bruits.

Hébert eut le temps d'admirer ce spectacle, puis il
déboucha dans Versailles, par la rue Maurepas. Celle-ci
était presque déserte, filait en droite ligne, égayée
par la clarté douce de ses illuminations. Des détonations saisissaient à chaque instant le magistrat, au

milieu de ses pensées, parfois le faisaient sursauter tant il était loin de la fête nocturne. « Où pouvait être Gabrielle, à cette heure?... Chez elle, sans aucun doute... mais dans quel dépit !... Ne se promettait-elle pas monts et merveilles de cette soirée? N'avait-on pas refusé une invitation à dîner pour mieux n'appartenir qu'à soi?... Après tout, personne n'était responsable de la partie manquée : n'arrive-t-il pas qu'on se perde ainsi très souvent dans les foules? qu'on ne parvienne plus à se rencontrer?... N'importe ! on aurait dû se donner rendez-vous quelque part, prévoir les désagréments possibles, se garer de l'imprévu. » Hébert savait sa femme nerveuse, la craignait un peu. « Bah ! se dit-il, afin de se tranquilliser, elle en sera quitte pour avoir manqué le commencement de la fête. Le bouquet la dédommagera du reste. » Et il pressa le pas.

Au seuil des cafés, des garçons ennuyés d'être à leur service quand la ville s'amusait, contemplaient la rue avec mélancolie, ou bien, le cou tendu, essayaient d'apercevoir quelque bribe de chandelle romaine dans le ciel.

Hébert traversa le boulevard de la Reine, arriva devant sa porte. Aucune lanterne ne décorait l'hôtel réactionnaire du magistrat. Il entra, monta vers le petit salon où Gabrielle, habituellement, un livre à la main, cherchait à éluder les rancœurs de sa languissante oisiveté.

Rien ne faisant pressentir qu'elle eût attendu là, Hébert passa dans la chambre à coucher. Des parfums intimes y traînaient, capables en temps ordinaire d'attiser les sensations de bien-être; le lit conjugal, sous son dais de peluche bleue était encore paré; une veilleuse brûlait sur la table de nuit. Alors il alluma une bougie, se mit à parcourir l'hôtel, traversa le grand salon, la salle à manger, les chambres d'amis.

— Gabrielle! Gabrielle! répétait-il de temps en temps.

Seul, le tic-tac monotone des pendules lui répondait.

Parbleu! puisque sa femme n'était pas rentrée, c'est qu'elle n'avait pas perdu courage au milieu de la foule. Peut-être même avait-elle atteint la tribune réservée au moment où, lui, s'en éloignait. Néanmoins, malgré leur presque certitude, ses raisonnements ne lui semblaient pas décisifs; et ils évoquaient la possibilité du malheur contre lequel, en pareil cas, n'ont jamais cessé de se heurter les plus minimes inquiétudes.

Hébert ne s'étonna point de ne rencontrer aucun domestique; tous, excepté la bonne de son fils, avaient obtenu de sortir. Et il se préparait à regagner le parc quand un espoir vague le retint : Gabrielle pouvait être auprès de l'enfant. Celui-ci couchait dans une chambre construite sur le jardin, au bout de l'hôtel. Son bougeoir à la main, le chapeau sur la tête, Hébert se dirigea vers cette chambre. Il marchait avec précaution, tâchant d'éviter les craquements du parquet, l'esprit ancré maintenant à l'espoir de retrouver sa femme derrière la porte qu'il distinguait non loin de lui, ombreuse entre les murs d'un couloir. Doucement il ouvrit cette porte, s'arrêta déconcerté : Gabrielle n'était pas là; le lit de la bonne était vide. Hébert comprit sur-le-champ que cette femme avait abandonné le petit Jules pour courir à la fête; et une violente colère le rendit blême, lui souleva rudement le cœur dans la poitrine. Il s'approcha de l'enfant. Celui-ci dormait, le corps en boule sous ses draps, le profil rose sur un mince oreiller où ses grands cheveux blonds s'étaient éparpillés ; et il ronflait gentiment. Hébert tremblait. « Qu'allait penser Gabrielle en ne le voyant pas? car, maintenant, il ne fallait plus songer à quitter la maison : Jules pouvait avoir besoin de quelque chose, se réveiller, être pris d'une frayeur dangereuse dès qu'il se saurait seul. » L'atmosphère de la chambre était tiède. Hébert approcha un siège de la table où il avait posé sa bougie. Une lourde fatigue l'accablait, l'obligea de s'asseoir, les membres rompus. Il écouta les ronflements légers de l'enfant qui peu à peu s'éteignirent. — Au loin, les pétards du feu d'artifice claquetaient toujours comme des coups de fouet.

Hébert n'osait remuer. Quand sa chaise craquait dans le silence mortuaire de la pièce, une souleur lui tapotait la cervelle. Plus fort que sa colère, plus tyrannique que les agitations lancinantes de son ennui, un sentiment de solitude incommensurable l'envahissait, lui procurait l'appréhension d'on ne sait quel malheur suspendu sur sa tête. Deux grosses larmes coulèrent des paupières de cet homme, larmes de faiblesse dont il éprouva de la honte. Alors il attira devant lui un alphabet colorié qui gisait sur la table, le feuilleta, finit par s'abîmer en une contemplation trouble où le bariolage de l'alphabet, sous ses yeux, lentement se mêlait à des visions du passé, visions dont aucune n'était plaisante. Quelque chose pourtant vint le prendre à sa torpeur, aux souvenirs qui poussaient en lui sur d'autres souvenirs : il regarda en face de lui, accroché à la muraille, un vieux portrait, le sien, quand il avait douze ans. C'était une pâle figure, trop morose pour cet âge, une pauvre tête à gifles qui sans avoir été giflée, semblait avoir beaucoup souffert. Elle émergeait d'un enduit sombre, brouillé par les années; mais, comme il se rappela l'époque où un peintre de passage l'avait barbouillé là; pour la seconde fois, avec les mille détails qu'évoque le découragement, le dégoût de soi-même, l'amertume du présent, la conscience d'une éternelle solitude, il assista au trépas de son père, mort à quarante ans, dans une sale ville de province.

Pendant ce temps, au bras de Ventujol, Mme Hébert arpentait l'allée du Mail, allée du parc souvent déserte.

Peu de jours avant la fête, elle avait adressé un billet à l'officier, l'avertissant d'être à neuf heures précises derrière le mur de l'Orangerie. Elle promettait de s'y trouver. Gabrielle avait combiné qu'elle profiterait de la cohue pour perdre son mari, et qu'ensuite, le premier motif d'excuse venu suffirait à justifier sa disparition pendant une heure ou deux. D'ailleurs, par tempérament, Hébert était loin du soupçon; Gabrielle ne l'ignorait pas.

Donc, précédant son rendez-vous, à neuf heures moins un quart, elle attendit Ventujol, un peu effrayée du houleux murmure qui lui parvenait, de la hauteur obscure du parc, de la profondeur des allées, du coin de solitude qu'elle avait consenti à braver. Des minutes s'écoulèrent de plus en plus lentes. Et elle accusait déjà Ventujol d'indifférence, prête à s'en aller, l'esprit ulcéré, quand l'officier apparut, en uniforme, ayant compris qu'il plairait davantage ainsi vêtu. Il s'excusait de son retard, mais elle lui imposa silence, lui prit le bras presque ardemment, l'entraîna vers l'allée du Mail. Elle avait tant pensé à lui les jours précédents, avec une ferveur extatique, qu'elle le revoyait comme si leur contrat d'amour durait depuis des mois. Ventujol fut même étonné de cette familiarité qui envoyait au diable, sans en éprouver la moindre gêne, l'allure guindée de leur unique et récente entrevue.

— Eh bien! demanda-t-elle d'abord, vous êtes-vous ennuyé après moi?

— Je n'ai pensé qu'à vous, répondit-il.

— Bien vrai?... bien vrai?

Elle se frottait la poitrine contre son bras, se faisait chatte, lui parlait d'une voix câline, le cou tordu, avec des gestes qui minaudaient.

« Elle aura mangé des choses extraordinaires, ce soir, à son dîner. C'est certain! pensait Ventujol. » Lui, à son tour, avait envisagé la situation de cette femme assez hardie pour être venue le *raccrocher*, une belle après-midi, et tout en la désirant, il ne la respectait plus. — Elle s'informa de ses travaux, de sa santé, de sa famille, du restaurant où il prenait ses repas. Une soif de pénétrer l'homme qu'elle aimait lui serrait l'estomac. Les questions succédaient aux questions.

— Je suis indiscrète, n'est-ce pas? finit-elle par déclarer.

Ventujol sourit, secoua la tête de droite à gauche, pour la forme seulement. Une envie démesurée de dévisager Gabrielle le tarabustait; il se rappelait avec terreur qu'il ne l'avait pas encore vue. Pour quelle cause s'était-elle encore calfeutré la figure? Il résolut d'en avoir l'esprit net, le plus tôt possible.

— Alors, vous vous nommez Gabrielle? dit-il, espérant qu'un dialogue quelconque le mènerait au but convoité.

— Oui... Gabrielle. — Vous n'aimez pas ce nom?

— Si, si, répondit-il.

Puis, galamment :

— Je ne l'aimerais pas qu'il me plairait à cause de vous.

Ils se turent, marchant toujours comme entraînés l'un par l'autre dans une fuite nécessaire. Gabrielle s'essoufflait.

— Pardon, dit Ventujol, je marche trop vite, sans faire attention que vous vous fatiguez.

— Oui, répondit-elle... un peu trop vite... beaucoup trop vite même.

Il aurait voulu la conduire jusqu'à une éclaircie, blanche sur la terre de l'allée, à quelques pas, mais elle s'arrêta, la poitrine soulevée par une respiration pénible.

— Nous n'avançons plus?

— Si... mais voyez-vous... je crois n'avoir jamais trotté autant.

Ce fut à ce moment que la première pièce d'artifice éclata, que l'exclamation satisfaite de la foule leur parvint.

— Ça commence, dit Gabrielle.

Et elle eut conscience du sacrifice qu'elle s'imposait en perdant un pareil coup d'œil. — Ils écoutaient les détonations tombant les unes sur les autres avec fracas, comme les pierres d'un écroulement lointain. Autour d'eux, les taillis étaient immobiles.

— A quoi pensez-vous? demanda soudain Gabrielle.

— Je pense, répondit effrontément l'officier, que vous êtes pleine de secrets pour moi; et j'en souffre.

— De secrets?

— Oui, de secrets. Je ne vous ai pas encore vue; je
ne sais pas votre nom; je ne sais rien de ce qui vous
concerne. Moi, je viens de vous raconter ma vie.

— C'est vrai! dit-elle.

Puis elle ajouta :

— Êtes-vous discret?

Il répondit, sur un ton de reproche :

— Vous me le demandez?

— Eh bien! mon mari s'appelle Hébert.

— Hébert? murmura Ventujol... Hébert!... Hébert!... Attendez-donc...

— Oui, je suis Mme Hébert, la femme du magistrat; et M. Morizot, et M. Majorelle, vos amis, sont
aussi les amis de mon mari.

Elle débita cela sans volubilité, d'une voix décidée,
comme si elle voulait se perdre à tout prix, avant la
fin de la soirée. Elle reprit :

— Êtes-vous satisfait maintenant?

— Oui, répondit le capitaine, mais je serai bien
plus satisfait encore quand je vous aurai vue.

— Oh! le vilain! fit-elle. — Il me croit laide.

Tous deux recommencèrent à marcher. — A présent, des bruits âpres déchiraient l'atmosphère, explo-
saient, jetaient des lueurs parmi les taillis, sur la rondeur des troncs d'arbres, sur les feuilles. — Ventujol
et Gabrielle arrivèrent à l'allée de l'Automne. Celle-ci
s'ouvrait, s'étendait sous le ciel épanoui. L'officier
serrait le bras de Mme Hébert, et une étreinte plus
timide répondait à chacune de ses étreintes. Il reprit
la parole :

— Avez-vous réfléchi?

— A quoi?

— A ce que je vous demandais tout à l'heure.

— Qu'est-ce que vous demandiez?

— A vous voir.

Elle eut un rire franc qui sonna dans le parc.

— Vous le voulez?

— Je vous en prie.

— C'est que... vous insistez là pour obtenir une chose très gênante pour moi, très délicate.

— Je vous en supplie.

— Allons! fit-elle, résignée.

Et d'un geste lent, elle enleva sa voilette.

— Eh bien? demanda-t-elle, son regard plongé dans le regard de l'officier.

Lui, malgré la pâleur de la nuit, reconnut la femme de ses premiers soupçons, celle qu'il avait remarquée quelques semaines auparavant à Trianon, puis à la musique. Et une stupéfaction mêlée d'orgueil le clouait sur place, l'empêchait de s'appartenir.

— Eh bien? répéta Gabrielle.

Il ne lui répondit pas; mais la prenant fortement dans ses bras, il se mit à l'embrasser sur les yeux, sur le front, sur les lèvres, et, visage contre visage, il l'entraîna vers un des bas-côtés de l'allée, s'adossa au tronc d'un arbre.

Des serpents lumineux escaladaient toujours le ciel, lâchaient des poignées d'étoiles ou versaient de la poudre d'or. Des trompes entonnèrent une fanfare de chasse près du château,

— Tiens! fit Gabrielle.

Entre deux baisers, Ventujol lui expliqua que les trompettes du sixième régiment de cuirassiers, ce soir-là, avaient embouché des cors pour mieux amuser le public.

— C'est ça qui m'est égal! répondit-elle, en lui embrassant les mains... Je vous aime, je vous aime, voyez-vous !

— Depuis quand? demanda l'officier avec une certaine fatuité.

Elle lui raconta la revue, ses courses après lui dans Versailles, ses hésitations, ses remords, tout ce qu'elle savait de son amour, tout ce dont elle avait pleuré. « Aussi, pourquoi possédait-elle un idiot de mari ! » Elle s'acharna sur la personnalité d'Hébert, détaillant le magistrat au point de vue grotesque, le flagellant d'une haine sans motif qui éclatait en elle comme là-bas les fusées d'artifice.

Ventujol écarquillait les yeux. « Quel crime a donc commis ce malheureux ? » se demandait-il.

Gabrielle, intarissable, citait les défauts d'Hébert, le ridiculisait à plaisir.

— Mais que vous a-t-il fait? finit par dire l'officier.

Gabrielle s'en tira par un de ces mots archi-féminins qui coupent court à toutes les interrogations.

— Rien, répondit-elle; mais je le déteste, parce que je vous aime.

Ils regagnèrent l'allée du Mail.

— Vous savez !... Il me cherche, reprit subitement Gabrielle.

— Qui?

— Mon mari... J'en suis sûre,... il me cherche. Oh! que je suis contente !

Ce contentement, Ventujol ne le comprenait point. Un vieux fond de loyauté lui montrait même la férocité de cette femme acharnée après son mari comme la mort sur un malade. Hébert n'était pas pour lui le rival inconnu dont on est jaloux. Alors, Gabrielle se tut, refroidie par le silence de l'officier.

Et brusquement des voix retentirent à quelques mètres d'eux.

Madame Hébert s'arrêta, voulut rebrousser chemin; mais Ventujol la calma :

— N'ayez pas peur. Il ne faut pas avoir l'air de vous sauver. Personne ne saurait vous reconnaître à mon bras.

Ils continuèrent d'avancer, et bientôt aperçurent un petit soldat qui, lui aussi, en compagnie d'une femme en bonnet blanc, avait choisi l'allée du Mail pour se promener. Il reconnut un officier au cliquetis du sabre de Ventujol, à l'éclair de ses galons, et, militairement, porta sa main gantée de blanc à son schako. Ventujol lui rendit son salut. Quand le couple se fut éloigné, Gabrielle et l'officier se regardèrent en souriant.

— Ils sont venus s'aimer ici, comme nous, dit Gabrielle.

— Oui, répondit Ventujol simplement.

Les trompes de chasse sonnaient une nouvelle fanfare.

A cette heure où l'officier et elle n'avaient plus grand'chose à se communiquer, Mme Hébert aurait voulu courir au feu d'artifice. Il touchait à sa fin. De l'allée de l'Orangerie, ils purent même voir le bouquet : des étoiles de feu, tricolores, jaillissaient d'un groupe d'arbres, contre le bassin de Neptune, se suivaient, formaient une mosaïque étincelante, comme si d'incomparables jongleurs s'amusaient à les lancer. Une salve d'artillerie emplit le parc d'un fracas que mille échos répercutèrent. Et des flammes de Bengale, rouges et vertes, s'éparpillaient en tourbillons, fumaient dans la nuit, embrasaient le ciel d'une large lueur d'incendie.

— Ah! ah! ah! répétait à chaque instant la foule, poussant son hurlement tranquille et monotone.

Ventujol et Gabrielle reprirent l'allée du Mail.

— Quand vous reverrai-je? demanda l'officier dont tous les sens parlaient.

— Bientôt, répondit Gabrielle.

« La vie n'allait plus lui être supportable, auprès d'un mari détesté, à l'abri d'une maison où Ventujol ne serait pas. » Mais une idée lui vint :

— Il faudra vous faire présenter chez nous.

— Je ne demande pas mieux... Par qui?

De nouveau, ils aperçurent le petit soldat et sa bonne amie qui revenaient vers eux du même pas traînard dont ils s'étaient éloignés; et, de nouveau, le gant blanc s'éleva vers le schako, par respect de la discipline.

— Il y tient, dit Ventujol.

— Il y tient, répéta Mᵐᵉ Hébert.

On se croisa. — Gabrielle reprit :

— M. Majorelle peut très bien vous présenter.

— Pardon, mon capitaine, fit une voix derrière eux.

Ventujol se retourna, reconnut encore le petit soldat, seul cette fois.

— S'il vous plaît... l'heure?

— Je ne sais pas, répondit assez durement l'officier.

— Ah!... pardon,... excuses, mon capitaine.

Et le petit soldat rejoignit sa bonne amie qui stationnait à quelques pas plus loin.

— Eh bien? demanda-t-elle.

— Il ne sait pas, répondit le soldat.

— T'as pas de chance, mon pauvre Eugène.

Ils s'éloignèrent.

— Quel animal ! sacrait Ventujol. A-t-on jamais vu un animal pareil !

Mais Gabrielle lui disait :

— Alors, c'est entendu, vous vous ferez présenter par M. Majorelle ?

— C'est entendu.

Et Ventujol réitéra sa question :

— Quand vous reverrai-je ?

— Le plus tôt possible.

— Où ?

— Oui, où ?... Voilà !... je n'en sais rien.

L'officier avait envie de s'écrier : Parbleu ! venez chez moi, ce sera beaucoup plus simple. — Il n'osa pas.

— Si je...

— Et puis ?

— Rien, une bêtise, déclara-t-il.

Il avait failli dire : Si je louais une chambre ? mais la proposition lui paraissant incongrue, il ne l'avait point achevée.

Alors, parce que ni l'un ni l'autre ne se sentaient l'audace de préciser le lieu de leur prochaine rencontre, ils abandonnèrent à un hasard inévitable le soin de les réunir, recommencèrent à s'embrasser.

Un murmure de voix qui se rapprochaient, un piétinement sourd les avertirent qu'il fallait se séparer, que la foule envahissait le parc.

— Au revoir, dit Gabrielle.

— Déjà ?

Mais Ventujol n'essaya pas de la retenir.

— Me reconduisez-vous jusqu'à la place d'Armes ?

— Et si on nous aperçoit ensemble ?

— Bah ! tant pis !... je me serai mise sous votre protection.

Ventujol hésitait, les deux mains de Mme Hébert dans les siennes, ne sachant à quoi se résoudre.

— Allons, allons! au revoir, reprit Gabrielle... Je ne vous en aime que mieux de vous refuser à mes folies. Je n'ai pas le droit de me compromettre... à cause de mon fils.

Ventujol, homme expert, ne témoigna aucun étonnement de ce fils qu'il découvrait là, au bout de son rendez-vous. Il se contenta de baiser la main de Gabrielle. D'ailleurs, celle-ci n'insista point.

— Au revoir! au revoir! répétait-elle sans se décider à partir. Au revoir... Robert.

— Au revoir, Gabrielle.

Elle le quitta pourtant, revint lui dire :

— Vous savez! je serai jalouse.

Puis elle s'échappa en courant, ne voulut point se retourner pour revenir encore.

Les mains ballantes, l'officier se mit en marche, afin de la protéger. Et, tout en la suivant de loin, en ne la perdant pas de vue au milieu des gens qui circulaient, il entendait grouiller en lui une dose formidable d'illusions : On l'aimait, à n'en pas douter! Pareil à tant d'autres scepticismes, son scepticisme était ébranlé. Béguin pour béguin, tous les béguins avaient beau se valoir, celui qu'il inspirait le tenait aux entrailles ; et il marchait, le képi sur l'oreille, le corps léger, heureux de son grade, de l'excellence de sa santé, de la promenade qu'il comptait faire, le lendemain, sur son cheval Bayard.

Gabrielle traversa Versailles, fut bientôt à sa porte, sonna. Hébert l'attendait.

— Ah! te voilà, dit-il.

— Oui, répondit-elle, l'œil et la voix sincères. Tu peux te vanter de m'avoir fait courir. Il y avait un monde dans le parc, pour ce feu d'artifice! Va, je me suis bien ennuyée après toi, mon cher.

V

Maintenant qu'il était sûr de posséder tôt ou tard
Mᵐᵉ Hébert, Ventujol avait loué une chambre, donnant sur une cour de caserne, au quatrième, rue
Montbauron. Un lit, une commode-toilette, une table
de milieu surmontée d'un cache-pot, une armoire à
glace en palissandre, deux fauteuils et quatre chaises,
recouverts d'un damas de soie ponceau, avaient de
prime abord séduit l'officier. D'ailleurs, l'escalier de
la maison était propre, le concierge sans préjugés.
Ventujol avait choisi, de préférence à toute autre, la
rue Montbauron, rue peu fréquentée, parce que, selon
lui, les rencontres d'amour et les affaires d'honneur
devaient s'effectuer sur terrain neutre. Rue Saint-
Pierre, en effet, si près du Palais de Justice, Gabrielle
aurait risqué d'être reconnue.

On ne s'était pas revu depuis la fête de nuit, mais
chaque matin, on s'expédiait des lettres ivres, assom-
mées; l'officier, poste restante, aux initiales R. B. V,
les siennes! Gabrielle, au domicile de contrebande
dont l'adresse lui était parvenue.

Ventujol n'avait plus une minute de liberté. Toujours par vaux et par chemins, il était devenu la victime de Mᵐᵉ Hébert, allait au théâtre, à la musique

militaire, au Musée, quand il n'en avait nul désir,
pour la voir... avec son mari; passait sous les fenêtres
de la dame à des minutes prescrites, heureux si quelque rideau s'entr'ouvrait, si deux yeux lui jetaient un
regard comme on jette deux sous à un mendiant.

Les rares après-midi que lui laissait son service
d'amoureux, il les écoulait en une flânerie résignée,
attentive aux bruits de son nouvel escalier, flânerie
pendant laquelle il négligeait ses études d'allemand,
ses relations, son métier, sa correspondance. Il se
condamna même à ne plus fumer, le tabac pouvant
incommoder Gabrielle, à s'odoriférer les lèvres et la
moustache. Il se nettoyait follement les ongles, chan-
geait de chemise deux fois par jour, à tout instant se
contemplait devant l'armoire à glace, de face, de profil, de trois quarts. Son dolman lui séiant mieux boutonné qu'ouvert, il le porta sans cesse boutonné de
midi à six heures. Et il couchait rue Saint-Pierre,
pour que les draps du lit en palissandre fussent imma-
culés, le jour où Gabrielle se déciderait à venir; —
mais Gabrielle n'arrivait pas.

Plusieurs bouquets se fanèrent, s'entourèrent de
jonchées tantôt roses, tantôt blanches, sur la table de
milieu, dans le cache-pot; Ventujol, la main arrondie,
en balayait les pétales, remplaçait les fleurs par
d'autres fleurs.

Ses digestions lui amenaient des rêveries lubriques;
certains ressouvenirs lui soufflaient des bouffées de
poésie larmoyante.

Il devenait idiot, le savait, et se contentait avec
résignation de sacrer, de pester contre Mme Hébert, la
traitant en lui-même comme il n'aurait pas traité la
dernière des catins. Cependant, soi-disant par gen-

tilhommerie, mais en réalité par prudence, il se garait des femmes de hasard. Toutes l'eussent ennuyé, car plus Gabrielle se faisait désirer, plus Ventujol se passionnait. Les paroles de leur dernière entrevue lui emplissaient encore la tête, et il se les récitait, une à une, avec gravité.

Il dormait peu, était pris de tremblements convulsifs à la pensée que Mme Hébert pouvait l'avoir déjà oublié, s'être amusée aux seules prémices de l'adultère. Et il se rappela quelques histoires où des caprices et des bizarreries d'humeur incompréhensible avaient joué le principal rôle. Ses lettres à Gabrielle s'en ressentirent, devinrent acerbes. Il parla des tourments qu'il endurait, les exagéra par malice d'amoureux, se peignit plus misérable qu'un casseur de pierre. « Je ne mange pas, écrivait-il. Mes amis me trouvent changé ; ils ont raison. Personne ne saurait souffrir comme je souffre ! » Il avait néanmoins conservé sa belle mine ; mais, ne l'ignorant pas, il n'alla plus sous les fenêtres de Gabrielle, n'obéit plus aux injonctions qu'elle lui faisait de se trouver à tel ou tel endroit. Alors, sans intention aucune d'attenter à sa vie, il eut des idées de suicide, rêva des malheureux qu'on découvrait pendus à la rosace de leur chambre, ou aplatis sur les mousses du bois de Boulogne, une balle dans la cervelle, pour des femmes.

À présent, il connaissait Hébert. A force de le rencontrer avec Gabrielle, Ventujol s'aperçut même un jour que le magistrat ne lui était pas étranger. Où avait-il déjà vu cette face de carême ? L'officier ne le savait pas, mais il se la rappelait, sans aversion. Et aujourd'hui, malgré tout (cela l'étonnait, l'encombrait parfois

8.

de doutes sur la solidité de ses sentiments!) il ne parvenait pas à détester le magistrat.

Une chose inquiétait encore Ventujol : sa future
présentation chez les Hébert. Majorelle n'était point
à Versailles, il venait d'obtenir un mois de vacances.
Restait Morizot; mais en quels termes, au nom de qui,
au nom de quoi lui adresser une pareille requête?
D'ailleurs le président riait toujours, affectait un
cynisme complet, une indiscrétion sans égale, déna-
turait les meilleures intentions... Les meilleures! l'officier pouvait-il ranger les siennes dans cette catégo-
rie?... Il se le demanda, la face impertinente, une
moue de fatuité sur la bouche. — Et il vivait ainsi,
rue Montbauron, cahoté depuis plus de quinze jours
par une infinité d'impressions disparates, quand une
après-midi, vers les deux heures, un pas leste qui
grimpait l'escalier, lui fit battre le cœur et monter une
rougeur au visage. — Toc! toc! — Entrez! voulut dire
le capitaine, mais il étranglait. La porte s'ouvrit.
Gabrielle était là, devant lui, un peu intimidée par
l'aspect du logis, très charmante et très gaie, dans une
toilette de foulard bleu-marine à carreaux rouges.

— Enfin! murmura-t-il.

Mais déjà elle disait :

— Je suis montée, en passant; impossible de rester
plus d'une minute.

Les effusions de Ventujol s'arrêtèrent dans sa
gorge.

— J'ai d'indispensables visites à faire, reprit Gabrielle.

Une chaleur torride emplissait la chambre, ce jour-
là; et à chaque instant, l'officier promenait son mouchoir sur son front.

— Vous n'allez même pas vous asseoir? demanda-t-il.

— Même pas m'asseoir... Je le regrette.

Mᵐᵉ Hébert avait saisi ce prétexte de visites pour se réserver un dernier refuge, au cas où l'officier deviendroit trop hardi. La dégringolade finale l'effrayait.

— Allons... parfait!... parfait!... répétait Ventujol.

Il était furieux, parce que rien des tendresses précédentes ne montait aux lèvres de Gabrielle, parce qu'elle ne s'était point précipitée contre lui, en entrant; et ses doigts tambourinaient une marche sur sa cuisse droite.

Mᵐᵉ Hébert le vit mécontent, regretta de l'avoir peiné.

— Vous m'en voulez?

— Moi? pas le moins du monde... Pourquoi?

— Dame!... Je ne sais pas. Vous avez l'air fâché.

Elle lui avait pris la main, le considérait maintenant avec émotion; tandis que Ventujol, les yeux fixés sur le parquet, boudait comme un enfant.

— Voyons, je veux que vous me regardiez, finit-elle par dire.

Le capitaine obéit, se décida presque à sourire. Elle lui tendait le front. Il la baisa longuement au-dessus du nez, sans bruit, l'entraîna vers le canapé où ils s'assirent de bonne amitié, les mains dans les mains. Et les prunelles vibrantes de clarté mouillée, ils furent tout au charme de se revoir après une si longue attente, après une de ces brouilles dont le hasard se plaît à jalonner l'agréable monotonie des rendez-vous.

— C'est vrai! remarqua Mᵐᵉ Hébert, afin de flatter Ventujol; — vous avez pâli, un peu changé.

Le capitaine ébaucha le geste : Qu'importe!

— Vous avez dû me trouver méchante, n'est-ce pas ?

— Oui, répondit Ventujol.

— Je ne m'appartiens pas, vous le savez !

Elle lui narra ses ennuis, ses espoirs déçus, l'uniformité des jours qui s'étaient écoulés, la longueur
des nuits où elle prétendit n'avoir pensé qu'aux tra-
verses de leur affection.

Puis, en guise de refrain, une phrase venait entre-
couper les racontars de Gabrielle :

— Oh ! j'ai eu bien du chagrin !

Ventujol ripostait :

— Et moi donc !

Cependant, tous deux taisaient les heures d'oubli
qu'ils avaient eu l'un de l'autre.

Ventujol avait enlacé Gabrielle, lui promenait sur
les joues, sur les yeux, sur la bouche, des baisers
chauds et courts qui clapotaient doucement. Elle
frissonnait, fermait les yeux, parfois essayait de repousser l'officier. Lui, ne perdait pas de vue la minute
où elle lui appartiendrait. Il la débarrassa de son
mantelet, de son chapeau en paille bleue, garni de
rouge, qu'elle lui enleva des mains pour le déposer
elle-même sur la table. « Tout le monde ne savait pas
toucher à ces choses-là ! » Elle riait, pliait les brides
dans le fond du chapeau. Quand il fut sur la table, il
avait l'air d'une petite corbeille à ouvrage sur laquelle
on aurait jeté une paire de gants.

— Voilà ! dit-elle. Ce n'est pas bien difficile.

Ventujol s'amusait énormément. Gabrielle trottait,
tournait dans la chambre. Elle ordonna la cheminée,
mit au lieu des vases qui s'y trouvaient deux candélabres, remplaça les candélabres par les vases, s'éloigna pour juger du coup d'œil, en fut satisfaite.

— Ça vaut déjà mieux, n'est-ce pas Robert ?

— Oui, répondit l'officier, la mine entendue.

— Malheureusement, ce ne sera jamais fort élégant.

— Ma foi, non... jamais.

Toute à la tranquillité du moment, Gabrielle était heureuse du rôle éteint que jouait l'officier, de l'influence qu'elle semblait exercer sur lui. Aussi, de temps à autre, le payait-elle d'un baiser qu'il ne demandait pas. Elle se sentait bien habillée, à l'aise dans son costume, et malgré son amour, n'aurait pas voulu être chiffonnée. De la maternité revenait en elle pour Ventujol ; l'atmosphère de la chambre ne parlait pas à sa chair. « Tiens ! pensa-t-elle tout à coup, la prochaine fois que je viendrai, j'apporterai de l'ouvrage. » Mais cette idée lui paraissant comique, elle éclata de rire.

— Pourquoi riez-vous? demanda l'officier, l'œil hilare, prêt à s'égayer de son côté si la chose en valait la peine.

— Parce que je suis contente, répondit-elle.

Et, sans doute afin d'éteindre par un flux de paroles les questions que sa réponse menaçait de lui attirer, elle poursuivit :

— Oui, parce que je suis contente ! Je ne sais pas pourquoi, par exemple... Si pourtant, je sais : le beau temps, et puis, vous... vous surtout !... Vous devez me trouver drôle, hein? J'ai toujours un tas d'idées biscornues dans la tête... Oh ! je ne suis pas comme mon mari, moi ! quand vous le connaîtrez, vous verrez... Je ne peux plus l'apercevoir sans rire... C'est si amusant un   .e qui ne se doute de rien !

— B: dit Ventujol que de pareilles théories interloquaient, — amusant !... amusant ! tout dépend du point de vue auquel on se place.

— Dame ! n'est-ce pas toujours un peu comme ça ?
répliqua-t-elle.

Et le prenant par les deux bouts de favoris qu'il
possédait, à la suite de ses cheveux, elle le baisa du
bout des lèvres.

« Dure pour son mari, mais bonne fille tout de
même ! » se dit Ventujol, chatouillé dans son égoïsme.
— A son tour il embrassa, entre les ailes du nez et
le retroussis de la bouche, une surface de chair tiède,
douce comme du velours, dont précédemment il avait
apprécié la sensibilité. — Mme Hébert était là, contre
lui, si jolie, si désirable sous son casque de cheveux
châtains, le cou entouré d'une fine ruche de dentelles,
qu'il perdit la tête, se jeta presque sur elle, les yeux
bridés, les tempes en feu, les narines dilatées.

Elle poussa un petit cri d'effroi, se leva ; puis, ne
sachant quelle contenance garder, se dirigea vers
l'armoire à glace où elle feignit de remettre en ordre
les draperies de sa seconde jupe. A force d'avoir été
tripotée par l'officier, sa peau était marbrée de taches
roses. Ventujol, craignant les suites de son emportement, n'avait pas bougé du canapé, s'y tenait abêti.
Un profond silence s'exhalait de la maison ; mais par
instant, une voix enrouée, dans la caserne voisine
sans doute, lançait des commandements secs.

Gabrielle ouvrit une fenêtre ; un courant d'air chaud
se précipita, envahit la chambre. Et Ventujol aperçut,
loin de lui, si loin qu'il en fut étonné, un morceau de
ciel d'un bleu flamboyant. Il emplissait tout l'horizon
de la fenêtre, s'était immobilisé. Aucun nuage ne traversait son calme.

— Dites donc, Gabrielle, votre mari... s'écria l'officier, pour ne pas prolonger la gêne dont il souffrait.

— Eh bien?

— Je le connais... J'ai dû le rencontrer quelque part, autrefois! mais où?... Voilà la question.

— Tiens! c'est curieux, se contenta-t-elle de remarquer.

Elle était revenue devant l'armoire à glace, et les bras arrondis, tantôt faisait bouffer ses cheveux, tantôt les lissait de ses doigts alertes. — Ventujol l'admirait : quelle cambrure de reins! quelle rondeur de poitrine! — Il aurait voulu la rejoindre de nouveau, lui demander pardon du fol emportement qui les avait séparés; mais l'ardeur de ses concupiscences le clouait au canapé, l'obligeait à rester assis, par crainte d'être ridicule et mal à l'aise debout.

— Est-ce que vous seriez content de m'avoir toujours avec vous? demanda Gabrielle.

— Certes!

— Si vous m'aviez vue à Brest..., autrefois! nous nous serions mariés... Nous aurions été heureux.

Se sentant plus calme, l'officier s'approcha d'elle.

— Mais, dit-il, nous pouvons encore être heureux. Qui nous en empêche?

— Tout, répliqua Gabrielle.

— Par exemple!

— Le devoir.

Le devoir?... son devoir? Un sourire erra sur le visage de Ventujol. Mme Hébert le vit, par la glace, et des larmes lui montèrent aux cils.

— Oui, reprit-elle, vous ne me croyez pas... Vous ne croyez jamais à cela, vous autres hommes...

Elle fondit en larmes, se jeta contre la poitrine de l'officier, — du côté où ne pendait pas sa croix de la Légion d'honneur.

— Portez... armes... Une... deux, commanda la voix enrouée, dans la caserne.

— Voyons, disait Ventujol, qu'est-ce qu'il y a ?... Je vous ai fait de la peine ?

Les sanglots de Gabrielle redoublèrent. Elle répondit cependant, avec des spasmes :

— Non... mais je vois bien que vous me méprisez... Vous avez raison... oh ! oui, vous avez raison... Je le sens... mais ce n'est pas ma faute...

— Vous mépriser ?... Moi, je vous méprise ?

— Je vous ai vu sourire, tout à l'heure.

— Vous mépriser ! continua Ventujol, quelle idée !... Vous savez bien que je vous aime trop pour cela... Voyons, ma chère Gabrielle, mon enfant, ma chérie, voyons !... Il ne faut pas pleurer... Pourquoi vous mépriserais-je ?

Elle sanglotait toujours. L'officier aperçut le groupe que réfléchissait encore la glace : Gabrielle vue de dos, la taille fine, toute zébrée des lignes rouges de sa robe ; lui, la poitrine large, tachée par le ruban de sa croix, l'air calme et bon. Et il fut satisfait, se regarda souvent, tandis qu'il la consolait, que sous ses paroles et ses protestations Mme Hébert se remettait, finissait petit à petit par enrayer son gros chagrin.

— Vous me pardonnez ? dit-il.

Elle lui sourit, le visage encore convulsé, en s'essuyant une dernière fois les yeux. Son petit mouchoir à grand chiffre brodé était trempé ; Ventujol le lui demanda.

— L'arme sur l'épaule... droite ! cria encore la voix enrouée, au loin. Une... deux... trois.

— Qu'est-ce ? interrogea Gabrielle.

— Le peloton de punition, sans doute, répondit

Ventujol... C'est son heure... Il manœuvre là, en face, dans la cour de la caserne.

Et il attira Mme Hébert sur ses genoux. De nouveaux désirs le poursuivaient, l'attaquaient sans lui laisser le temps de les maîtriser; et il ne savait comment proposer à Gabrielle de se donner.

La voix du sergent criait toujours, détaillait temps par temps, mouvement par mouvement, l'école du soldat.

Mme Hébert et Ventujol recommencèrent à s'embrasser.

— Reposez... arme... Une... deux... trois, clama le sergent. Sa voix s'enrouait de plus en plus.

Ventujol avait appuyé sa tête sur la poitrine de Gabrielle. Des timidités les envahissaient l'un et l'autre, et l'oreille au guet, ils écoutaient gazouiller les hirondelles. Celles-ci, à chaque instant, passaient devant la fenêtre ouverte, tombaient, remontaient au ciel d'un vol preste.

— Au revoir, dit Gabrielle. Il faut que je m'en aille.

Elle quitta les genoux de l'officier, prit son chapeau.

— Comment, déjà?... déjà? répétait Ventujol.

Il rôdait derrière elle, était désolé de ce brusque départ, la suppliait de rester.

— Non, non, disait-elle. — Voyez, il est quatre heures.

— La pendule ne va pas.

— Je reviendrai bientôt.... demain peut-être. Je vous le promets.

Et elle commençait à nouer les brides de son chapeau, quand Ventujol l'enleva du parquet.

— Non!... non! balbutia-t-elle... Je vous en prie... je vous en prie... Non!...

Elle se débattait. Le chapeau tomba.

— Non ! non !... mon Dieu !

L'officier la jeta sur le lit. Elle se couvrait le visage avec les mains, disant toujours :

— Non, non !... je ne veux pas... Laissez-moi.

Soudain, lasse de se débattre, effarée, Mme Hébert ne bougea plus. Alors Ventujol la viola.

Puis, après avoir remis ses vêtements en ordre, sans souffler mot, tandis qu'elle gisait, débraillée, froissée, les bras sur la figure, ses bas de soie bleue découverts jusqu'aux jarretières, en grande hâte il quitta la chambre, dégringola l'escalier vers la rue.

Un quart d'heure après, il était de retour, frappait à la porte de la chambre. Comment allait-on le recevoir ?

— Entrez !

Il ouvrit la porte. Gabrielle lui sauta au cou. Elle le trouvait délicat d'être ainsi parti durant quelques minutes, aurait voulu le lui dire.

— Mon Robert... mon Robert, répétait-elle, les mains sur les épaules de l'officier, le regard humide, ivre d'adoration.

Abasourdi par le résultat de son coup de tête, résultat auquel il était loin de s'attendre, Ventujol balbutiait des mots d'amour. Une reconnaissance immodérée ne demandait qu'à sourdre en lui, ne parvenait point à jaillir.

D'instinct, Gabrielle le tutoya :

— J'ai été sotte, tout à l'heure. Tu m'excuses, n'est-ce pas ?

— Oui, répondit Ventujol, mais... n'ai-je pas aussi des excuses...

Elle l'interrompit :

— Tais-toi, tais-toi.

Puis, très bas :

— M'aimes-tu plus à présent ? ajouta-t-elle.

— Oui, plus.

Elle lui embrassa les mains, les manches, le dolman, pleine d'une tendresse qui saccageait toutes ses anciennes pudeurs. Et soudain, elle se cacha sur la poitrine de l'officier.

— Tu ne sais pas ?

— Non, je ne sais pas.

Elle se serra davantage contre lui, murmura quelques paroles.

— Un enfant ?... quelle folie ! riposta-t-il.

— Oui, un enfant... mais malheureusement, ce n'est pas possible.

— Pourquoi ?

— Parce que j'en ai déjà un.

Le capitaine ne comprit pas, s'imagina qu'elle venait de lâcher une bêtise énorme.

— Voyons, dit-il, qu'est-ce que ça fait ?

Gabrielle devint grave.

— Tu ne m'en voudrais pas ?

Il comprenait de moins en moins, mais à tout hasard, il affirma :

— Non, je ne t'en voudrais pas.

— Eh bien ! je suis enceinte, déclara-t-elle... depuis huit jours... Je ne le sais que depuis huit jours. C'est même un peu pour cette raison que tu ne m'as pas vue plus vite.

Ventujol croyait rêver : « Que diable lui chantait-elle ! Enceinte !... enceinte !... voilà qu'elle était enceinte à cette heure ! — Et elle venait lui raconter ça, simplement, à brûle-pourpoint, dès le premier jour

de leur liaison ! — Et dans quel but?... Pour regretter
que lui, Ventujol, ne fût pas l'auteur... »

Il faillit repousser Gabrielle avec dégoût.

— C'est ennuyeux, n'est-ce pas? reprit-elle tranquillement.

— Parbleu ! fit-il.

Mais, devant la médiocre importance qu'elle attachait à sa grossesse, l'officier se rasséréna : somme
toute, que lui importait !

La chaleur continuait, accablante. L'après-midi avait
été rude pour le capitaine ; aussi s'épongeait-il souvent
la face. « Je suis l'amant d'une femme enceinte, » pensait-il. Et cette idée lui suggérait une foule de sous-
entendus où le grotesque coudoyait l'absurde.

— Charge en cinq temps, cria la voix enrouée, dans
la cour de la caserne... Chargez... arme... Une...

Le peloton de punition entamait un nouveau genre
d'exercice.

A la suite d'un court silence, la voix beugla :

— Dites donc, vous, numéro 3, espèce de len-
glumé !... C'est-il que vous coïonnez le service?... La
main gauche à hauteur du coude, nom de Dieu ! La
main gauche à hauteur du coude. — Bon !

Et la décomposition du mouvement s'acheva :

— Deux.

Ventujol se dirigeant vers la fenêtre, Mme Hébert
l'arrêta.

— Non, ne ferme pas... Laisse... laisse...

Elle rejoignit l'officier, lui prit le bras, voulut jeter
un coup d'œil sur la caserne.

Une immense cour, bordée d'arbres rachitiques,
sous le soleil de l'après-midi, s'étendait jusqu'à la
massiveté crayeuse d'un bâtiment à trois étages. Toutes

ses croisées béaient comme des gueules de four, permettaient d'apercevoir çà et là quelques soldats en
bras de chemise. Une muraille basse continuait le
bâtiment, séparait la cour d'un gymnase où un cheval
de bois, des barres parallèles, un tremplin s'enlevaient
en noir sur du terrain jaune. La hauteur grêle d'un
portique, les quatre mâts d'un passe-rivière se dressaient dans le ciel. Des enfants de troupe s'amusaient
là, partaient de l'échelle du passe-rivière, l'un après
l'autre ou par grappe de deux ou trois, se balançaient
au-dessus d'une flaque d'eau, allaient choir sur un tas
de sable. Mais, ce qui intéressa le plus vivement Gabrielle, fut le peloton de punition : une douzaine
d'hommes, en veste, sac au dos, culottés de toile grise.
Ils manœuvraient sous la conduite d'un vieux sergent
rébarbatif.

— Armez, commanda-t-il.

Les gâchettes sonnèrent distinctement.

— Bien !... très bien.

Il ajouta, une minute après :

— Maintenant, bonsoir. Je vais prendre notre petit
café... no-tre pe-tit ca-fé ! Deux jours de clou à celui
qui flanche !

Et il se dirigea vers la cantine.

Les soldats, le fusil abattu, petit à petit se fatiguè-
rent. Leurs ombres s'allongeaient devant eux.

Ventujol pour ne pas se compromettre, s'était éloigné de la fenêtre, souriait à Mme Hébert.

— C'est drôle, n'est-ce pas ?

— Les pauvres diables ! répondit-elle.

A présent, les enfants de troupe sautaient le cheval
de bois. Ils prenaient de l'élan, s'élançaient de sa

croupe à sa tête, se retrouvaient sur pieds. — La pendule marquait quatre heures.

— Cette fois, je pars, dit Gabrielle.

Elle embrassa Ventujol, se coiffa de son chapeau, mit son mantelet, ses gants :

— Au revoir.

Le capitaine était triste.

— Au revoir.

Ils s'embrassèrent encore.

— Tu reviendras bientôt ?

— Demain, peut-être.

— Ah ! fit Ventujol, au moment où ils se quittaient. Est-ce que ton mari n'a pas fait ses études à Louis-le-Grand ?

— Si, dit-elle.

— J'y suis !... C'est là que je l'aurai vu, autrefois. Il était en philosophie, moi en rhétorique.

— Oh ! mais alors, reprit Gabrielle, il faut vite renouveler connaissance. La présentation devient facile.

Et ils se séparèrent, l'officier mécontent de lui, de sa découverte ; Gabrielle vaguement inquiète pour des raisons qu'elle ne s'expliquait point.

Il lui sembla, en descendant l'escalier, qu'elle emportait un stigmate de déshonneur, stigmate dont elle ne précisa point la place, stigmate visible. Son corset la gênait ; son costume ne la moulait plus ; ses jupons l'entouraient comme d'une gaîne de zinc. La clarté de la rue lui causa un éblouissement. La disparité des couleurs, la dissemblance des êtres et des choses lui apparurent avec une intensité vibrante. Mme Hébert eut cependant assez de présence d'esprit pour décider qu'elle ferait une visite avant de rentrer chez elle.

Cette visite pouvant servir, le cas échéant, elle se
dirigea vers la rue de la Paroisse où résidait une vieille
demoiselle, cousine des de Jancourt. Aucun souffle
n'agitait l'atmosphère; les affairés étaient rares; et
Gabrielle marchait tête baissée, un peu honteuse.
« Que de changements en une après-midi! L'avenir
lui réservait-il des joies ou des déceptions? » Frissonnante et ne se sentant plus la même femme, elle jeta
encore un regard attendri sur son passé, sur la placidité de son enfance : « Ah! elle venait joliment de
saper tout cela, par amour. L'amour valait-il un tel
sacrifice? » Elle se le demanda longtemps, regrettant
presque de s'être ainsi livrée aux audaces de Ventujol;
mais il était trop tard pour cumuler des regrets.
Mᵐᵉ Hébert le comprit, revint à l'officier : « Ne valait-
il pas qu'on se damnât?... Quelle différence avec Hébert! » Pour la centième fois peut-être, elle bâtissait
cette comparaison, sans même se douter de l'irrespon-
sabilité du magistrat. Puis, comme elle possédait un
fond de piété maladive, piété de race, piété de caste,
piété de nerfs, sa faute lui apparut dans toute son
irréligion. « Elle était une brebis galeuse à présent...
Seigneur, comment son confesseur prendrait-il la
chose? Oh! elle savait bien ce qu'il dirait : Vous, une
mère de famille!... mon Dieu, mon Dieu, est-ce possible?... Hélas! oui, c'était possible, si possible même
qu'elle en tremblait de confusion... Mais que faire à
présent?... Ne plus revoir Ventujol?... Elle n'en aurait
jamais la force, ni la volonté... Sa seule excuse n'é-
tait-elle pas dans son amour, dans la fidélité qu'elle
lui garderait désormais?... Seigneur! Seigneur!... la
fidélité!... Elle était mariée; Hébert conservait des
droits indiscutables. — Ah çà! où avait-elle donc la

tête? Voici qu'elle dépassait la maison de sa vieille demoiselle... »

Gabrielle revint sur ses pas, tira la sonnette d'une porte, à un rez-de-chaussée. Une petite bonne femme jaune et sèche, en robe grise, la propre cousine des de Jancourt, se présenta, l'introduisit dans un corridor clair.

— Ah! madame Hébert... Quelle surprise!

Diverses cages étaient pendues à la muraille, pleines de serins qui jasaient.

— Vous voyez, je suis sans domestique pour le moment... alors, c'est moi qui viens.

Les serins, à grêles enjambées, s'approchaient du grillage de leurs cages pour voir Gabrielle.

— Vous n'allez pas vous effrayer, j'espère? reprit à voix basse la petite vieille... Le colonel Thuilier est là; mais vous savez, il est inoffensif, tout à fait inoffensif... Il vient me tenir compagnie quelquefois.

— Vos oiseaux vont toujours bien? demanda Gabrielle.

— Toujours. C'est moi qui les soigne.

Les serins, pareils à de délicates boules jaunes, sautaient, se croisaient, lançaient souvent une note gaie.

— Après vous, dit la petite vieille avec une révérence.

Mme Hébert pénétra dans un salon maigrelet, uniformément blanc, que des housses, sur tous les meubles, blanchissaient encore.

— Le colonel Thuilier.

Les visiteurs se saluèrent; Gabrielle après s'être assise, le colonel debout. Il était d'une pâleur ascétique, vêtu de noir. Et il demeura perché sur ses jambes, l'œil inquiet, sinistre, une main dans sa barbe;

tandis que les deux femmes se débitaient les compliments d'usage, parlaient d'Hébert, des de Jancourt, de
leurs communes relations. Mais un seul être, pour le
moment, occupait Gabrielle : Ventujol; et elle aurait
voulu qu'on pût lui demander des nouvelles de l'officier.

— Asseyez-vous donc, monsieur Thuilier, dit la
vieille demoiselle.

Le fou s'assit, ne bougea plus. Une invisible main
semblait l'avoir plié comme un compas.

— Vous avez déjà rencontré le colonel?

— Oui, répondit Gabrielle, plusieurs fois, dans Versailles.

— Ah!... Versailles!... fit le fou... Les Prussiens y
sont venus... Je les vois.

Et il lança un regard du côté de la porte, regard
oblique et méchant que suivirent les yeux des deux
femmes.

— Si le ministre de la guerre m'écoutait, reprit-il,
nous les détruirions tous, tous les Allemands... Ça
vaudrait bien un grade de général, n'est-ce pas?

— Certes! riposta la vieille demoiselle.

Le fou poursuivit :

— Oui, général... général seulement, général de
brigade... pour ne pas faire de jalousies... J'accepte-
rais aussi volontiers le grand cordon de la Légion
d'honneur. Entre nous soit dit, ça vaudrait bien encore
le grand cordon.

— Beaucoup plus même, dit la cousine des de Jancourt, d'une voix futée, afin de montrer à Mᵐᵉ Hébert
qu'elle ne croyait pas à de pareilles bêtises.

Et elle ajouta :

— Mais comment détruiriez-vous l'Allemagne?

Une ineffable satisfaction éclaboussa la physionomie du colonel.

— Je prendrais une paire de ciseaux, répondit-il, et j'éliminerais la Prusse et ses alliés de toutes les cartes d'Europe.

— Un excellent moyen, déclara Gabrielle.

— Infaillible! dit le fou, un doigt en l'air, la bouche ouverte. — Hein? Quelle gloire pour moi!

Ses mains, son corps, sa grande barbe se mirent à trembler.

Gabrielle se leva.

— Allons, au revoir, mademoiselle. Je n'ai pas le temps de rester plus longtemps aujourd'hui.

Et elle partit, à jamais dégoûtée de la maison dont elle sortait, sans une ombre de pitié en faveur du colonel, incapable de résister à l'envie démesurée qu'elle avait d'être seule, pour mieux aimer Ventujol. Elle l'aima, mais moins énergiquement, à travers un heurt de pensées. La vieille demoiselle, Hébert, la religion, le colonel Thuilier, de vagues regrets bousculaient le souvenir de l'officier, l'empêchaient de se préciser.

Gabrielle traversa le marché où, précédemment, elle avait acheté des fleurs jaunes, afin de bafouer son mari. « Non, la plaisanterie n'était pas bonne, aurait demandé réflexion avant d'être exécutée. »

Et Mme Hébert se dirigeait vers le boulevard de la Reine, quand l'église Notre-Dame dressa ses deux tours non loin d'elle. Un dernier rayon de soleil les couronnait, égayait leur sommet. C'était dans cette église que Gabrielle, depuis son arrivée à Versailles, venait chaque dimanche écouter la messe.

Quelque chose lui serra le cœur. « Entrerait-elle?...

Remettrait-elle au lendemain le *meâ culpâ* qui lui tenaillait la conscience ? »

Elle entra, trempa ses doigts dans l'eau bénite, fit avec dévotion le signe de la croix.

Des rangées de chaises étaient alignées, se suivaient, paraissaient enchevêtrer leurs barreaux en approchant de l'autel. Une fraîcheur douce emplissait la nef où personne ne priait à cette heure. Seul, l'organiste essayait un nouveau morceau. L'église retentissait d'un tapage puissant. — Gabrielle alla s'agenouiller devant la chapelle de la Vierge. — Le tapis de l'autel était bleu. Des chérubins portaient la mère du Christ sur des nuages. Entre la hauteur des cierges, plusieurs touffes de lis étalaient leur feuillage d'or. Deux poêles en fonte flanquaient la chapelle. L'orgue chantait, passait comme Gabrielle d'une prière à une autre, la pénétrait d'une langueur sainte.

— Par ma faute, par ma très grande faute ! murmurait Mme Hébert.

Elle suppliait la Vierge de ne pas la maudire, pleurait, s'accusait, se frappait la poitrine ; — mais elle se garda bien de promettre qu'elle renoncerait à Ventujol.

VI

— Majorelle!... Majorelle!

Ventujol posa la main sur l'épaule du magistrat.

— Tiens! Comment allez-vous?

— Pas trop mal. Depuis quand êtes-vous de retour?

— Depuis une quinzaine.

Il était six heures. Un vent sec parcourait l'avenue de Paris, retroussait les feuilles d'arbres, fuyait en soulevant des lames de poussière tourbillonnante.

— Venez-vous prendre un vermouth? demanda l'officier.

— Impossible, mon cher. Je cours, je cours, je n'ai le temps que de courir. Tel que vous me voyez, je suis en train d'organiser une partie de campagne, un déjeuner sous bois... Il faut bien chercher à s'amuser un peu dans cette maudite ville où l'ennui sort de tous les pavés.

— Le fait est qu'on s'embête ici! Dites donc, peut-on en être, de cette partie?

Majorelle caressa ses longs favoris roussâtres.

— Oui et non... Connaissez-vous Perrin de Jancourt?

— Non.

— Hébert... Mᵐᵉ Hébert?

— Attendez donc... fit Ventujol dont une rougeur colora la face. Et du regard, il interrogea les lointains poudreux de l'avenue.

— Hébert... Hébert... Le magistrat?

— Oui.

— Un grand blond?

— Précisément.

— Je crois que nous avons été au collège ensemble.

— Oh! mais alors... s'exclama Majorelle.

En lui-même, comme frappé par une découverte subite, il admira la beauté crâne, les moustaches lustrées de l'officier.

— Vous habitez toujours la rue Saint-Pierre?

— Toujours.

— Bon. Vous aurez de mes nouvelles. — Au revoir.

Et Majorelle tournait déjà le dos à Ventujol, après lui avoir serré la main, quand une nouvelle question l'arrêta :

— Vous ne me trouvez pas indiscret?

— Moi?... Pourquoi?

— Dame!... fit Ventujol, se servant de l'adverbe favori de Gabrielle.

— Mais, mon cher, tout le monde sera enchanté de vous avoir.

Ventujol s'inclina devant le compliment.

— Combien serons-nous?

— Mᵐᵉ de Blériot, les de Jancourt, les Bissinger, Pélussin, Morizot, le jeune Flavinet Saint-Ange... et les Hébert, bien entendu.

— Mais je connais presque tout ce monde, dit Ventujol, épanoui. L'hiver dernier, j'ai fait danser Mᵐᵉ de Blériot à je ne sais combien de bals. Qui ne connaît

Morizot?... Quant au jeune Flavinet, j'ai commencé
à le calotter, une fois...

Majorelle éclata de rire.

— Eh bien ! vous pourrez continuer, si le cœur vous
en dit... après le déjeuner, par exemple !... Au
revoir... Je parlerai de vous ce soir à Mᵐᵉ Hébert.

Et Majorelle quitta l'officier.

Ce fut pour un mardi, quinze jours après cette rencontre, que la partie de campagne fut organisée. Elle
devait avoir lieu près Jouy-en-Josas, non loin de Versailles, dans un petit bois qu'un héritage inattendu
avait jeté à la famille Perrin de Jancourt. Trois domestiques, parmi lesquels le brosseur de Ventujol,
avaient été commis au soin de préparer un déjeuner
sur l'herbe, pour midi précis.

La matinée se leva blonde de soleil, dans une clarté
tiède qui dora les murs, les toits, les arbres. Dès cinq
heures, les moineaux encombraient les gouttières,
piaillaient, couraient la queue en l'air sur le sable des
jardins, tombaient comme des balles au milieu des
massifs. Clairons et trompettes, un peu partout, sonnèrent le réveil des troupes. Leur chant cuivré roula
de caserne en caserne, secoua la torpeur de la ville
endormie. Des fourgons, des charrettes commencèrent
à battre le pavé. « Hue !... hue ! » entendaient crier les
bourgeois matinals ; et certaines maisons tremblaient
de la base au sommet ; des fouets claquaient ; des
essieux s'entouraient d'un fracas lourd. Peu à peu, les
boutiques s'ouvrirent : leurs volets, parfois, s'arra-
chaient péniblement des devantures, se tapaient les
uns contre les autres. Les boueux passèrent, raclant
la pierre des ruisseaux à longs coups de pelles. Çà et

là, des paroles ne tardèrent point à s'échanger; et des pas retentirent, traînèrent sur le sol dans un va-et-vient continu. Versailles s'éveillait. Quelques officiers en petite tenue, sans sabre, le regard vague, heureux de la limpidité du ciel, gagnaient la campagne au pas de leurs chevaux. Des soldats en corvée traversaient la ville, allongeaient des files de pantalons gris, de vestes bleues surmontées d'un képi rouge. Les portes s'ouvrirent, lâchèrent une nuée de domestiques, mâles et femelles, qui se répandirent ornés de boîtes au lait, un panier sous le bras, beaucoup avec des chiens. Ceux-ci, à la queue-leu-leu, se sentaient, grognaient, finissaient par se vider aux mêmes places.

Vers neuf heures, un char-à-bancs où gisaient, em-paquetées, toutes sortes de victuailles, quitta l'hôtel des Hébert. Loiseau, brosseur de Ventujol, un solide per-pignan à la main, conduisait. Derrière lui, assis nez à nez, le valet de chambre d'Hébert et le domestique de M. Perrin de Jancourt, raides, sérieux, les bras croisés, se dévisageaient, vacillaient aux moindres cahots du char-à-bancs. L'artilleur s'était dépouillé de son uniforme, avait endossé pour la circonstance un *complet* gris. La face joviale, il se sentait très à son aise; et de temps à autre, sans raison aucune, par excès de belle humeur, son perpignan s'abattait sur les deux rosses qui trottaient sous sa garde. On se di-rigeait vers le Petit-Montreuil. Le soleil tombait d'a-plomb sur le char-à-bancs, chauffait la poitrine de Loiseau.

— Ça va-t-il? demandait-il parfois en se retournant sur son siège.

— Ça va, répondaient ses deux compagnons.

Le grand fouet s'élevait, claquait encore dans la

lumière du matin, et l'attelage accélérait son trot.

Quand on atteignit le Petit-Montreuil, les chevaux furent mis au pas.

— Faut pas les presser, déclara Loiseau.

— Non, faut pas les presser, répétèrent les deux domestiques, nous avons le temps.

Et comme une auberge se trouvait à leur droite, sous une couche de peinture marron, derrière sa vitrine à petits carreaux salis, Loiseau s'écria :

— Qui est-ce qui paie le vin blanc ?

— Moi, si ça peut vous aller.

— Vous êtes un zig d'attaque.

On arrêta le char-à-bancs, et les trois hommes en descendirent : Loiseau d'abord, lestement, puis les deux valets de chambre avec précaution. Ceux-ci étaient tirés à quatre épingles, portaient des jaquettes noires, avaient des cravates blanches, et possédaient, l'un un gilet rouge, l'autre un gilet noir rayé de jaune. Ils entrèrent dans l'auberge, suivant de près les jambes en manches de veste du brosseur, se campèrent devant un comptoir malpropre, parsemé de bouteilles, près duquel deux ou trois tables, des chaises à demi dépaillées, un banc achevaient de se vermouler. Assis à califourchon sur le banc, une écuelle à la main, un vieux mendiant coiffé d'un feutre avarié, sa blouse bleue sur une cuisse, mangeait bruyamment de la soupe.

— Mam'selle Maltide ! cria-t-il d'une voix qui s'enroua.

— Voilà, répondit-on.

Et une grosse fille, les seins ballants sous un caraco blanc à pois bleus, arriva en s'essuyant les mains contre son tablier.

— Trois verres de blanc, commanda Loiseau.

La fille prit une bouteille, agrippa trois verres épais qu'elle emplit d'un petit vin qui pétillait.

— Il va faire chaud aujourd'hui, dit-elle.

— Eh! eh! fit Loiseau, l'œil clignotant, — pas si chaud que dans votre lit, pour sûr.

— Pour sûr, répétèrent les valets de chambre.

— Pour sûr, affirma le vieux, sa cuiller à la bouche.

Il souriait, la face tailladée de rides, les yeux comme bordés d'un passe-poil rouge, les gencives sans une dent.

— Quel âge est-ce que vous avez, vous? demanda Loiseau.

— Septante-quatre ans.

— Maladie! fit le brosseur. Et ça se permet d'avoir des idées !

— A la vôtre! ajouta-t-il, en cognant son verre contre ceux des deux domestiques.

— A la vôtre !

Le vin blanc disparut dans les estomacs.

— Brrr, brrr... Ça rallume.

— Un verre de vin, ça ne fait jamais de mal.

— Une autre tournée?

— Tout de même.

Le vieux, son écuelle aux lèvres, lapait ses dernières gouttes de bouillon ; tandis que la grosse fille emplissait de nouveau les verres. Et on ne savait trop quel genre de conversation entamer, quand Loiseau s'écria :

— Dites donc, la blonde, savez-vous ous'qu'est Jouy?

— Quel Jouy? le grand ou le petit?

— Jouy-en-Josas.

— Alors, c'est le grand. — Y a une bonne heure de chemin d'ici Jouy.

— Que ça?

— Oui, qué ça. — N'est-ce pas, père Manoury? ajouta la grosse fille, après un court silence.

— Une bonne heure... pas plus, reprit le vieux mendiant.

— Et le bois Martin? demanda encore Loiseau.

Le vieillard reprit :

— A gauche ed'la route, plus loin qu'Jouy-en-Josias... Vous longez une lizière ed'bois... Il y a un champ!... après l'champ, y a un aut'bois, et pis l'bois Martin, entre deux aut champs et pis core d'ces bois.

— Chouette! dit Loiseau. — Nous v'là renseignés.

Ses compagnons ricanèrent.

— Ça vous irait-il, vieux, un verre de blanc, histoire de vous remercier?

Sans répondre, le mendiant empoigna son gourdin, jeta sa blouse sur un bras, se leva péniblement; et presque cassé en deux par les années, les pieds au large dans d'immenses sabots de châtaignier, il s'approcha du comptoir, saisit le verre que lui tendait déjà la grosse fille, et le vida, le menton en l'air, l'occiput touchant presque les omoplates, à cause de ses reins.

— Bon ça, hein? dit Loiseau.

— Oui, proclama le vieux avec conviction.

Et il fut pris d'une quinte de toux qui le secouait du haut en bas, faisait claquer ses sabots contre le carrelage de l'auberge.

— Ah! vieux lascar, t'as bu trop vite, déclara Loiseau. T'es puni; fallait boire à notre santé.

Le mendiant lui tourna le dos, alla expectorer sa toux derrière une table.

— N'importe! lâcha soudain l'homme au gilet rouge. — C'était pas la peine de partir si matin. Il y a beau temps que le couvert sera mis quand les maîtres arriveront.

— Vous n'aimez donc pas la campagne? demanda Loiseau.

— La campagne?

L'homme au gilet rouge haussa les épaules.

— J'peux pas sentir les cirons, déclara-t-il.

— Les cirons, c'est sa bête de souffrance, affirma le domestique des de Jancourt. Il me l'a toujours dit.

— Moi, si j'étais patron, reprit l'homme au gilet rouge, je mangerais dans ma salle à manger, et pas dans les bois; comme ça, les oiseaux ne flaqueraient pas sur mes bifteks.

Sa quinte de toux terminée, le vieux s'était rapproché.

— Alors, y vont déjeuner sous la coudrette? demanda-t-il.

— Oui, père éternel, répondit Loiseau... et avec du fricot rupin, je t'en réponds.

— Au bois Martin?

— Au bois Martin, mon flston.

— Allons, bonjour la compagnie, dit le vieux. Je m'en vas.

Et il gagna la rue, rôda autour du char-à-bancs; mais ses reins courbés, la hauteur du véhicule déjouèrent sa curiosité.

— Y a pas mèche, cria Loiseau du seuil de l'auberge.

Le vieux étendit les bras, secoua la tête, s'éloigna d'un pas assez solide, le long des maisons.

— Faudra vous faire mettre un tuteur, lui jeta encore Loiseau, en guise d'adieu.

Le vieillard disparut.

— C'est fouinard comme tout, ces vieilles gens ! reprit le brosseur, en revenant s'accouder au comptoir.

— Ne m'en parlez pas, répondit la grosse fille.

— Ma tournée à c't'heure, hein ? dit l'homme au gilet rouge.

Loiseau, le valet de chambre des de Jancourt opinèrent du bonnet, et la fille, pour la troisième fois, emplit les verres. Une certaine familiarité s'établissait entre les trois domestiques, à la suite des premières libations, de la causerie précédente.

— Comment que vous vous appelez ? leur demanda Loiseau.

— Eugène Miroix.

— Et vous ?

— Bertoux... Les maîtres m'appellent Bertoux, parce que j'ai le même premier nom que monsieur.

— Vous avez été soldats ?

— Oui, répondirent-ils.

— Moi, j'me nomme Loiseau... Loiseau du 7e d'artillerie. Alors, c'est comme si qu'on s'était toujours connu... pas vrai ?... A la vôtre ! — Et en route !

Ils trinquèrent, vidèrent leurs verres et payèrent chacun leur tournée, après s'être disputés à qui réglerait le vin blanc du vieux pauvre. — On escalada le char-à-bancs.

— Hue ! cria Loiseau.

Les carcans démarrèrent, égrenant derrière eux

les dernières maisons du Petit-Montreuil. Ils côtoyèrent encore des jardinets, quelques hangars, des carrés de légumes où, çà et là, de larges fleurs de tournesols irradiaient sur leurs tiges grêles. Au loin, dans le ciel d'un bleu argent, une haute cheminée d'usine dominait un monticule, vomissait des tourbillons de fumée noire. Des arbres, un peu partout, se chauffaient au soleil.

— Hue! répétait Loiseau.

L'atmosphère, déjà chaude à cette heure, semblait épanouie, faisait chanter les alouettes.

— Les mouches sont méchantes, dit Loiseau. — Quelle suée tout à l'heure, mes enfants !

Le char-à-bancs s'engagea dans une montée, entre deux talus. Ils étaient si couverts de trèfles blancs que le gazon verdoyait à peine.

— Tum !... tum ! tum !

— Tiens! c'est vous qui touchez comme ça de la guitare? demanda l'homme au gilet rouge.

Loiseau se retourna.

— Faut-il pas s'amuser, quand on est en société?

Puis, les lèvres allongées, il parfit une gamme ascendante, la termina sur une répétition de la même note.

— Ça, c'est riche! déclara le domestique des de Jancourt.

Ainsi encouragé, Loiseau attaqua un air compliqué. Les notes jaillissaient de ses lèvres, se scandaient avec sonorité, se poursuivaient, montaient, crépitaient aux oreilles des deux valets de chambre. Tum ! tum ! Un andante commençait, se plaignait un instant, lançait quelques vibrations épileptiques ; puis soudain éclatait en floritures cristallines, se perdait en

impayables variations, comme si une main exercée
s'était amusée à trépider les cordes d'un instrument.
Le final fut brillant.

— Hein? dit Loiseau, s'il ne fallait qu'ça pour passer
caporal !

Il riait, exhibant des dents de jeune loup; tandis
que ses compagnons battaient des mains, criaient :
Bravo ! comme s'ils venaient d'assister à une audition,
dans un café-concert.

— Voyez-vous, dit Loiseau pris d'une soudaine
mélancolie, — moi, mon rêve, ça aurait été d'être
artisse.

— Un bon métier? demanda l'homme en gilet
rouge.

— Peuh!... quéquefois.

— Pourquoi qu'vous n'l'avez pas été?

— Ah!... pourquoi?... pourquoi?... Ça n's'est pas
trouvé; v'là tout.

— Moi, s'écria le domestique des de Jancourt, —
j'en ai connu un d'artisse... Tout p'tit qu'il était, fallait
l'voir travailler ! Son fort, c'était la bimbloterie. Un
jour, il a fait une cathédrale... rien qu'avec son couteau... Oui, monsieur Loiseau, une cathédrale... comme
un pâtissier. Il l'avait fourrée sur sa cheminée, et quand
il venait des camarades, le soir, il mettait dedans un
bout de bougie.

— C'était pas une artisse, déclara flegmatiquement
l'homme au gilet rouge.

— Si, dit Loiseau, c'était un artisse;... il y a artisse
et artisse; mais le vrai artisse, c'est celui-là qu'est au
théâtre, qui joue dans les pièces.

Puis il ajouta, le front buriné de rides : .

— Ah! le théâtre!... J'y boulotterais tout mon saint-frusquin, si j'en avais un, mais...

Il s'interrompit, lança brusquement un formidable : Ohé! Assis en tailleur sur la crête d'un talus, le vieux mendiant qui naguère les avait quittés dans l'auberge, s'occupait à dévorer une énorme miche de pain.

— Ohé! répéta Loiseau.

Le vieux ne bougea pas, ne voulut pas les reconnaître.

— Il mange encore, dit l'homme au gilet rouge.

— A-t-on jamais vu!

— Hé!... vieux paillasson!

Le mendiant ne les regardait même plus, continuait à mâcher son morceau, la joue bouffie.

Alors, autour de Loiseau, le perpignan claqua. Des effilochures de mèches s'éparpillaient. Les chevaux prirent le trot.

— Je t'en foutrai encore, moi, du vin blanc! beugla Loiseau.

Et le char-à-bancs ne tarda pas à déboucher sur une plaine ensoleillée, ceinte de bois. Là, aussi loin que s'étendait la vue, des pièces de blés et d'avoines hérissaient le sol, inégalement séparées les unes des autres par des éteules couverts de moyettes, par des nappes moelleuses de luzernes, par d'interminables champs de betteraves d'un vert luisant. Quelques charrettes y stationnaient où des hommes et des femmes, en bras de chemises, coiffés de chapeaux de paille ou de mouchoirs, empilaient des bottes de seigle. Une faucheuse, attelée de gros chevaux bais, abattait du blé. Et un peu partout, le long des moissons rutilantes, piquées de coquelicots, des touffes de bleuets formaient des taches paisibles ; des liserons dressaient leurs coupes de neige, changeaient d'espèce aux abords de la route, enlaçaient aux herbes hautes leurs vrilles délicates, échelonnées de fleurettes roses croisillées de blanc.

Le soleil montait, commençait à devenir gênant, rendait taciturnes les gens du char-à-bancs.

— Quelle heure est-il donc ? demanda l'homme au gilet rouge.

Loiseau tira un monstrueux oignon de sa poche, le lui tendit.

— Dix heures un quart ?

— Tout juste, répondit le brosseur. Ça tape ferme, hein ?

— Si vous pressiez un peu les bidets ? Nous serions toujours mieux à l'ombre, là-bas.

— Fouette, cocher.

Loiseau, tantôt entamait des airs d'opéra cueillis au hasard des beuglants, tantôt résonnait comme une guitare, à la satisfaction morne de ses compagnons. Ils atteignirent la lisière d'un premier bois dont les arbres feuillus et les futaies projetaient de l'ombre sur la route. — Au bout de vingt minutes, sous la conduite d'un affreux galopin qu'ils avaient pêché à Jouy-en-Josas, ils entraient dans le bois Martin, par un chemin de servitude, après avoir longuement déblatéré sur les fantaisies de leurs maîtres respectifs.

Il s'agissait de trouver une clairière capable de contenir une douzaine de personnes, sans gêne pour le service. L'homme au gilet rouge la trouva, entourée de fougères et de ronces, près du chemin. Un chêne, quelques bouleaux, des hêtres lui barraient le soleil ; et des pissenlits couleur de safran émaillaient l'herbe vivace. Mille cris d'oisillons partaient de toutes

les feuillées. Un loriot sifflait; d'arbre en arbre les
tourterelles se répondaient. Des pies s'éloignèrent,
lâchant de temps à autre un appel strident.

Le char-à-bancs fut débarrassé de son contenu, à la
stupéfaction rêveuse du galopin. Debout, les pieds
tannés, la chemise à l'air, un doigt dans le nez, il demeura bouche béante; tandis que, de main en main,
des paquets, des bouteilles, de la vaisselle, plusieurs
réchauds, de la verrerie allaient interminablement
s'aligner le long des ronces.

— Hé! momichard, viens-tu? lui cria soudain Loiseau.

Le brosseur avait dételé les carcans, reprenait la
route de Jouy, afin de leur chercher une écurie. Le
galopin ne bougea pas.

— Vas-tu venir à la fin? reprit Loiseau.

Et comme il faisait mine de courir vers l'enfant, celui-ci se sauva, courut s'installer au pied d'un arbre,
à une vingtaine de mètres du char-à-bancs. — Mena-
ces, promesses, poursuites, rien ne pouvant le décider
à déguerpir, Loiseau partit en maugréant.

A onze heures et demie, une calèche déposait dans
le bois, d'abord M. Perrin de Jancourt et sa fille
Cécile, puis Mme Hébert, le petit Jules, et M. Salomon
Bissinger, beau-frère de Cécile, agent de change, à
qui un monocle, un cache-poussière d'alpaga jaune et
un visage absolument rasé enlevaient un peu de son
aspect judaïque. Mme Hébert avait sa toilette bleue à
raies rouges, Cécile de Jancourt un costume blanc.
Quant au petit Jules, les jambes et les bras nus, vêtu
d'une simple robe en coutil, aussitôt par terre, il s'était
dirigé vers la clairière où, à cette heure, une nappe

tachée de soleil s'étalait déjà. Autour de la nappe, de
ci, de là, les valets de chambre s'agitaient avec un
surcroît d'ardeur.

— Monsieur doit avoir faim, dit le gilet rouge en
s'adressant au petit Jules.

Celui-ci fit un signe de tête affirmatif.

— Monsieur désire quelque chose?

— Non.

— C'est que je connais quelqu'un qui, tout à l'heure,
voulait manger la part de monsieur.

— Qui? demanda Jules, profondément blessé dans
sa gourmandise.

Sans plus parler, le gilet rouge montra le galopin
que Loiseau n'avait pu rapatrier. Timide et audacieux
à la fois, il se tenait toujours appuyé au même arbre.
Jules se dirigea vers lui.

Les mains derrière le dos, M. Perrin de Jancourt
racontait à Mme Hébert comment le bois Martin lui
était tombé du ciel, un beau matin, grâce à la mort
d'une parente éloignée. Et il allait entrer dans des
détails, le nez en l'air, quand Mme Hébert se précipita.

— Jules!... Jules!... polisson! veux-tu revenir ici?

Le petit Jules s'était approché du galopin, et sournoisement, de toutes ses forces, il lui avait lancé une
pierre.

— Tiens!... tiens!... pourquoi qu'il a voulu manger
ma part? répétait Jules, tandis que sa mère l'entraî-
nait, que le galopin, sans bouger, se frottait la poitrine, très rouge, des larmes aux yeux, sous sa tignasse
que le soleil et les suées en plein air avaient décolorée.

A ce moment, un tandem parut à l'entrée du bois,
sur le fond de lumière vive d'un champ.

— Voici Pélussin, dit M. Bissinger.

Le tandem approchait, tout battant neuf sur ses roues jaunes, malgré la poussière de la route, conduit à deux chevaux, l'un précédant l'autre : la bête du brancard baie, le cob alezan, à queue courte, les quatre pieds ornés de balzanes. Il amenait deux jeunes gens, coiffés de feutres à bords plats, les épaules serrées dans des vestons clairs à imperceptibles carreaux.

Ils soulevèrent leurs chapeaux ; puis, les chevaux s'arrêtant, un groom sauta d'un marche-pied, courut à la tête du cob où il se tint comme empaillé, les jambes torses au-dessus de bottes à revers.

— Eh bien, vous avez fait un bon voyage ? demanda Bissinger, tandis que les nouveaux venus descendaient de voiture.

— Parfait, malgré le soleil.

— Le marquis de Pélussin, lieutenant de hussards... un de mes amis, reprit Bissinger, en présentant aux dames l'un des jeunes gens.

Celui-ci, possesseur de fortes moustaches blondes, salua selon la mode, par un violent coup de tête de haut en bas, sans incliner les épaules.

L'autre jeune homme, Flavinet Saint-Ange, espèce de gentleman, fils d'un ex-gros bonnet de la magistrature, sous l'Empire, serra la main aux dames et à M. de Jancourt, tout en fourrageant une de ses côtelettes à l'anglaise. Son cou semblait cerclé par un col de fer blanc. Il avait une mince cravate de jaconas gris à pois bleus, une culotte marron à raies vertes, les pieds dans des guêtres jaunes.

— Votre père va bien, Edgard ? lui demanda M. Perrin de Jancourt.

— Peuh! répondit-il, — toujours sa goutte, vous savez!

— Et votre mère?

— Oh! elle... toujours ses rhumatismes.

Il se mit à rire, s'informa près de Cécile d'un petit chien qu'il lui avait offert quelque temps auparavant.

La jeune fille était très camarade avec lui, le connaissait de vieille date, assez même pour le plaisanter sur ses habits, devant Mme Hébert. Le poing sur la hanche, Flavinet se cambrait, tout aise d'avoir été remarqué, disant qu'on l'habillait à Londres, que d'ailleurs on ne savait habiller qu'en Angleterre; et il énonça l'adresse de son tailleur, dont la spécialité, déclara-t-il, était de donner aux ulsters de femmes un galbe unique.

Sur un signe de Pélussin, le tandem s'éloigna, dans un cliquetis mou de harnais, manquant d'écraser le petit Jules; Mme de Blériot et Mme Bissinger arrivaient en panier, suivies de près par une épouvantable guimbarde de louage, découverte, où gisaient accablés de chaleur, suants, le président Morizot vêtu d'alpaga, Hébert coiffé de son chapeau à haute forme, Majorelle largement cravaté, et Ventujol, en tenue, toujours en tenue. Ainsi l'avait voulu Mme Hébert, au risque de le rendre un peu ridicule. Loiseau était perché sur le siège de la guimbarde, près du cocher. Tout ce monde débarqua. Les femmes s'embrassaient comme si elles ne s'étaient pas rencontrées depuis plusieurs années. Mme Hébert et Mme de Blériot firent connaissance. Et les voitures partaient pour Jouy, quand, à midi précis, le gilet rouge s'approchant de Mme Bissinger, dit:

— Madame est servie.

Perrin de Jancourt offrit son bras à Mme Hébert;

puis, derrière eux, Morizot et Mme Bissinger, Hébert
et Mme de Blériot, Ventujol et Cécile se mirent en
marche, entraînant les autres convives. Ventujol, à
présent, se trouvait en pays de connaissances, s'était
infligé une série de visites, aussitôt après avoir reçu
son invitation. — On se répandit dans la clairière,
autour de la nappe, le petit Jules cramponné à la robe
de sa mère.

— Tiens! nous sommes treize, dit brusquement
M. de Jancourt, prêt à placer son monde.

Mme Bissinger se récria, supplia son père de n'in-
diquer aucune place : « Certaines gens, esprits forts,
affectaient de ne croire à rien, mais elle, croyait à tout,
ne craignait point d'avouer cette faiblesse. » Et elle
cita une anecdote où une personne était morte, pour
avoir méprisé le nombre treize. Son mari voulut la
plaisanter, mais elle se fâcha. C'était une assez jolie
brune, fraîche, de taille moyenne, s'exprimant avec
volubilité. Alors, Mme Hébert parla d'envoyer le petit
Jules seul, dans un coin, sur une serviette qu'on
étendrait. L'enfant éclata en larmes, glapit qu'il ne
mangerait pas si on l'éloignait de la grande table.
Hébert eut beau le gronder, l'inviter à une conduite
moins déraisonnable, le petit bonhomme continua de
sangloter. — Afin de trancher toute difficulté, M. de
Jancourt, la face empreinte d'une noble condescendance, proposa d'admettre aux honneurs de la nappe...
un des domestiques. On finit par accepter. Comme
Loiseau ne portait aucun insigne de livrée, Ventujol
l'appela, lui expliqua ce qu'on attendait. Loiseau
rougit, balbutia; les deux valets de chambre lui
jetaient des regards gouailleurs. Il lui fut ordonné de
prendre soin du petit Jules.

On s'assit, — les dames près les unes des autres, à la suite d'une légère révolte, d'éclats de rire. — Perrin de Jancourt plaça Morizot et Ventujol à ses côtés. En face de son père, Mme Bissinger avait à sa droite Mme Hébert, à sa gauche Mme de Blériot. Hébert se casa près de Ventujol, Flavinet non loin de Loiseau, Pélussin contre Cécile, dans le voisinage de Majorelle, et Bissinger entre Mme Hébert et le petit Jules.

— Un joli sexe, hein? dit Morizot bas à Majorelle, en promenant un œil voilé sur les femmes.

Le président s'était assis péniblement, semblait avoir eu besoin de ses cuisses pour soutenir son gros ventre. Les épaules rebondies, la chair rose, les lèvres gloutonnes, sa barbiche de bouc pointant hors de son faux-col, il faisait plaisir à voir. Les femmes, toutes jeunes, toutes élégantes, étalaient une variété d'exquises toilettes. On ne se parlait pas, chacun s'installant le mieux possible, dépliant sa serviette. Et des bouts de jupons blancs, frangés de dentelles empesées, éclataient sur la verdure de l'herbe, découvraient des souliers minces, les uns en cuir jaune, les autres vernis, corsetés d'étoffes. Et des bagues scintillaient à certains doigts; tandis que Loiseau, sans vergogne, découvrait une paire de semelles béantes; que des loriots continuaient à siffler, des tourterelles à se répondre, des oisillons à chanter dans les profondeurs d'émeraude.

Le galopin s'était rapproché, se tenait à cette heure de l'autre côté du chemin de servitude, ses yeux braqués sur les convives.

— Galantine d'agneau, dit le gilet rouge à Mme Hébert.

Il était obligé de se courber; et on apercevait au

milieu de son crâne une raie bien tirée, entre deux
glacis de cheveux luisants de pommade.

— Châteaux-Margaux, chantonna le valet de chambre des de Jancourt.

Celui-ci avait des cheveux crépus, assez longs, dont
le toupet descendait un peu, à chacun des mouve-
ments de son possesseur pour verser du vin.

— C'est égal ! on est mieux ici que sur la route,
proclama le jeune Flavinet Saint-Ange.

On fut de cet avis, les ombres du visage adoucies,
presque vertes au milieu de la clarté verdoyante du
bois ; et chacun énuméra les désagréments de sa
récente promenade en voiture. — Plusieurs chapeaux
pendus à des branches, un éparpillement d'ombrelles,
de pardessus, de mantelets enseignaient les convives
d'un inévitable désordre d'antichambre.

— Galantine de chameau ? demanda le gilet rouge
à Loiseau, après lui avoir bourré une côte.

— Avec plaisir, mon garçon.

Ils avaient parlé à voix basse ; et le brosseur se mit
à loucher, tout en se servant, à la grandissime joie
du gilet rouge.

— Savez-vous que le plan de la future exposition
est adopté ? lança soudain Majorelle.

— Bah ?

— L'étranger, paraît-il, s'était d'abord montré un
peu froid à notre appel, mais cela n'a pas duré.

— Une grande chose que les expositions, dit Hébert, l'œil atone : la manifestation pacifique du travail,
des arts et de l'industrie.

Il s'était exprimé sur un mode emphatique, comme
s'il ne pouvait se passer d'être l'organe de la loi et de
la société, pour toutes affaires. Mais M. de Jancourt

décida que cette nouvelle exposition ne vaudrait pas l'ancienne, personne, sous la République, n'étant capable d'*organiser;* et l'incident fut clos.

Mme Hébert, très sensible depuis qu'elle aimait Ventujol, trouvait Mme de Blériot charmante, sympathique, se promettait de la cultiver, souriait aux propos interrompus de la petite femme. Pélussin causait avec Cécile des bals de l'hiver précédent. Flavinet Saint-Ange, au mépris de leur ancienne querelle, accablait Ventujol de politesses, lui proposait d'essayer un cheval de selle qu'il venait d'acheter au Tatter-sall; l'officier se déridait. Hébert pensait à sa vieille mère dont il n'avait pas reçu de nouvelles depuis plus de quinze jours. Et Morizot tâtait Majorelle, lui demandait s'il viendrait rue des Deux-Boules, à quelque temps de là, dans un hôtel où se réunissait, chaque mois, un clan joyeux et débauché de magistrats.

La conversation se mêlait peu d'un bout de la nappe à l'autre; aussi, deux tapages de voix s'entendaient-ils : celui des femmes, léger, bavard, parfois un peu guindé, celui des hommes épais et sourd.

A la vue d'un magnifique melon que commençaient à offrir les domestiques, le petit Jules poussa un cri de joie, se renversa sur l'herbe. On lui en servit immédiatement une tranche, pour le calmer. — Hébert et Ventujol s'étaient mis à évoquer des souvenirs de collège.

— Vous rappelez-vous Gasparin?

— Gasparin?...

— Oui... ce cancre de Gasparin... qui passait une partie de son temps à jouer du violon, avec deux règles...

— Parfaitement.

— Il a été tué à Wissembourg.

— Tiens, tiens ! dit Hébert, mollement intéressé. —
Ce pauvre Gasparin !

Il ajouta :

— Malheureusement, on n'a pas tué que lui.

Et il éprouva le besoin de répéter :

— Malheureusement.

Ventujol ne put s'empêcher de sourire.

A ce moment, par hasard, le magistrat et lui jetèrent
un coup d'œil vers Mme Hébert. Elle était radieuse,
entourait son mari et son amant d'un même nimbe,
les couvait presque sous la chaleur de ses pensées :
« C'était donc vrai !... Elle les voyait là... tranquilles...
rajeunissant le passé, causant comme si tous deux ne
la possédaient pas ! » Leur entente la dilatait, l'enle-
vait de terre, la plongeait en une langueur si étrange
et si douce qu'elle en avait mal à l'âme.

Hébert reprit :

— Et Moreau,... Clavet, d'Hallay, Boucher, Lau-
rent !... Savez-vous ce qu'ils sont devenus ?

Ces noms étaient partis, au hasard d'une mémoire
un peu trouble.

— Moreau est ingénieur, répondit Ventujol ; d'Hallay
est capitaine du génie ; Clavet...

Un éclat de rire de Mme de Blériot empêcha l'officier
de continuer sa phrase.

— Monsieur Morizot, appela-t-elle.

— Madame ?

— N'est-ce pas que vous faites des mots, quand vous
présidez les assises ?

— Je m'en flatte.

— N'est-ce pas que, lors du procès de cette empoisonneuse, la femme Bourdon, vous avez dit à un

témoin : Témoin, vous êtes la sécurité des familles ?...
et à l'empoisonneuse qui était bossue : Vous avez beau
faire le dos rond, la justice est éclairée sur vos faits
et gestes ?

— Oui, madame. Ça m'a même valu un succès dans
les journaux.

— Un drôle de succès, murmura Hébert à Ventujol,
ils ont demandé sa destitution.

Et comme on riait, Perrin de Jancourt, président du
tribunal de Versailles, plus que les autres, Morizot continua, la face rubiconde :

— Je fais ça de temps en temps, pour rappeler au
gouvernement qu'il faudrait épurer la magistrature.

— Pomard ?... Romanée ? demanda le gilet rouge.

— Romanée, répondit Morizot.

Et, en deux bouchées, il happa le petit pâté de poisson que venait de lui servir le valet de chambre des
de Jancourt. — Néanmoins, malgré son semblant de
gaieté, l'incident Morizot avait refroidi les convives.
Les magistrats réfléchissaient ; Mme de Blériot s'était
tue ; seul, un froissement lointain de faux, en train de
raser la plaine, traversait l'épaisseur du bois, s'abattait jusqu'à la clairière.

— Vous vous rappelez les deux frères Baille, sans
doute ?

— Oui, répondit Ventujol à Hébert.

— Eh bien ! j'ai lu dans je ne sais plus quel journal
la condamnation de l'aîné, pour vol.

Autour d'eux, languissamment d'abord, les cause-
ries recommencèrent, de voisin à voisin. — Un domestique promenait des côtelettes à la moelle. Mme Bissinger et Mme Blériot critiquaient les toilettes d'une de
leurs amies. Le jeune Flavinet ne cessait de se répéter

qu'il s'ennuyait à un louis l'heure. Et Cécile de Jancourt jetait à la dérobée de lents regards à Ventujol.
Elle le trouvait beau, séduisant, incomparable ; l'officier parlait à son imagination comme il avait parlé à
l'imagination plus mûre de Mme Hébert.

Celle-ci, les mains croisées, l'affection satisfaite, se
demandait à présent pourquoi Ventujol ne portait pas
de titre. Était-il comte, marquis comme Pelussin, ou,
à l'exemple de tant d'individus, avait-il ajouté un nom
de terre à son nom originel ? D'ailleurs, grâce à son
amour, à la somnolence où son esprit vaguait, elle
n'attachait aucune importance au résultat probable de
son investigation.

Morizot se remit à débiner la magistrature :

— Voyez-vous, Majorelle, moi, si je pense à la magistrature, c'est plus fort que moi, j'éclate... Quelle
drôle d'institution !... On met là ses benêts d'enfants,
comme on engage ses pendards de fils, quand ils ont
fait des folies.

— C'est vrai, répondit Majorelle, à seule fin de
flatter le dada du conseiller.

— Mon cher ami, voulez-vous être un magistrat
impeccable ?

— C'est selon, insinua Majorelle.

— Eh bien ! *gobez-vous... Se gober*, tout est là... ça
donne de la dignité. Regardez plutôt Hébert.

Et toussotant du nez, rejetant sa tête de satyre en
arrière, Morizot ébaucha de la main deux ou trois
gestes empreints d'une excentricité digne.

— Tel est le parfait magistrat, dit-il, en riant des
yeux.

Profitant d'une éclaircie, le soleil, depuis quelques
minutes, s'était répandu sur un des côtés de la nappe ;

et des cristaux scintillaient, semblaient contenir d'hé-
téroclites liqueurs lamées d'or. Deux carafes à panse
ronde lançaient une fulguration vive.

— Ma foi, s'écria M. de Jancourt, au milieu du
bourdonnement général, vous m'excuserez de n'avoir
pas fait servir de vins blancs; j'ai craint les maux de
tête.

Bissinger s'inclina. Il avait un appétit féroce, causait peu, et à chaque instant, un domestique était
obligé de lui apporter du pain. — Loiseau mangeait
aussi avec voracité; et il prenait son verre, à l'aide
d'un geste arrondi, quand le petit Jules, qui l'examinait curieusement, lui poussa trois questions succes-
sives :

— Pourquoi ta chemise est noire?... Pourquoi t'as
des taches sur ton habit?... Pourquoi t'as des souliers
percés?

Le brosseur rougit, jeta un regard effaré autour de
lui; mais personne n'avait entendu.

Alors, agacées par la tiédeur de l'après-midi, l'une
après l'autre, les femmes ouvrirent leurs éventails,
des éventails de pacotille, de ces éventails de jour
achetés au rabais dans les grands magasins. Ils miroi-
taient cependant, battaient de l'aile comme des papillons, et sur leurs montures noires, les mains au bout
des poignets blancs paraissaient encore plus blanches.

— Comprenez-vous cela? répétait à Mᵐᵉ Hébert
Mᵐᵉ Bissinger dont les pommettes rosissaient à vue
d'œil. Ne pas même se saluer quand on a été si bonnes
amies!... Elle, soit! on pourrait au besoin l'excuser;
mais son mari...?

Le galopin, de l'autre côté du chemin de servitude,
était toujours cramponné à son arbre. — De nouveau,

les domestiques s'arrêtèrent à chaque convive, présentant, l'un du filet froid, l'autre du poulet rôti.

Flavinet Saint-Ange précipita la conversation sur le dernier ballet de l'Opéra. « Avait-on vu *Sylvia?*... C'était insensé de donner des premières au mois de juin, quand le beau monde avait abandonné Paris! lui, ne s'était trouvé là que par hasard. — Quelqu'un avait-il vu la première de *Sylvia?* »

Morizot y avait assisté, ainsi que les Bissinger, Pélussin, Mme de Blériot; et celle-ci parla de Mme Sangalli avec enthousiasme. « Par exemple, elle 'n'avait rien compris au livret. » Flavinet l'avait compris, lui; mais il le déclara *coco.* « On en avait assez de Cupidon, des bergers, des nymphes, des maillots couleur de chair; comme si le public avait besoin des jambes de ces dames, ne pouvait en trouver ailleurs d'équivalentes. »

— Où ça? demanda Morizot.

Le jeune Flavinet sourit, ne répondit pas.

— Moi, reprit Morizot, je suis d'avis que les jambes sont bonnes à examiner partout où on les rencontre, chez soi, dans la rue, à l'Opéra.

Et il ajouta qu'aucun spectacle ne valait celui d'un ballet, après dîner, quand on avait mangé des truffes sous la serviette.

Le visage de Mme Hébert devint glacial. Depuis sa faute, elle ne tolérait plus les expressions risquées, haïssait les moindres sous-entendus grivois; tous échauffaient les relents de sa pudeur, lui semblaient dits pour elle, l'entouraient comme d'un vent de soufflets.

— Morizot, vous êtes un enfant terrible, s'écria M. de Jancourt.

Un bruit de voix, derrière les convives, dans le chemin de servitude, les fit se retourner. Le vieux mendiant que le char-à-bancs avait laissé à la crète d'un
talus, sur la route, était là, courbé en deux, appuyé
sur sa canne, parlant au galopin.

— Ah! le roublard, murmura Loiseau, le v'là
encore!

— Vous le connaissez? demanda Pélussin.

— Oui, fit Loiseau.

Le vieux s'essuyait la face avec sa blouse, se plaignait du soleil, de la poussière. Il s'aperçut qu'on le
regardait et se dirigea vers la clairière, son chapeau à
la main, un antique bonnet de laine sur le crâne.

— Une fière chaleur! déclara-t-il.

Personne ne souffla mot; mais le vieillard ne s'in-
terloquait pas facilement. Il essayait de redresser sa
tête toute sculptée par les ans, souriait, promenait un
regard terni sur les convives, sur la nappe.

— Ma pauv' chemise... trempée! dit-il encore.

Et comme on ne lui répondait pas plus, il avança
de quelques enjambées, traînant ses larges sabots qui
clapotaient dans l'herbe. Son pantalon était effiloché;
on apercevait ses chevilles nues, calleuses, ridées; et
un bissac en toile grise passait sous sa blouse.

Le gilet rouge s'approcha vivement de lui, le
somma de déguerpir; mais le vieux ne bougea pas.

— Voyons, vous en irez-vous à la fin? cria le
gilet rouge en lui posant une main sur l'épaule.

— Laissez-le tranquille, Eugène, dit M. Hébert.

Le vieux mendiant fit encore deux ou trois pas en
avant.

— Ah! grommela-t-il, je l'savais ben qu'les maît' y
valaient toujours mieux qu'leux gens.

Pour la troisième fois, un silence accueillit les paroles
du vieux bonhomme. Il avait pris un air tremblotant,
s'appuyait fortement sur sa canne, allongeait de ci,
de là, sa face rusée, aux yeux frangés de rouge.

— N'importe ! reprit-il, vous avez ben choisi vot'
endroit.

Cécile de Jancourt riait, cachait son rire derrière
son éventail.

Le petit Jules ouvrait de grands yeux étonnés.

Le vieux poursuivit :

— Y a pas d'claircies pareille à c'tite-là d'ici deux
bonnes lieues d'pays.

Un silence pénible engourdissait les mâchoires.
Seul, Bissinger continuant à manger, n'avait attaché
aucune importance à l'intrusion du vieux pauvre.

— Eh bien ! mon brave, finit par demander M. Perrin de Jancourt, qu'est-ce qu'il y a pour votre service ?

— Pou mon service ?...

— Oui, qu'est-ce qu'il y a pour votre service ?

Le mendiant souleva sa canne, désigna le chemin
de servitude.

— J'passais, dit-il... alors j'suis v'nu.

— Bertoux, offrez les asperges, ordonna Mme Bissinger. Vous voyez bien qu'on attend.

— Pour sûr, y a pas d'claircie pareille à c'tite-là,
répéta le vieux.

De nouveau il s'essuya les joues, le menton, avec sa
blouse ; puis reculant de quelques pas, il s'assit au
bord du chemin, le dos contre un hêtre.

— Eh ben ! feignant, cria-t-il au galopin, y a donc
pus d'école à Jouy ?

Le galopin ricana, s'assit à son tour.

— Veux-tu m'quéri d'l'ieau dans m'bouteille ?

— Non, répondit l'enfant.

Des injures partirent de la bouche édentée du vieux.

— Ah! gueux... coquin... prope à rien!... y m'laiss'rait créver de soéf!

Il brandissait son bâton, en tapait l'herbe, semblait dans une colère atroce.

— Ça n'soulag'rait tant seulement pas ses père et mère!

— Bertoux, donnez-lui une bouteille de vin, dit M. de Jancourt.

« Ah! le matois!... est-il assez matois! » pensait Loiseau; et se tournant vers Flavinet, une asperge à la main, il lui demanda s'il avait saisi *la ficelle* du vieux mendiant. Néanmoins, le brosseur n'osa pas raconter l'indiscrétion dont il s'était rendu coupable, indiscrétion qui avait amené le vieillard au bois Martin.

Les femmes, furieuses, ne parlaient plus, se contentaient de murmurer de temps à autre : « Mais c'est très désagréable!... On n'est plus chez soi... Est-ce qu'on ne pourrait pas le faire partir? » Perrin de Jancourt secouait la tête. Il se décida même à expliquer qu'un chemin de servitude traversait le bois, ce qu'était un chemin de servitude.

Mᵐᵉ Bissinger s'en prit aux domestiques : « N'auraient-ils pas pu choisir un endroit plus éloigné de ce maudit chemin? » Le gilet rouge eût beau répéter : « nous n'avons rien trouvé! » le même reproche s'exhalait sans cesse, ne parvenait pas à s'apaiser.

Aussitôt sa bouteille entre les mains, le vieux se leva, voulut remercier la compagnie, mais Morizot lui coupa la parole, se fâcha, l'envoya à tous les diables :

— Qu'on lui donne un poulet, du pain, tout ce qu'il voudra, et qu'il nous laisse tranquilles à la fin.

La besace du vieux fut bourrée. Il balbutiait, rayonnait; on lui jeta de l'argent dans son chapeau; et il partit, plus cassé que jamais, heureux du résultat de sa finesse, du gain de sa journée, plein de haine cependant contre la morgue et la fierté des riches.

Alors le déjeuner continua, un peu embarrassé d'abord, comme si le mendiant était assis au pied du hêtre, derrière Mme de Blériot.

— En Angleterre, prétendit bientôt Flavinet, on éloigne les gredins de cette espèce à coups de rotin, et on les coffre quand ils se plaignent.

Personne ne se donna la peine de lui extraire cette illusion.

Majorelle, homme d'humeur bénigne, s'empressa même de déclarer que tout s'était fort bien passé, sans tiraillements de part et d'autre : « Donnant, donnant; aussitôt sa besace emplie, l'individu avait quitté la place. Que pouvait-on désirer de plus? » — Les femmes ressassaient d'imaginaires ennuis. Et Pélussin entamait une digression sur l'insolence toujours croissante du peuple, digression à laquelle chacun applaudissait, quand Mme Hébert se leva, très pâle, traversa le chemin de servitude, s'enfonça dans le bois, à quelques mètres du galopin.

— Vous êtes souffrante?

Son mouchoir sur la bouche, Mme Hébert avait répondu : Non. Cependant, des regards inquiets se consultèrent.

Hébert baissait les yeux, aurait voulu s'abîmer sous terre, feignait d'examiner le manche de son couteau où deux initiales étaient incrustées.

— Pardon, lui dit Ventujol, mais madame Hébert ne me paraît pas bien du tout.

Cécile de Jancourt n'attendait qu'un encouragement pour suivre Gabrielle. Hébert essaya de sourire.

— Ce ne sera rien, dit-il. — Ne vous dérangez pas, mademoiselle... Je sais ce que c'est.

On le comprit presque immédiatement, et toutes les figures se rassérénèrent.

— Mon cher ami, nos sincères félicitations! proclama Morizot d'une voix enjouée.

— Nos sincères félicitations! répétèrent Majorelle et M. Perrin de Jancourt.

Hébert rougit, s'inclina. La grossesse de sa femme lui apparaissant comme quelque chose de mystérieux et de sacré, il n'aimait point qu'on s'égarât sur elle.

Le bois s'était tu, et de grosses mouches bleues trompetaient, vire-voletaient des rayons d'or aux couches d'ombre, s'acharnaient au bord des verres. Le soleil avait envahi la moitié de la nappe, menaçait des genoux. On s'aperçut que le petit Jules venait de s'endormir sur l'épaule de Loiseau. C'était son heure! ses jambes brunies s'étalaient l'une sur l'autre dans l'herbe. Mme de Blériot s'extasia sur la sagesse de l'enfant : « Un véritable ange! docile et gentil comme un cœur... Certes, il n'avait pas été gênant! »

— Est-ce qu'il est toujours ainsi? demanda-t-elle.

— Non, pas toujours, répondit en souriant Mme Hébert. On serait trop heureux!

Majorelle se leva sur un genou, ses favoris roussâtres éparpillés sur les coques de sa large cravate.

— Je propose, dit-il, un toast à notre aimable amphytrion, à l'excellente idée qu'il a eue de nous réunir.

Chacun prit son verre, le souleva un peu, avec une
légère inclinaison de tête à l'adresse de M. de Jancourt.

— On ne saurait mieux exprimer notre pensée,
déclara Ventujol.

Les femmes trempèrent leurs lèvres dans du Clos-
Vougeot. Morizot profita de la circonstance pour
examiner la ligne blanche e ⸗onde que formait leur
cou ainsi dégagé de ses teintes ombreuses. — Une
griserie de bonne compagnie animait les visages ; les
yeux brillaient d'un éclat humide, et les gestes se dé-
gageaient plus libres, tandis que les éventails battaient
la lourde atmosphère de l'après-midi, s'entouraient
d'un crépitement sec.

Ventujol ayant remarqué l'attention que lui prêtait
Cécile de Jancourt, y répondait par des regards dis-
crets.

L'officier se sentait beaucoup d'estime pour Hébert,
se reprochait parfois de lui être ce qu'il était, mais
cela ne durait point, et il ne s'en montrait ni plus
froid, ni moins prévenant. — Le gilet rouge offrit une
salade russe.

A ce moment, deux paysannes, les bras nus, la
gorge à l'aise sous des chemises molles, passèrent
dans le chemin de servitude. Elles jetèrent un œil hardi
sur les convives, lancèrent un mot au galopin, s'éloignèrent. Et Morizot commençait une histoire quelconque, lorsqu'un nouveau groupe de paysans arriva.
Cette fois, trois hommes et une femme le composaient.
Ils s'arrêtèrent une minute, passèrent comme le précédent.

— Est-ce que ça va continuer longtemps? dit
Mme de Blériot.

— Ce serait à croire, ajouta Morizot, que le vieil
animal de tout à l'heure a donné l'éveil, et que toutes
les gens des environs vont venir nous examiner.

Quelques femmes passèrent encore, firent une halte
et disparurent. Elles se ressemblaient, ne différaient
que par l'âge, étaient uniformément vêtues d'une jupe
et d'une chemise. Les unes avaient des chapeaux
d'homme; la plupart des mouchoirs de couleur sur la
tête. On les entendait rire, plaisanter. Il en arriva
d'autres; puis les premières revinrent, s'enhardissant
davantage, parlant sans cesse plus haut et plus ferme,
lâchant des mots grossiers afin d'être entendues.

Morizot, Majorelle, Pélussin tentaient bien de causer encore; personne ne voulait répondre, et une gêne
croissante pesait sur les convives. Ils se croyaient
débarrassés des paysans, paraissaient renaître à leur
intimité, mais un tapage de gros souliers, de voix
pointues et jalouses concourait de nouveau à les surprendre. Et le galopin, contre son arbre, était le pivot
sur lequel tournaient les jacasseries frustes, les gogue-
nardises campagnardes.

— Allons! dit soudain M. de Jancourt, décidément,
notre partie a manqué... Je vois que notre partie a
manqué.... Il ne nous reste plus qu'à dépêcher notre
dessert et à regagner Versailles.

— Le fait est... ajouta Mme Bissinger.

— J'ai très mal pris mes précautions, très mal...
très mal, chantonnait M. de Jancourt, la mine con-
sternée.

Deux paysannes s'arrêtèrent au milieu du chemin,
s'amusèrent à considérer les convives; d'autres les
rejoignirent. Et elles ne bougèrent plus.

— Mon garçon, dit à Loiseau M. de Jancourt, voudriez-vous courir jusqu'à Jouy, prévenir qu'on nous amène les voitures sur la route?

Loiseau partit, après avoir rendu le petit Jules à sa mère.

L'enfant ne s'était pas éveillé. On ne se parlait plus.

— Partie manquée!... partie manquée! répétait M. de Jancourt.

Le dessert n'eut aucun succès. Les femmes refusaient ce qu'on leur présentait, gardaient un maintien maussade; et les piles de fruits mûrs, et les assiettes de petits fours roses, verts, marrons demeuraient intactes.

— Voyons, disait Morizot, pourquoi se tracasser d'un aussi piètre contre-temps?... Ne montrez pas votre ennui au moins !... N'ayez pas l'air d'abandonner la place.

— Si vous croyez que c'est amusant! répondait Mme Bissinger.

Tantôt à Morizot, tantôt à Ventujol, M. de Jancourt répétait avec énergie :

— Partie manquée!... Partie manquée!

Cela revenait à chaque instant, comme des épaves sur l'eau, pendant une débâcle. Le président était si bouleversé que Ventujol se crut obligé de le consoler :

— Vous voyez les choses en noir; mais tout a été charmant au contraire, on ne peut mieux ordonné. Personne n'est responsable de la curiosité de ces paysans.

— Vous aurez beau dire, reprenait Perrin de Jancourt, la partie a tout à fait manqué. « Le déjeûner n'avait pas été mangeable; les cahots du char-à-bancs avaient gâté les vins. »

— Si nous partions? demanda brusquement Mme Bissinger. Elle se sentait énervée, aurait voulu battre quelqu'un.

— Vous êtes fatiguée, madame... Voulez-vous me permettre de porter un peu votre enfant? dit Ventujol à Gabrielle Hébert.

Celle-ci accepta, l'âme heureuse.

— Voyons... voyons, ma chère amie, insinua Hébert sur un ton de reproche.

Mais l'officier était déjà debout, se dirigeait vers la femme du magistrat, prenait le petit Jules entre ses bras. Il revint s'asseoir près d'Hébert.

— Donnez-lui à téter, cria Morizot.

Les paysannes, dans le chemin, éclatèrent d'un tel rire que le conseiller en devint cramoisi, eut pleine conscience du mauvais goût de sa facétie.

— Allons-nous-en, dit rageusement Mme Bissinger. Et elle se leva.

Plusieurs personnes l'imitèrent. Majorelle, Pélussin, Hébert et Morizot se dépêchèrent d'avaler leur café froid; puis, tout le monde se mit à circuler autour de la nappe, afin de se dégourdir les jambes. — Ventujol portait toujours le petit Jules. — Flavinet s'approcha des paysannes; il rêvait contre elles des vengeances exemplaires, aurait aussi désiré s'attirer la faveur des dames; et il cria :

— Eh bien ! qu'est-ce que vous voulez?

— C'est-y à nous qu'vous parlez? demanda une voix presque mâle.

Flavinet ne répondit pas, tourna le dos avec un geste de suprême dédain. Vexé, poursuivi par des rires que son chic anglais provoquait, il rejoignit Cécile de Jancourt qui le tança d'avoir adressé la parole à de pareilles gens. — Les domestiques conservaient un sérieux imperturbable, ramassaient les ombrelles, les présentaient aux dames. Majorelle courait de ci, de là, un paquet de mantelets sur les bras. — Et la retraite s'effectua, dans un profond silence, suivie d'assez près par une dizaine de paysannes.

— Je suis désolé... désolé... absolument désolé ! disait à présent M. Perrin de Jancourt, la bouche pincée, une déjection d'oiseau sur la manche droite.

Mᵐᵉ Bissinger, Pélussin, le jeune Flavinet ouvraient la marche ; et le petit Jules qui s'était éveillé, très étonné de se retrouver dans les bras de Ventujol, formait l'arrière-garde, la main dans la main d'Hébert.

— On quitta l'ombre du bois pour une vaste étendue de soleil où s'allongeait un chemin de terroir, entre des éteules. Un cailloutis saupoudré de terre jaune s'attaquait aux semelles. Dominée par une ombrelle rouge, la robe de Cécile de Jancourt était d'une blancheur éblouissante. Mᵐᵉ Bissinger exhalait sa bile, fulminait contre la sottise et l'impudence des campagnards. Morizot, de temps à autre, essayait bien de ramener un peu de gaieté, mais il perdait sa peine. On ne se dérida qu'en apercevant les voitures. Elles arrivaient au grand trot, sur la route, plus loin que la blondeur jaune d'un champ de blé. Les capotes, le métal des harnais lançaient des éclairs ; la hauteur grêle des fouets se détachait sur la lumière du ciel ; les cochers semblaient collés à leur siège.

— Halte ! cria M. Perrin de Jancourt.

Les voitures s'arrêtèrent. On s'installa comme précédemment, mais pêle-mêle, le plus vite possible cette fois ; tandis que les chevaux piaffaient. Et ils se décidaient à partir, quand un charivari éclata derrière eux. C'étaient les paysannes qui triomphaient, hurlaient, se tordaient, agitaient les bras en signe d'adieu ironique. — Les voitures s'éloignèrent, dans une fumée de poussière grise dont les nuages planaient avant de retomber. Elles disparurent.

Le lendemain, colporté par Majorelle, renseigné on ne savait par qui, le journal radical de Versailles contait, en deux colonnes, qu'une *orgie* avait eu lieu au bois Martin, *protégée par l'armée, sous l'aile de la magistrature;* que les femmes *avaient sali les buissons de leurs vomissements...* mais que les paysans des environs, les travailleurs, *ceux à qui la nation devait son pain de chaque jour!* avaient fait justice des coupables... *en les chassant.*

VII

La continuelle préoccupation de Gabrielle était maintenant de passer une nuit, une nuit tout entière, avec Ventujol. — Une nuit!... cette seule idée d'une nuit lente, près de l'officier, suffisait à l'emplir de chaleurs, à la clouer vibrante de désirs, parcourue d'effluves, sur sa chaise longue, durant des heures.

Mme Hébert en devenait distraite, écoutait à peine les paroles nécessaires, s'abandonnait de plus en plus, chaque jour, aux lassitudes énervées de son tempérament. Des joies infinies semblaient lui avoir été promises, ne lui avoir pas encore été données ; et elle les attendait, rassasiée d'ardeurs, comme une néophyte, mais comme une néophyte impatiente et rusée à qui sa nouvelle religion ne défend pas de provoquer l'heure des récompenses. Qu'étaient, en effet, les pauvres nuits, les nuits monotones, les nuits éternellement jumelles dont Hébert l'avait saturée ? Deux heures, une heure, examinées à n'importe quel moment, n'importe quel jour, ne lui en disaient-elles pas plus, entre les bras de Ventujol ? Puis, pour calmer les dernières palpitations de ses remords, peut-être aussi afin de se déguiser les paradoxes qui se succédaient dans sa tête, pareils à des écroulements de foudre, elle en était arrivée à

excuser sa faute par sa grossesse : « Oui, à la loyauté
du mariage, aux fureurs d'un mari outragé, elle se
sentait prête à répondre : Je reconnais les torts dont
vous m'accusez, mais où est mon crime? l'enfant que
je porte n'est-il pas de vous?... Prendra-t-il ici la place
et l'argent d'un autre?... Non, cent fois non!... — Elle
le savait bien, certes! Elle se souvenait bien d'avoir
annoncé à Ventujol qu'elle était enceinte, le jour où,
pour la première fois, elle s'était donnée!... donnée!...
Donnée?... le jour où il l'avait prise plutôt, car elle
ne s'était pas donnée, somme toute... Oh! ma foi si,
elle s'était donnée!... A quoi bon biaiser ainsi? pourquoi vouloir s'abuser soi-même?... Elle s'était donnée
après avoir été prise, peut-être en même temps... Et
qu'importait, d'ailleurs! puisqu'elle aimait Ventujol,
puisqu'elle l'adorait... Aimer n'était plus un mot assez
fort... il avait trop servi, traîné dans les ruisseaux,
dans la lie de toutes les fanges... Adorer!... à la bonne
heure! adorer, adorer! » Elle s'arrêta au mot *adorer*,
se plut à le répéter.

Certains mots, à présent, au milieu des fièvres de
Mᵐᵉ Hébert, l'enveloppaient d'harmonie, lui emplissaient la bouche d'une salive de dégustation, se répan-
daient en elle comme des parfums. Elle leur attribuait
un sens vague, y voyait mille significations d'une douceur exclusive, d'une complexité indéfinissable. Ils lui
caressaient l'esprit, mêlaient des ferveurs de culte
aux ferveurs de sa passion, l'aidaient pour ainsi dire à
s'évaporer; puis, les yeux troubles, les membres alan-
guis, Gabrielle se retrouvait sur sa chaise longue,
comme à l'heure où sa rêverie avait commencé, toute
palpitante de désirs à l'idée de la nuit, de la nuit entière qu'elle séchait d'envie d'accomplir avec Ventujol.

Hébert, sans cesse au Palais ou dans son cabinet, la mémoire en travail, négligeait forcément sa femme, ne lui consacrait même plus ses soirées. Il étudiait les affaires de son ressort, se les familiarisait avec une conscience aveugle à laquelle aboutissaient son activité, ses manies et ses joies d'homme en possession de la carrière préférée ; cependant que, mal doué pour les femmes, incapable d'épanchements suivis, d'épanchements même platoniques, il avait bâti en lui-même une sorte de temple où, sur un piédestal inaccessible, se dressait Gabrielle, une Gabrielle née pour la vertu, attachée à ses devoirs, une Gabrielle candide, sereine, impeccable, digne de lui et de la magistrature.

Pareil à la plupart des enfants, le petit Jules, lui, se contentait de préférer son père à sa mère et sa bonne à tout le monde.

Ventujol se partageait entre son affection pour les Laboissières et son amour pour Gabrielle. Sa grande occupation était d'attendre, rue Montbauron, les rendez-vous de hasard que Mme Hébert, souvent, ne pouvait lui accorder plus d'une fois par semaine. Et quels piètres rendez-vous encore ! des rendez-vous où on n'avait que le temps de s'étreindre et de se crier : Au revoir ! Naguère, chaque jour, on voyait l'officier deux fois à cheval ; maintenant, son excursion du matin lui suffisait. Il l'avait même retardée, ne se mettait plus en route avant neuf heures ; et comme il s'en allait par le boulevard de la Reine, Gabrielle, qui l'attendait, lui décochait un léger signe de tête. C'est ainsi qu'ils se disaient bonjour, le plus régulièrement possible. Aussitôt en rase campagne, Ventujol commençait à s'ennuyer, à traîner un véritable cortège de troubles impatientés, de rêveries vagues, un peu douloureuses.

Des mécontentements erraient en lui, fluctuaient de sa chair à ses nerfs, de son intelligence à sa stupidité, brusquement se changeaient en révoltes contre Gabrielle : « Au diable, cette femme !... Pourquoi était-elle venue le chercher?... l'assaillir de protestations équivoques?... lui saper sa tranquillité, le train-train de sa vie militaire? » Sa carrière lui apparaissait entravée, presque brisée; son honneur difficile à débarbouiller, grâce à sa situation vis-à-vis d'Hébert. « Au diable cette femme ! » sacrait encore Ventujol; et il brutalisait son cheval, déchargeait sur lui sa mauvaise humeur.

— Pourtant, malgré la fréquence de semblables boutades, boutades que lui inspiraient sans doute la vue des mêmes paysages, la monotonie des routes, leur solitude, l'officier revoyait toujours Gabrielle avec le même plaisir, se prodiguait dans l'espoir de la rencontrer.

Depuis le déjeuner sur l'herbe, Hébert et Ventujol s'étaient serré la main plusieurs fois, avaient fait assaut d'amabilités. Une après-midi, le magistrat s'était rendu rue Saint-Pierre, avait demandé le capitaine Blanc de Ventujol. Durant leur dernier rendez-vous, Gabrielle avait dit à l'officier : Je crois que mon mari a l'intention de vous inviter à dîner. L'invitation n'était pas venue, mais cette pensée d'Hébert témoignait de son bon vouloir pour un ancien camarade de collège.

Souvent, à l'heure de la musique, dans le parc, Ventujol apercevait M. Perrin de Jancourt et Cécile. On se saluait; la jeune fille rougissait; puis, de temps à autre, quand le hasard voulait bien s'en mêler, le président arrêtait l'officier, entamait avec lui une conversation banale. On se séparait le mieux du monde, mais aucune intimité ne parvenait à s'établir. Seul,

l'hiver allait être capable de nouer les relations qui
existaient entre le capitaine et ses récentes connaissances. En effet, au mépris de son veuvage, soi-disant
pour plaire à sa fille, mais en réalité afin de la *caser*,
dès novembre, sous la sauvegarde de Mme Bissinger,
M. Perrin de Jancourt devait ouvrir sa maison à deux
battants, prendre un jour de réception, donner des
dîners et des bals.

En attendant, les semaines s'accumulaient assez
lugubrement. Septembre mourut, agrémenté de quelques pluies ; octobre étala ses arbres couleur de rouille
et d'or. Les nuits étaient froides ; le vent soufflait ; et
d'intenses nuages, d'un bleu d'ardoise, s'éventraient
sur Versailles, nettoyaient les rues, précipitaient une
à une, avec rapidité, les feuilles sur le sol ; et parfois,
sous le soleil blanc du matin, elles s'enlevaient en rond
des allées, fuyaient en tournoyant vers le milieu de la
Place-d'Armes où des artilleurs, le mousqueton aux
mains, se livraient à des manœuvres à pied.

Ventujol devenait de plus en plus morose. Gabrielle
ne s'amusait point.

— Tiens ! tu as parlé tout haut, cette nuit, lui annonça Hébert, un matin.

— Qu'est-ce que j'ai dit ?

— Rien... je n'ai pas pu comprendre.

Rassurée d'avance par le ton de son mari, Gabrielle
n'en fut pas moins scandalisée d'apprendre qu'elle
avait bavardé en dormant. « C'est qu'on pouvait fort
bien se trahir ainsi !... Pourvu qu'elle n'allât point
exprimer sur Ventujol des opinions extraordinaires ! »
Mais, le fait ne s'étant pas renouvelé, les craintes de
Mme Hébert s'évanouirent, et, comme précédemment,

elle demeura inassouvie, brûlée du désir de passer une
nuit, une nuit tout entière avec l'officier.

Gabrielle ne haïssait plus Hébert; elle s'était prise
au contraire pour lui d'une indifférence amicale qui
la laissait absolument placide. Elle évitait de prononcer le nom du magistrat devant Ventujol, avait
même fini par excuser la sympathie peu bavarde de
son amant pour son mari. Et elle ne regrettait plus
que sa grossesse ne provînt pas de l'officier. Ce coin de
sentimentalité béate avait glissé de leur liaison, s'était
enfui à tout jamais, bousculé par des visées pratiques,
par certains coups d'œil profonds jetés sur un avenir
où elle se promettait de s'hypnotiser, sans la crainte
d'un réveil foudroyant. L'enfant qu'elle portait ne
s'annonçait-il pas comme le seul trait d'union capable
d'attendrir Hébert, plus tard, si le besoin s'en faisait
sentir, si tout *craquait*, selon la bizarre expression de
Ventujol? Cependant, par besoin de consoler son
amour, elle espérait qu'une ressemblance unirait,
pour la joie de ses yeux, l'homme et l'enfant que
son esprit et son corps auraient contenus en même
temps.

La grossesse de Mme Hébert s'annonçait superbe :
elle n'avait ressenti aucun malaise depuis celui du bois
Martin; encore l'attribuait-elle à la chaleur, au court
voyage dont le déjeuner avait été précédé. Elle se félicitait aussi d'avoir évité une question délicate, question
que Ventujol s'imposait de ne pas lui adresser : s'aban-
donnait-elle avec plaisir à son mari? « Qu'aurait-elle
répondu?... Que répondrait-elle si on se permettait de
l'interroger, un jour où l'autre, par jalousie?... Ose-
rait-elle en pleurer seulement? » Mme Hébert bénissait
l'officier de n'avoir pas affronté un pareil sujet, mais

elle le bénissait derrière une pensée d'amertume : elle
aurait désiré un peu moins d'indifférence, si c'était
par indifférence que Ventujol n'avait pas encore parlé.

Certaines heures surprenaient Gabrielle lasse de
solitude, en proie aux tracas souffreteux des gens dont
la tranquillité ne saurait être parfaite. A ces heures-
là, elle aurait tout donné pour avoir une confidente
attentive, dépourvue de préjugés : Mme de Blériot par
exemple ; malheureusement, les deux femmes se con-
naissaient à peine, ne s'étaient pas revues depuis le
déjeuner sur l'herbe. Obligée de cloîtrer ses expan-
sions, de se garer des inadvertances, Mme Hébert était
taciturne. Les jours où elle se rendait rue Montbauron,
la dose d'amour qu'elle en rapportait la refaisait
vivante et bavarde, sans danger pour son secret ; mais,
en compensation, quand elle n'avait pas vu l'officier,
un ennui accablant la prenait aux nerfs. Souvent, au
crépuscule, dans son salon peuplé, selon ses goûts, de
meubles grêles, de bibelots jolis et délicats, l'œil pensif, elle ouvrait son piano et il témoignait de ses tristesses ou de ses joies. Peu à peu, les touches d'ivoire se
voilaient d'ombre, et, une crispation au dos de la main,
Gabrielle s'évanouissait presque. Ses doigts traînaient,
couraient sur le clavier, comme s'ils avaient des yeux,
tantôt avec des gaietés alertes, tantôt avec des lenteurs
moroses. Les sons tombaient, un à un, se poursuivaient, s'enchevêtraient dans le silence attiédi du
salon. Aucun bruit ne montait de la rue, de l'hôtel,
Gabrielle appartenait au tapage de l'instrument. Lui,
chantait, disant des choses vagues, suffisantes aux maladies d'amour. Les touches, en s'enfonçant, exhalaient
des soupirs que Mme Hébert écoutait, le regard perdu,
la pensée flottante, abasourdie. Et là encore, au

milieu des sonorités dont elle s'enveloppait, Gabrielle avait des envolées troublantes, mille regrets naïfs, de lamentables avachissements où elle se croyait victimée entre les pires victimes, misérable au-dessus des plus misérables, sans cause probante, par névrose, parce qu'elle ne possédait pas, à toute heure, ce qu'elle aurait voulu avoir, ce qu'elle ne pouvait avoir.

Néanmoins, la saison marchait, et les feuilles, de plus en plus transies, continuaient à joncher le sol.

Par ordonnance de médecin, Hébert s'astreignit à promener sa femme, les après-midi où il ne se rendait point au Palais. C'était habituellement dans le parc que ces promenades avaient lieu, avant le dîner, quand une pluie battante ne balafrait pas les maisons. Une après-midi donc, malgré l'incertitude du temps, ils s'étaient décidés à sortir, vers quatre heures; et, bras dessus, bras dessous, Gabrielle satisfaite du jour précédent, Hébert d'un laconisme agaçant, on les avait vus déboucher sur la terrasse du château. Des nuées, d'une lourdeur bleue, menaçaient de l'escalader, plus loin qu'une nappe de soleil. Les gazons piqués d'étincelles verdoyaient et s'éteignaient tour à tour sous des coups de lumière changeante. Çà et là, comme rajeunies, des statues s'enlevaient sur l'or des taillis; et, un peu partout, échevelés, déjà saccagés par l'automne, les vieux arbres du parc arrondissaient des cimes rouges, accotées à des feuillages violacés, hachés de ciel, moutonnant dans des futaies d'ocre jaune. Les parterres étaient encore bondés de géraniums, de marguerites qui semblaient pétiller d'abord, puis s'éloignaient en rubans rouges, roses, blancs. De hauts dahlias étaient mouchetés de fleurs. Les jets d'eau s'élançaient en gerbes poudroyantes.

Le magistrat et Gabrielle descendirent vers le tapis vert. Il avait plu et des bouffées de vent faisaient goutter les arbres, secouaient leurs branches, les dépouillaient avec acharnement.

— As-tu remarqué les feuilles des marronniers? dit Gabrielle. Regarde donc: il y a du vert au milieu, dans une espèce de cadre.

Elle s'arrêta, du bout de sa bottine remua une brindille tombée.

— Non, je n'avais pas remarqué, répondit Hébert.

Ils se remirent en marche. Les tas de feuilles qu'ils piétinaient produisaient des bruits de soie froissée.

— Si nous nous engagions par ici? demanda soudain Gabrielle.

— Comme tu voudras.

Hébert se laissa entraîner dans l'allée de l'Hiver. Celle-ci fuyait entre deux charmilles, pénétrée d'ombres pâles, semée de feuilles, couverte comme d'un velarium gris par une longue bande de ciel. L'allée du Mail la bornait. Gabrielle ne l'ignorait pas; mais une violente envie de bafouer son mari venait de la reprendre à la vue du profil d'Hébert, profil si imperméable, d'une béatitude si niaise que toute colère de femme gâtée serait entrée en ébullition. Et sur-le-champ, elle avait décidé de reconstituer son ancien rendez-vous avec l'officier, d'y glaner de cruelles et savoureuses voluptés, à la barbe du magistrat. — Le bruit de soie froissée continuait à les suivre.

— Vous avez jugé une affaire intéressante aujourd'hui? demanda Gabrielle.

— Une affaire sans importance, répondit Hébert.

De tout temps, il s'était refusé à entretenir sa femme sur ce qu'on libellait au Palais. Elle se le rappela, sourit.

— Tu es bien drôle, va! dit-elle.

Ils s'engagèrent dans l'allée du Mail.

Des nuages cotonneux, au loin, voyageaient lentement; et parfois, les arbres et les futaies, autour du
couple, sous un vent qui haletait, s'ébouriffaient, lâchaient une plaintive rumeur de houle.

Gabrielle, rayonnante, évoquait les uns après les
autres des souvenirs aimables. Elle entendait encore
le cliquetis du sabre de l'officier. C'est là qu'il lui avait
dit : Quand vous reverrai-je? — Ici, on avait rencontré le petit soldat et sa bonne amie. « Était-il comique
ce petit soldat, avec ses éternels saluts!... Mon Dieu,
mon Dieu, la délicieuse soirée!... Comme on s'était
amusé! — Ah! près de cette éclaircie, Ventujol lui
avait demandé d'ôter son voile. »

Un ineffable contentement entr'ouvrait la bouche de
Gabrielle, inondait ses yeux de lueurs. Elle éclata de
rire, très haut.

— Qu'est-ce qu'il y a donc? demanda Hébert.

— Rien, répondit Gabrielle, une bêtise de Jules qui
me traverse l'esprit.

Elle venait de se rappeler que là, presque au début
de sa promenade avec Ventujol, l'officier s'était écrié :
Alors, vous vous nommez Gabrielle? « Ah! le chéri...
le pauvre chéri!... avait-il dû la quitter joyeux, ce
soir-là! »

Hébert, lui, son chapeau peluché par le vent, la
pointe de ses favoris sur les épaules, marchait, com-
mentant en lui-même un article du journal qu'il avait
reçu le matin.

On longea l'Orangerie, puis on retourna vers la terrasse du château, sans parler. Là, trois culottes rouges
attirèrent l'attention de Mme Hébert. Elle reconnut

Ventujol. Il lui tournait le dos, se dirigeant vers le
bassin de Neptune, se promenait avec Pointude et Réveillère, paraissait être plus beau que ses camarades.
Pointude était trop maigre, Réveillère trop petit. Ventujol, au contraire, s'éloignait superbe, les épaules
larges, la taille fine, une tache claire aux mollets
comme toujours. Gabrielle en irradia d'orgueil. Mais,
son sempiternel besoin de comparaison l'incitant de-
rechef, elle sauta de Ventujol à son mari, le dévisagea
des pieds à la tête, des yeux au nez, du nez aux oreilles.
Il lui sembla mesquin, compassé, d'allure triste. Alors,
elle s'imagina le groupe qu'elle aurait pu former avec
Ventujol ; lui, en uniforme, les yeux doux, la démarche vigoureuse ; elle, le poignet sur la manche galon-
née du capitaine, heureuse, légère, la taille souple.
Et, comme elle subissait ardemment sa vision, elle
était en réalité si légère et si souple qu'elle ne pesait
point au bras d'Hébert.

— Je ne te sens plus, dit-il.

Elle se refit lourde, répliqua, désignant sa grossesse :

— Va, je ne serai plus longtemps ainsi !

Et elle pensa encore : « Une nuit !... une nuit !
Quand donc l'aurai-je, ma nuit ? »

Les officiers disparurent.

Le lendemain, Hébert recevait une lettre de sa mère.
La vieille dame s'y montrait souffrante, ennuyée, incapable de remuer, même pour se rendre à l'église. Elle
parlait beaucoup de Jules.

— Eh bien ! demanda Gabrielle, qu'est-ce que tu vas
faire ?

— Partir, répondit Hébert.

— Partir... partir?

Un accès de joie monta en elle, si poignant qu'elle ne parvint pas immédiatement à en déterminer la cause.

— Partir... partir!

— Il me semble...

Elle interrompit le magistrat :

— Oui, en effet, il te serait difficile d'agir autrement.

— Un des substituts peut fort bien me remplacer pendant quelques jours.

Ah!... enfin! Mme Hébert la tenait enfin, sa nuit avec Ventujol.

— Alors, tu es décidé?

— Oui, affirma Hébert.

— Quand te mettrais-tu en route?

— Ce soir... demain matin, au plus tard.

— C'est ennuyeux! dit Gabrielle, la face chagrine, les yeux gais.

Et elle s'affubla d'une pose sentimentale. — Hébert, satisfait de l'attitude de sa femme, attendait qu'elle lui proposât de l'accompagner.

— Combien de jours resteras-tu absent? reprit-elle.

— Trois ou quatre, le temps de voir ce qui se passe là-bas.

— Trois ou quatre jours?... autant que ça?

— Dame!

Ils se turent; Gabrielle, l'ouïe perdue, toute à la piaillerie aigre d'un moineau sans doute perché sur un entablement de l'hôtel; Hébert, songeur, combattu par deux sentiments familials : l'un le retenant à Versailles, l'autre le poussant vers sa mère.

— Quel malheur que je ne puisse pas voyager ! déclara soudain Gabrielle.

— Pourquoi ne peux-tu pas voyager?

— Voyons... tu sais bien...

— Oui, je n'y pensais plus.

— C'est bien ennuyeux! bien ennuyeux! réitéra Gabrielle, la face plus chagrine, mais les yeux plus gais que précédemment.

— Ma foi, oui, bien ennuyeux! répéta Hébert à son tour, — pour moi comme pour toi.

Elle faillit sourire.

— N'importe! continua le magistrat, tu es gentille d'avoir pensé à m'accompagner. Maman sera contente.

— Gentille?... fit Gabrielle; mais non. Crois-tu donc qu'il ne me serait pas agréable de partir avec toi? d'embrasser cette pauvre mère?

Hébert se lissait les favoris. Tout ce que contait sa femme depuis un instant lui causait un plaisir énorme, caressait ses instincts d'affection. — Elle reprit:

— Tu ne sais pas ce que je ferais à ta place?

— Non.

— Eh bien! j'irais demander au docteur Fouché si un petit voyage serait aussi dangereux pour moi qu'il a bien voulu le sous-entendre.

Hébert protesta des deux mains. « Ah! mais non, par exemple! D'abord, maintenant, quand même le docteur répondrait : Oui; lui, Hébert, s'opposerait au déplacement. La santé avant tout. »

Et comme Gabrielle allait tenter un nouvel assaut, le magistrat lui coupa la parole :

— Non... je ne veux pas... Inutile d'insister...

— Soit! n'en parlons plus, dit-elle, la mine boudeuse.

Mais, du bout des doigts, elle lui enleva un mince

flocon duveteux aplati sur un des parements de sa
redingote.

— N'oublie pas de prévenir M. de Jancourt.

— Sois tranquille.

Hébert embrassa Gabrielle et se dirigea vers la porte,
l'œil sévère, par habitude professionnelle.

— Pourquoi n'emmènerais-tu pas Jules? lui cria-
t-on.

— Jules?

— Dame! sa grand'mère serait si contente de le
voir!

— Je ne t'en priverais pas?

— Tu sais bien que je ne suis pas sa préférée.

Hébert s'inclina, délicieusement flatté.

— Allons, au revoir, dit-il, au revoir et merci...
J'emmènerai l'enfant.

Une fois seule, Gabrielle ouvrit son secrétaire, écrivit à Ventujol et porta son billet à la poste.

La nuit vint, se traîna pour Mme Hébert, presque
sans sommeil. Les pendules tintinnabulaient avec une
lenteur désespérante.

A sept heures du matin, Hébert et Jules partaient.

A une heure trente minutes de l'après-midi, Gabrielle s'embarquait pour Paris, après avoir été rue
Montbauron où Ventujol et elle avaient arrêté le temps
et le lieu de leur prochain rendez-vous.

On devait se rencontrer vers les huit heures, près la
gare Montparnasse, à l'hôtel des Colonies. Là, dans une
chambre close, qu'importaient les voisinages dangereux? — Gabrielle demanderait M. Blanc.

Aussitôt à Paris, fiévreuse et le teint coloré, Mme Hébert roula de visite en visite, monta des escaliers.

Elle ne pensait ni à sa grossesse, ni aux périls qu'elle courait en ne se ménageant pas. Ses nerfs étaient d'acier ; aucune fatigue n'aurait été capable de les briser. Elle bavarda, fut partout charmante, admirée, termina la série de ses visites par une visite à Mme Bissinger. Celle-ci eut beau insister pour la retenir à dîner, Gabrielle refusa, malgré l'imaginaire lassitude dont elle ne cessait malicieusement de se plaindre. Passage du Havre, n'osant pénétrer seule dans un restaurant, elle dîna chez un pâtissier de quelques gâteaux, d'un verre de Lunel. Et à huit heures, aussi tremblante que le jour où elle s'était présentée chez Ventujol pour la première fois, elle descendait d'un fiacre devant l'hôtel des Colonies, s'y engouffrait par un couloir humide, entre des touffes de verdure sombre.

— Mon mari... Pardon, M. Blanc ? demanda-t-elle.

Elle s'était adressée à un gros homme dont une cravate rouge agrémentait la physionomie.

— Au premier, dit-il. Chambre numéro 3.

Aucun pas ne troublant la sonorité de l'escalier, Gabrielle escalada, sans trop se dépêcher, l'unique étage qui la séparait de Ventujol. N° 1?... N° 2?... Elle aperçut un numéro 3 sur une porte, l'ouvrit, enleva prestement la clef qu'on avait laissée pour elle. Clac ! la porte fouetta sa feuillure ; et serrés l'un contre l'autre, le capitaine et Mme Hébert échangèrent des baisers presque aussitôt rendus que donnés.

Une des joies sensuelles de l'officier, depuis les premiers froids, quand, au sortir de la rue, Gabrielle se jetait dans ses bras, consistait à l'enlacer, à lui pétrir la taille sous son manteau ouaté, à l'embrasser à pleine bouche sur ses joues encore imprégnées de grand air.

Tiède pour les mains, frais pour les lèvres, ce jeu plaisait beaucoup à Ventujol.

— Tu n'as pas eu peur en venant ici? demanda-t-il.

— Non... oh! non.

— Tu ne regrettes pas d'être venue?

A voix presque basse, Gabrielle répondit :

— Je suis bien trop heureuse!

Ventujol s'assit, l'attira sur ses genoux.

Bien qu'il n'aimât pas Mᵐᵉ Hébert comme elle l'aimait, il s'était enorgueilli maintes fois, et s'enorgueillissait encore de posséder une femme correcte, une maîtresse différente de la plupart des maîtresses, sans platitude d'antécédents, sans envolées vers un passé inavouable.

Gabrielle voulut narrer son après-midi, le départ d'Hébert, mais elle s'essouffla, se mit à bredouiller, s'arrêta brusquement pour rire, pour s'écrier :

— A demain, le reste de mon histoire.

Et, le buste haut sur les genoux de l'officier, les pieds pendant au-dessus du parquet, elle promena un regard calme sur son entourage : deux bougies aux coins de la cheminée, quelques bûches dans un foyer cendreux éclairaient mal une chambre assez grande, assez propre, où un lit dormait sous des rideaux d'algérienne rouge et jaune, contre une muraille papillotante de lueurs. La couverture était faite ; Mᵐᵉ Hébert battit des paupières. Alors, gênée par la chaleur, elle s'éloigna de l'officier, ôta la capote empanachée de plumes noires, pailletée de perles d'or, dont elle était coiffée ; puis, après avoir jeté sur un fauteuil son manteau de velours côtelé, très pimpante dans un costume de faille grise bordé de franges, la taille sabrée de reflets minces, elle se tourna vers Ventujol. Il murmura :

— Tu es charmante.

Lui, pour la circonstance, avait abandonné l'uniforme ; et, comme il avait changé de tailleur depuis sa liaison, par besoin d'élégance, il portait un pantalon et une redingote qui lui laissaient la beauté de sa force et de ses robustes épaules. Gabrielle ne put s'empêcher de l'admirer encore. Ils recommencèrent à s'embrasser ; mais bientôt, émue, crispée, toute pantelante sous les baisers de l'officier, désireuse aussi de ne pas perdre son temps en plus longs préambules, Mᵐᵉ Hébert brusqua la situation :

— Eh bien ! est-ce que tu ne vas pas sortir un peu ?... un petit quart d'heure ?... vingt minutes au plus ?

Ventujol se dirigea vers son chapeau.

— Tu prendras la clef avec toi, n'est-ce pas ?... Elle est sur la cheminée.

L'officier ferma d'abord les grands rideaux des fenêtres, puis il s'empara de la clef.

— A bientôt, dit-il.

Gabrielle se décoiffait déjà, les coudes en l'air. Et, de la porte, Ventujol s'aperçut qu'un inextricable réseau de plis soyeux, cassés, surmontait les hanches, le ventre de sa maîtresse. A n'en plus douter maintenant, la grossesse de Mᵐᵉ Hébert allait mûrir.

L'officier s'arrêta, rêveur.

— Allons, allons, à tout à l'heure, dit Gabrielle, en souriant.

Elle était rose de plaisir, le regard démesurément profond, la chair comme meurtrie au-dessus des joues.

— A tout à l'heure, répéta machinalement Ventujol.

Et il descendit sur le boulevard Montparnasse où il

se promena les mains derrière le dos, la face piteuse;
tandis que de sévères admonestations germaient et
grandissaient en lui contre sa propre sensibilité : « Ne
savait-il donc pas que Mme Hébert fût enceinte? Igno-
rait-il que, tôt ou tard, elle grossirait?... Non... Eh!
alors... que diable!... pourquoi s'indigner? A quoi
bon se buter contre une découverte aussi naturelle? »

Une brise froide prenait le boulevard en longueur,
attaquait parfois la flamme des becs de gaz, charriait
dans le ciel d'immenses nuages noctambules.

Ventujol frissonna, marcha un peu plus vite. « Si
je n'attrape pas un rhume carabiné, bougonna-t-il,
j'aurai de la chance... Une drôle d'idée de m'avoir
envoyé ici!... Là-haut, j'eusse tourné le nez contre la
muraille, et... Tiens! tiens!... » Ce pensant, il entra
dans une vespasienne.

A chaque instant, des locomotives, au loin, lâchaient
des coups de sifflets assourdis par le roulement des
tramways, par le brouhaha de la rue, par le va-et-
vient continu de fiacres battant les alentours de la
gare Montparnasse. Celle-ci, large, bruyante, sa base
encerclée de feux, son toit sombre, taché de vapeurs
grises, brusquement paraissait s'enfoncer dans le ciel
d'orage. Une horloge lumineuse éclairait sa façade.

« Dix minutes!... qu'est-ce que je vais fabriquer
pendant les dix minutes qui me restent? » se demanda
Ventujol. Il revint devant l'hôtel des Colonies, regarda
où perchaient les fenêtres de Gabrielle. Une clarté
rouge, dérangée par du jaune, les lui indiqua. L'officier
aurait bien fumé, mais il n'osa pas s'empester la bouche. — Quelques gouttes de pluie tombèrent. — Alors
Ventujol se dirigea vers un café qu'il avait entrevu
sous l'hôtel, commanda un grog, résolut de ne point

y toucher quand on le lui eut apporté, par crainte de
sentir le cognac.

Au fond du café, des gens jouaient au billard ; et
des consommateurs, parqués un peu partout, lisaient
des journaux, faisaient des parties de cartes, criaient,
buvaient, crachaient, bavardaient, la pipe ou le cigare
aux dents, sous la clarté crue des lustres.

Le sang au visage, ivre de chaleur après avoir eu
froid, Ventujol réfléchissait à la nuit blanche qu'il
allait passer, se demandait si ses moyens ne l'aban-
donneraient pas, si le hasard ne les lui happerait
point, prochainement, quand il les appellerait à son
aide. Néanmoins, malgré tout, il se supputait glorieux
en pensant qu'une femme, enceinte, soit ! mais pas
la femme des amours banales, à cette heure, se désha-
billait pour lui ; et qu'il en profiterait, tant qu'il voudrait, le plus qu'il pourrait.

Enfin ! — L'officier paya son grog et remonta vers
la chambre numéro 3. Il en ouvrit la porte, la ferma
derrière lui à double tour de clef. Le foyer brûlait
encore. Gabrielle avait éteint les bougies ; elles fumaient, leur mèche rouge. Et les cheveux de Mme Hébert tachaient d'une flaque noire la blancheur obscurcie
des oreillers.

— C'est moi... je reviens, dit Ventujol.

Il s'approcha du lit où Gabrielle, brûlante, était en
train de se pelotonner, la baisa au front.

— Comme tu as le bout du nez froid ! fit-elle.

Une pareille affirmation, à la suite des vingt minutes
de pause qu'on lui avait infligées, sembla des plus ba-
roques à Ventujol. « N'aurait-il pas mieux valu que
Mme Hébert le priât de se coucher ? » Mais la solitude,
dont elle sortait comme d'un prison, avait aussi navré

Gabrielle, détaché son intellect des mille et une délicatesses que se doivent les amoureux. Elle regrettait
Versailles, sa chambre à coucher, son grand lit, ses
meubles tranquilles, ses tapis, le cabinet de toilette
pomponné où vaguait sans cesse l'intime parfum de
ses ablutions. Elle regrettait le boulevard de la Reine,
Jules, Hébert même; le village que ces deux êtres
avaient atteint, là-bas, en Picardie; la salle où ils
étaient attablés maintenant, et qu'elle se rappelait
tapissée d'un papier cuir, parée de soleil et de hauts
fuchsias. — Une barrière invisible séparait momentanément Ventujol de sa maîtresse. Il la pressentit, et
en fut penaud, presque timide, tout à fait gauche.
« Comment ressaisir Mme Hébert?... Comment ne pas
la froisser par un attouchement quelconque?... Comment l'étreindre sans lui tirer les cheveux?... »

Une bûche, qui foudroya d'étincelles la carpette du
foyer, interrompit le questionnaire du capitaine. Il se
précipita, étouffa une à une les étincelles à coups de
pied. Ce fut une occasion pour entamer l'éloge des
garde-feux; — et les regrets de Gabrielle s'éloignèrent
avec les appréhensions de Ventujol.

A présent, il ne craignait plus de la froisser, de lui
tirailler les cheveux. De la bonne humeur même per-
çait en lui, l'incitait à moins respecter Mme Hébert.

— Eh bien?... demanda-t-il.

Assise sur son séant, Gabrielle lui enlaça le cou.

— Qu'est-ce que tu veux?... Voyons, mon Robert,
qu'est-ce que tu veux?

Elle souriait, feignait de ne rien comprendre, tout
en signifiant à l'officier qu'elle entendait très bien.

— Ma foi, je voudrais me coucher, dit Ventujol.

— Te coucher?... te coucher?... mais tu l'es, couché. Tiens! est-ce que je ne te berce pas ?

— Non.

— Tu oses prétendre que je ne te berce pas?

Gabrielle avait sa chemise de jour; et, une des
joues de Ventujol sur son épaule nue, l'autre sous la
courbure de son poignet, elle l'attirait tantôt à droite,
tantôt à gauche. L'odeur pénétrante de chair qu'il
respirait finit par griser l'officier. Il se faufila hors des
bras où on le tenait et se réfugia derrière un des
portants du lit, à l'abri des rideaux d'algérienne.

D'abord, il enleva ses bottines. Chez lui, il les jetait
à la volée; elles tombaient n'importe où, au hasard
de leur chute, cela lui était bien égal; mais là, comme
celles de Gabrielle gisaient l'une contre l'autre, sous un
fauteuil, il plaça les siennes l'une contre l'autre, sous
un deuxième fauteuil. Le claquement bref des talons
frappant le parquet, émotionna l'ouïe de Mme Hébert.
Et elle se rappela qu'elle avait entendu ce même claquement, jadis, la nuit de ses noces, quand Hébert
s'était déshabillé. Et elle écouta, les comparant aux
bruits qu'elle avait entendus, les froissements dont,
petit à petit, s'entoura Ventujol, le plus discrètement
possible. « Il retire son gilet... Il retire son pantalon...
Tiens! il enlève son caleçon, pensait-elle. » L'officier
toussa; Hébert avait toussé, lui aussi. Et elle faillit
répéter une recommandation qu'elle avait faite à son
mari, autrefois : Prenez garde de vous enrhumer.
La phrase se préparait à jaillir; mais Gabrielle l'arrêta, ne voulant pas que trop de choses se ressemblassent de ce rendez-vous nouveau avec l'autre,
l'ancien.

Attardées sur des résidus de bois, dans le foyer, des

flammes balançaient à travers la chambre une abondante lueur.

Ventujol, maintenant en chemise, nu-jambes et nu-pieds, se demandait par quel chemin il arriverait à Gabrielle, sans s'exposer à un de ces sourires déconcertant, sourires dont les femmes les plus aimantes, en certains cas, sont incapables de se priver. Cependant, une grossièreté bête, grossièreté de mauvais aloi, lui traversait l'esprit : Il va falloir que je lui en donne pour son argent. L'officier avança la tête ; Gabrielle, la face contre la muraille, ne bougea point. Il marcha le long du lit et se faufila près d'elle ; Mᵐᵉ Hébert se retourna immédiatement.

Ce furent des baisers mous et longs, des embrassades qui pétaient comme des capsules, des cris, des exclamations, de silencieuses ivresses. — Un roulement ininterrompu de voitures se dégageait de la rue ; des coups de sifflets déchiraient les distances ; plusieurs voyageurs, par l'hôtel, regagnèrent leur chambre.

Gabrielle et Ventujol n'entendaient rien. Remords, souvenirs lointains, froideurs, montant des bas-fonds de leur âme comme des bulles d'air d'une stagnation de vase, étaient remplacés par des spasmes, des clapotements de chair, par des anéantissements suivis de réveils ahuris où les nerfs battaient la chamade.

Vers une heure du matin, on se livrait à un tel vacarme d'amour dans la chambre n° 3, qu'un poing sonna contre sa muraille, et qu'un voisin furibond s'écria :

— On ne peut donc pas dormir, ici !

Ventujol et Gabrielle en tombèrent immobilisés, la poitrine inquiète ; puis ils s'étendirent côte à côte, pourprés de honte et de colère. Une crise de larmes soulagea Mᵐᵉ Hébert : « Mon Dieu, mon Dieu ! était-ce

possible!... Un pareil avertissement à elle!... à elle!
Alors, on avait tout entendu? » Elle s'abîma dans un
chaos d'idées saugrenues, d'une inertie et d'une confusion énormes. Quant à Ventujol, les mains prises
d'activité, il aurait volontiers souffleté l'homme qui
venait si malencontreusement de le déranger. Il eut
même l'intention de l'attendre et de le provoquer, dès
le retour de la matinée ; mais la peur de compromettre
Mme Hébert le détourna de ce projet.

— Est-ce que nous avons nommé quelqu'un dans
nos conversations précédentes? demanda-t-elle.

— Personne.

A tout hasard, l'officier avait répondu : Personne,
pour tranquilliser sa maîtresse.

— Tu en es certain?

— Certain.

Cinq minutes après, Gabrielle émettait l'idée que la
voix grincheuse (dont elle se remémorait les moindres
inflexions), ne lui était pas étrangère. Au bout d'un
quart d'heure, elle l'avait on ne peut mieux reconnue.

— Voyons, puisque tu l'as si bien reconnue, dit
Ventujol, à qui appartient-elle?

Mais Mme Hébert demeura coite.

Cependant, ils arrêtèrent de quitter l'hôtel, de retourner à Versailles; Gabrielle par le premier train du
matin, Ventujol plus tard, quand bon lui semblerait.
Lentement, le souvenir de leur mésaventure décrût;
ils s'endormirent.

A sept heures, une clarté trouble rôdant par la chambre, Gabrielle s'éveilla, se plut à considérer l'officier.
Il sommeillait, blême de sa nuit, le profil aplati sur
un oreiller, la moustache ravagée, la barbe déjà rude.
Mme Hébert en fut attendrie. Son hôtel de Versailles,

Jules, Hébert, elle eut tout dédaigné aujourd'hui pour Ventujol.

— Tu te lèves? dit-il, sans desserrer les paupières, la bouche pâteuse.

— Oui, mon chéri. Ne t'occupe pas de moi.

— Bon! renâcla le capitaine, dormeur absolument égoïste.

Néanmoins, par respect humain sans doute, il reprit :

— C'est que, vois-tu, je suis éreinté... fourbu.

— Pauvre ami!

— Fourbu, répéta Ventujol.

Et il ne remua plus.

Gabrielle s'habilla, partit pour Versailles.

Elle avait expédié une dépêche, la veille, à sa femme de chambre, afin qu'on ne l'attendît pas; aussi revenait-elle sans impatiences d'esprit.

Les premières stations ne l'intéressèrent point; mais, après Bellevue, tandis que son wagon l'emportait, le cahotage roulant, grinçant, vigoureux de sa banquette, l'intimida au point de lui causer une véritable frayeur pour sa grossesse. Elle se vit avortant loin de chez elle, sans secours immédiats, sous les yeux d'une foule incongrue. — On s'arrêta. Sèvres!... Ville-d'Avray! Sèvres!... Ville-d'Avray!... cria le chef de train en s'éloignant. — Gabrielle ouvrit la glace de sa portière, aspira l'atmosphère humide. Tout lui sembla mouillé : le refuge sablé de la gare, le ciel, le vaste éclair jaune que lui lança le bois des Fausses-Reposes.

Aucune souffrance interne ne tracassant Mme Hébert, elle fut vite rassérénée. Elle se sentit même si bien portante, si allègre, que la cloche du départ, en caril-

lonnant, la fit éclater d'un petit rire bon garçon, grâce
au souvenir de sa nuit près de Ventujol. Somme toute,
malgré la sortie un peu vive du récalcitrant voisin
d'hôtel, Mme Hébert s'estimait fort satisfaite de cette
nuit, nuit d'opiniâtre prise de possession où l'officier
ne s'était pas ménagé.

Seule dans son compartiment, livrée aux évocations
de sa mémoire, elle ne s'occupa ni de Chaville, ni de
Viroflay. Parfois, du fond de l'encoignure où elle rêvassait, les yeux fixés sur un interminable ruban de
ciel, le paysage d'automne lui jetait, comme par
bouffées, des ondulations de feuillage, une disparition
brusque de fenêtres et de murs, la silhouette d'un
kiosque, l'ombre d'un monticule, des haies, des ro-
chers, de la verdure.

— Versailles !... Versailles ! clama la voix du chef
de train.

« Comment, déjà Versailles ? » Enchantée de se retrouver presque à sa porte, Gabrielle quitta la gare
d'un pas alerte.

Et bientôt, confortablement installée dans sa chambre à coucher, le corps à l'aise sous un peignoir
d'hiver coquillé de satin, la physionomie goguenarde,
la main arrondie, elle écrivit à Hébert :

« Mon cher Raoul,

« Hier, lorsque je ne vous ai plus eus, Jules et toi,
m'ennuyant par trop, j'ai fui vers Paris où, toute
l'après-midi, j'ai entassé visites sur visites ; mais combien j'aurais mieux fait d'avoir suivi tes conseils !
J'étais si lasse, vers les cinq heures, si lourde, si
souffrante que le plus vulgaire courage m'a abandon-

née, que j'ai été obligée de descendre à l'hôtel et d'y
coucher. Me vois-tu dans un hôtel ?

« Eh bien ! la fatigue m'a démontré l'injustice de
mes préventions ; car j'ai dormi de six heures du soir
à sept heures du matin, sans m'éveiller une seule fois,
comme une simple marmotte.

. . . .

« Les Bissinger t'envoient leurs compliments. »

Suivaient mille recommandations d'embrasser le
petit Jules *bien fort*, *bien fort*, de la part de sa mère ;
et mille compliments respectueux et dévoués pour la
vieille Mᵐᵉ Hébert.

Gabrielle déjeûna de bel appétit ; puis, étendue sur
sa chaise longue, elle sommeilla un bon tiers de journée, un livre sur les genoux. A son réveil, contre-signé
par quelques jambages de Jules, un mot d'Hébert lui
apportait des nouvelles de Picardie : charmée, ravie,
favorablement surprise à la vue de son fils et de son
petit-fils, la vieille madame Hébert trottait déjà,
semblait n'avoir jamais été malade ; mais en compensation, Ralph, ce pauvre Ralph, cet excellent chien
était mort. Le magistrat annonçait des détails pour
le surlendemain.

Et le surlendemain, en effet, Gabrielle se remémorait une délicieuse et monotone après-midi passée la
veille avec Ventujol, après-midi où des travaux avaient
courbé l'officier d'état-major sur une table, quand,
cette fois, une lettre, une vraie lettre d'Hébert arriva.
Elle disait :

« Ma chère femme,

« Il faut absolument que je te gronde, malgré ta promesse formelle de ne plus être imprudente, et malgré

tes engagements de mieux sauvegarder à l'avenir une santé qui n'est pas seulement tienne. Comment ! j'avais refusé de t'emmener avec moi (ton état l'exigeant) ; je m'étais donc privé de mon plus grand plaisir ; et voici que, sitôt mon départ, tu cours à Paris, tu te mets à grimper des escaliers comme si tu étais encore ingambe et irresponsable du malheur qui nous menaçait. Voyons, ou avais-tu l'esprit, ma chérie ?

« Maman a été très touchée de ton désir de m'accompagner, de tes regrets de ne le pouvoir pas. Je m'apercevais bien, pendant que je lui racontais certains passages de ta lettre, qu'elle mourait d'envie de la lire sans en éliminer une traîtresse phrase ; mais j'ai feint de ne pas comprendre. Plus que moi peut-être, parce qu'elle t'aime moins, tout en t'aimant beaucoup, l'aveu de ton imprudence l'eût désagréablement impressionnée.

« Jules ne fait que commencer à se consoler de la mort de Ralph. Il m'a demandé s'il était certain que Ralph fût mort, si on ne revenait plus jamais quand on était mort, si on mettait les chiens en terre comme les personnes, dans les cimetières. J'eusse volontiers souri à de pareilles questions, mais Ralph était le compagnon de maman depuis près de quinze ans, un vieil ami de la famille. Tu comprends, Ralph mort, Jules est obligé de se contenter de la société de sa grand'mère et de la mienne, et cela, je le vois bien, ne lui suffit pas. Cependant, comme je te l'écrivais tout à l'heure, Jules commence à se consoler. Ce matin, il a ouvert leur porte aux lapins, et maintenant, je l'entends courir après les poules. S'il restait ici, il deviendrait insupportable, parce que sa grand'-mère lui passe tout et ne me permet pas de le mori-

géner. Je suis même un peu jaloux, lorsque je me
souviens de la sévérité avec laquelle on me dirigeait,
moi. Mais, que veux-tu ! il paraît que les attributions
d'une mère et celles d'une grand'mère ne se ressem-
blent pas.

« J'arrive aux détails promis sur la mort de Ralph :
on aurait juré qu'il attendait mon arrivée pour mourir.
Hier au soir, quand nous sommes montés nous coucher, il avait l'air triste.

« Eh bien, Ralph, mon bonhomme, ai-je dit, ça ne
va donc pas ce soir? Il nous a flairés, sa maîtresse,
Jules et moi, puis il a poussé un long gémissement.
Je l'ai caressé; Jules l'a embrassé. « Allons, Ralph,
bonsoir, bonsoir, » avons-nous ajouté. Il levait une
patte et nous regardait, les yeux tout drôles.

« A peine au lit, Jules s'est endormi. Moi, comme
j'ai beaucoup de mal à m'endormir quand je ne te
sens pas près de moi, vers minuit, j'ai entendu Ralph
qui soufflait sous ma porte... « Va te coucher, Ralph;
va te coucher, mon ami, » lui ai-je dit à voix presque
basse, pour ne pas éveiller Jules. Le pauvre petit
chien m'a obéi. — J'entends encore cliqueter ses ongles sur les marches de l'escalier, pendant qu'il descendait.

« Et le matin, maman me l'a montré, déjà tout
raide, étendu sur un vieux morceau de tapis, dans la
cuisine.

« C'est bête, mais nous nous sommes mis à sangloter, maman, moi et les domestiques, comme si Ralph
était un parent, comme si nous lui devions de la reconnaissance. Jules ne l'a pas vu mort.

« A bientôt, ma chérie, continue à te bien porter.

Pense à nous, pense à moi, et sois prudente. Chacun ici t'embrasse du plus profond du cœur.

                    « Ton mari qui t'aime,
                         « RAOUL HÉBERT.

   « Nous serons à Versailles après-demain, pour dîner. »

Brutalement, le malaise qui, depuis les premières lignes de sa lecture, agaçait Gabrielle, se transforma en accès de colère. « Eh ! Seigneur, elle se moquait pas mal de Ralph, de la mort de Ralph ! tous les chiens de la terre pouvaient bien mourir si bon leur semblait ! Ah ! la vieille Mme Hébert n'aurait pas été contente d'apprendre que sa belle-fille avait battu Paris, couché à l'hôtel, fatigué sa grossesse !... Pourquoi ?... Oui, pourquoi ? Quelle sorte de démence poussait donc certaines gens à se mêler de ce qui ne les regardait pas ? » L'extrême naïveté des sentiments du magistrat choquait aussi Gabrielle : « Était-elle une enfant pour qu'on lui écrivît des lettres enfantines ? » Cependant, elle souffrait d'une cuisante blessure d'amour-propre : Hébert n'avait attaché qu'une importance relativement minime à la fugue dont elle s'était accusée. « Oui... elle savait bien... Se prétendant assez punie, elle l'avait prié de ne lui adresser aucun reproche ; mais, s'il avait eu un cœur au lieu d'un bloc de glace, ne se serait-il pas emporté quand même ? dare-dare, au reçu de la nouvelle, n'aurait-il pas tout abandonné pour revenir à Versailles ? » D'exagération en exagération, les rancunes de Gabrielle s'exaspérèrent, lui montrant la lettre de son mari comme un monument d'imbécillité.

Et, quelques heures plus tard, elle entrait chez Ventujol, rue Montbauron, la voix aigre, un sourire mauvais sur la bouche.

— Tu ne sais pas?... Eh bien! ce pauvre Ralph est mort.

— Quel pauvre Ralph? demanda Ventujol stupéfait.

— Le chien de la maman Hébert.

— Tu as reçu des nouvelles de ton...?

— Oui, fit Gabrielle qui ne lui laissa pas le temps d'achever sa phrase.

Et elle était si exaltée qu'elle n'avait pas encore pensé à embrasser l'officier.

— On ne s'embrasse donc pas aujourd'hui? dit-il.

Elle lui tendit les joues, s'excusa en grande hâte, retomba sur son mari à poings fermés.

— Tu vas voir quel dadais ça fait! si on peut être plus niais et plus pleutre! Tiens, lis... C'est sa dernière lettre.

Ventujol l'accepta, sans l'ouvrir.

— Pardon... je ne sais si je dois me permettre...

— Va! va! je t'y autorise.

— Toi, très bien, mais lui?

Ils se turent un instant; Gabrielle confuse, l'officier assez fier de l'acte de délicatesse qu'il accomplissait. Puis, comme il voulait lui restituer la lettre, disant :

— Non, décidément, je préfère ne pas l'ouvrir... Je me le reprocherais.

Gabrielle fondit en larmes, alla s'échouer sur le canapé où elle sanglota, le front sur un de ses bras, le nez dans son mouchoir, contre un coussin. Ventujol regretta de ne lui avoir point obéi, s'approcha d'elle.

— Tu m'en veux?

— Non, gémit-elle.

Il essaya de lui écarter les bras, de la relever; mais elle se raidissait, contrite et vexée à la fois de s'être attiré un pareil refus.

— Voyons... ma chérie... ma bonne Gabrielle, disait Ventujol... Il ne faut pas pleurer. Tiens! je te demande pardon, à genoux... Je suis prêt à réparer mes torts.

Il la redressa, finit par l'amener du coussin sur son épaule.

— Maintenant, donne-moi ta lettre, dit-il, je vais la lire.

— Non, fit Gabrielle.

— Comment, tu refuses?

— Oui... ce serait pour me faire plaisir. D'ailleurs, tu as eu raison.... de ne pas vouloir.

Et, entre des sanglots qui, peu à peu, ne soulevèrent plus sa gorge, elle reconnut ses torts :

— Je n'avais pas réfléchi en te proposant de lire cette malheureuse lettre... Tu as été très gentil... Ça m'a prouvé que tu m'aimais assez pour ne pas te prêter... à toutes mes fantaisies... Et je t'en estime davantage.

— Vrai? demanda Ventujol.

— Vrai.

Ils se caressèrent; — et l'après-midi se termina pour eux sans autre secousse; madame Hébert, les sens apaisés, ne lâchant plus une parole contre son mari; Ventujol, paterne, exquis, aux petits soins pour sa maîtresse.

Mais, quand elle l'eut quitté, il en éprouva un soulagement indéfinissable. Aucun vent de liberté n'avait encore soufflé en lui, depuis sa liaison; aussi ne res-

pira-t-il pas à poumons élargis. Il lui sembla seulement qu'une douloureuse tension d'esprit l'abandonnait. Et comme il était franc, par occasion, vis-à-vis
de lui-même, il se déclara que Gabrielle ferait ! n
d'espacer un peu plus ses vistes.

De son côté, sans se l'avouer, Mme Hébert attendit avec impatience le retour de son mari. Pleine de
joie, elle aperçut son chapeau, sa face blonde, ses
épaules poussiéreuses, quand il se montra, traînant le
petit Jules, à la sortie de la gare.

— Ah !... vous voilà !

— Bonjour, ma bonne amie.

— Maman... Ralph.., tu sais...

— Oui, mon mignon, je sais, je sais, dit Gabrielle.

Ses yeux, ses gestes débordaient d'affection. Hébert
en était tout réchauffé.

— Tu ne t'es pas trop ennuyée après nous ?

— Moi ?... Je n'ai pas vécu.

Elle croyait n'avoir point vécu.

— Et ta mère ? tu ne me parles pas de ta mère ?

— Maman va beaucoup mieux. Elle m'a chargé de
ses tendresses pour toi.

On dîna. — Rendue, après un temps d'arrêt, aux
calmes habitudes de sa vie intérieure, Gabrielle ne
s'ennuya ni des bavardages sautillants du petit Jules,
ni des soporifiques racontars d'Hébert. Ils furent nouveaux, intéressants, triomphateurs, pendant une
soirée.

Mais, dès le lendemain, Gabrielle s'accusait presque
d'avoir trahi Ventujol : « Tandis qu'elle l'oubliait,
comment avait-il passé sa soirée de la veille, lui !...
dans son affreuse chambre sans doute, à travailler, à
réparer les heures de flânerie qu'on lui causait...

Pauvre, brave garçon, si loyal, si aimant, si beau ! »
Alors, trois jours de suite, elle retourna chez l'officier,
s'astreignit à le plaindre comme s'il avait subi une
catastrophe, comme s'il menait une existence de bar-
nabite ou de galérien. Ventujol en perdait la tramon-
tane. « Ah çà ! que diable a-t-elle ? se demandait-il. —
M'aurait-elle entendu pester contre mon inactivité,
contre l'infect métier de bureaucrate auquel je suis
condamné ici, près de mon général, depuis que je la
connais ? »

Il chercha longtemps une cause aux inconséquences
de Gabrielle, mais il ne découvrit rien, n'aurait d'ailleurs pu rien découvrir, avec la meilleure volonté du
monde : tant sont parfois étranges les envies, les mé-
prises, les langueurs maladives, les désagrégations
d'équilibre auxquelles certains états fébriles, inhérents
à la grossesse, exposent le caractère des femmes. Pas
plus que Ventujol, Mme Hébert ne se rendait compte
des phases qu'elle traversait.

Des remords, des préoccupations religieuses l'assaillirent à nouveau. Elle éprouva le dégoût de l'homme,
devint chagrine, hypocondriaque, eut peur de la mort.
Et durant quinze journées, elle délaissa l'officier, ne
lui écrivit même pas, trouvant une âcre jouissance à
se répéter que jamais, jamais plus elle ne le reverrait,
pour plaire à Dieu, pour qu'un tel sacrifice attirât les
bénédictions du ciel sur ses futures couches.

Néanmoins, de semblables fumées ne s'éternisèrent
pas dans son cerveau ; et lasse de chasteté, une belle
après-midi, elle accourut chez Ventujol, mais rue
Saint-Pierre cette fois, certaine d'avance de le rencontrer là. Quand il la vit, le capitaine parut déconcerté.

— Tu ne sais pas ?

— Non.

— On ne t'a encore rien dit ?

— Qui m'aurait dit ?...

— Majorelle.

— Je ne l'ai pas vu.

— Eh bien ! je vais être nommé attaché militaire à l'ambassade d'Espagne.

— Allons donc ! s'écria Gabrielle, une stupeur sur le visage.

Ventujol reprit :

— Tu comprends,... on m'a proposé la chose... Moi, je ne savais si tu reviendrais...

— Mon Dieu ! murmura Mme Hébert, toute roide, pâle, les mains ballantes. — Mon Dieu ! mon Dieu !

— C'est au général de Laboissières que je dois ça, continua l'officier. — Je ne pouvais rester plus long-temps son aide de camp ; cela aurait fini par me nuire.

Mais Gabrielle l'écoutait à peine.

— Tu es décidé à partir ?

Ventujol ne répondit pas, baissa la tête.

— Tu es décidé à partir ? recommença Gabrielle.

Ventujol étendit les bras, les laissa retomber contre ses cuisses.

— J'attends ma nomination.

— Oui, tu attends ta nomination... tranquillement.

— Non, pas tranquillement.

— Pas tranquillement, soit ! comme tu voudras. Je ne te contredirai pas pour si peu.

Gabrielle parlait d'une voix émue, saccadée, basse, un frémissement au coin des lèvres. Elle reprit, sur un timbre plus haut :

— Qu'est-ce que je vais devenir, moi ?... qu'est-ce que tu crois que je deviendrai, après ton départ ?

Les tempes en feu, Ventujol s'abêtissait, ne parvenait plus à coordonner ses impressions. Les termes dont se servait Mme Hébert l'attendrissaient en le vexant. « Ce qu'elle deviendrait?... ce qu'elle deviendrait?... ma foi, le savait-il, lui?... Eh! parbleu, puisqu'elle était mariée, elle resterait avec son mari, voilà tout! »

— Pourquoi ne me réponds-tu pas? dit Gabrielle.

Rageusement, elle mordait un des rubans de son chapeau. — Puis, comme cette seconde question ne lui valait qu'un second silence de l'officier, elle se dirigea vers la porte.

— Bonjour.

— C'est ainsi que tu me quittes?

— Dame!

Une main sur le bouton de la serrure, Mme Hébert s'était arrêtée.

— Voyons, ma chère, voyons... dit Ventujol, — sois raisonnable.

— Raisonnable?

Au loin, dans une rue, un orgue de Barbarie lança des notes gaies. Elles vagissaient, chantaient par soubresauts, comme si on les tapait, pour rire; tandis que Gabrielle, en cadence, machinalement, tournait et retournait le bouton de serrure qu'elle n'avait pas lâché, — Ventujol n'osait toujours pas lever les yeux. Il se sentait fautif, balourd, aurait voulu s'excuser près de Mme Hébert du coup qu'il lui avait porté sans précautions. Et il s'encourageait à implorer le pardon de sa maladresse, quand un frou-frou de jupe le tira de sa rêverie, quand des doigts, sous son menton, lui relevèrent la tête. Souriante, Gabrielle se tenait devant lui.

— Ce n'est pas vrai, hein?... c'était pour me faire
peur, pour voir si je t'aimais encore? pour me punir
de ce que je n'étais pas venue pendant quinze jours?

Ventujol balbutia quelques paroles incohérentes.

— Mon minet, mon cher minet, roucoula Gabrielle,
je t'en prie... je t'en supplie... ne soyons pas fâchés.
Jamais plus je ne recommencerai, jamais plus...
jamais plus.

Elle taquinait la moustache de l'officier, la frisottait;
et elle finit par la lui mâchonner, du bout des dents.

— Tu n'avais pas l'air bon, va! tout à l'heure.

Malgré son désir d'accepter le poste que de réelles
protections étaient en train de lui obtenir, le capitaine
sentait fondre son énergie sous les gentillesses de
Mᵐᵉ Hébert. Et des douceurs le pénétraient, lui chu-
chotaient un tas de réflexions plus émollientes les
unes que les autres : « Abandonnerait-il ainsi, sans crier
gare, une femme du monde? — la seule femme qui,
jusqu'à ce jour, l'eût aimé véritablement?... car, il le
voyait bien, elle l'aimait à en perdre le boire et le
manger, à en mourir; la chose était sûre... Délaisse-
rait-il les Laboissières, si excellents, si dignes de considération?... Et cela, pour filer en Espagne!... dans
un pays brûlant, chaud comme le diable, où il suerait
du matin au soir, attraperait des ophtalmies, des
maux d'estomac, des coups de soleil, et le reste. »
Puis, sur un fond nuageux, Cécile de Jancourt lui apparut, toute blanche, semblable à un personnage
d'hallucination.

Mᵐᵉ Hébert, elle, pendant ce temps, caquetait, dé-
boutonnait et reboutonnait le dolman de Ventujol.

— Ah! tu voulais me quitter?... ah! tu voulais partir, m'échanger contre une Andalouse?

— Ma chère, dit l'officier, je le regrette beaucoup, sois-en persuadée, mais il est certain qu'on va me proposer...

— Tu mens.

— Non, je ne mens pas.

Les mains de Gabrielle, prêtes à lui enlacer le cou, retombèrent ; et elle demeura la bouche ouverte, ne sachant ni reprendre son sérieux, ni continuer à badiner.

— Tu devrais... faire... des démarches, prononça-t-elle avec difficulté.

Son visage se contracta ; deux grosses larmes lui coulèrent des cils ; et elle se mit à trembler.

Ventujol s'approcha d'elle, si ému lui-même, si effrayé de la transfiguration de sa maîtresse que des sanglots lui envahissaient la gorge.

— Je cours chez mon général, dit-il... Calme-toi... Je refuse de partir... je ne partirai pas... Je t'aime. Il m'empêchera de te quitter.

Gabrielle s'assit, toujours agitée de son tremblement ; Ventujol empoigna son épée.

— Veux-tu que j'y aille de suite ?

Un souffle répondit : Oui.

L'officier souleva les pans de son dolman, boucla son ceinturon autour de ses reins, prit son képi.

— Je te dirais bien de m'attendre... mais... pourras-tu ?

Gabrielle le regardait parler, la face rougie, abîmée, empreinte d'une reconnaissance parfaite.

— Voyons... remets-toi, dit Ventujol... Plus tôt tu seras remise, plus tôt je m'en irai.

Il s'agenouilla devant elle, lui essuya les yeux.

16

— Eh bien! est-ce fini ?

— Oui... au revoir... Je reste. Dépêche-toi, dit Gabrielle.

Ventujol fut vite chez le général de Laboissières.

Une demi-heure après, il était de retour.

— Bonne nouvelle !... On me conservera.

Gabrielle poussa un long soupir de soulagement. Et bientôt, légère, sautillante, elle s'acheminait vers le boulevard de la Reine.

Et elle venait de s'enfermer dans son cabinet de toilette, s'épongeait les yeux, quand la voix du petit Jules, lamentable, désolée, monta du jardin.

— Je n'aurai pas une minute de tranquillité aujourd'hui! pensa Mme Hébert.

Le petit Jules continuant à pleurer, elle voulut le rejoindre, courut vers l'escalier, s'y engagea précipitamment; mais le pied lui manqua.

Elle s'abattit alors avec un cri perçant; d'une marche à l'autre roula jusqu'au rez-de-chaussée où elle demeura en boule, comme un paquet, les jupes retroussées, moulue, brisée, une douleur aiguë au côté gauche.

Hébert, des domestiques accoururent. Gabrielle ne remuait plus.

— Vite! le docteur Fouché, dit le magistrat.

Et soulevant sa femme, il la porta dans leur chambre à coucher.

VIII

Un heure après, le docteur Fouché, un solide gaillard, moustachu, bedonnant, sortait de la chambre de
Gabrielle, en compagnie d'Hébert.

— Eh bien ! docteur ? questionna le magistrat.

— Eh bien ! il faut attendre. J'espère que l'avortement s'opérera... comme tous les avortements.

— Vous n'entrevoyez aucune complication à redou-
ter ?

— Aucune... jusqu'à présent.

Les deux hommes s'arrêtèrent : l'escalier où Gabrielle avait accompli sa chute s'ouvrait béant devant
eux.

— Tenez ! c'est ici que ma femme est tombée, dit
Hébert.

— Diable ! fit le docteur.

Il mesura de l'œil la profondeur de l'escalier.

— Deux, quatre, six... douze, dix-huit marches !
compta-t-il. Mme Hébert peut s'estimer heureuse...

— Oui, elle a risqué de se tuer, interrompit le magistrat, le regard précis, l'esprit absorbé par une
amère désolation.

Et il se rangea pour livrer passage à la femme de
chambre de Gabrielle. Lentement, les yeux rivés à la

pointe de ses bottines, un coude haut, une main crispée sur la rampe de l'escalier, la servante descendit
vers le vestibule. Le docteur Fouché souriait.

— Voici un escalier, finit-il par proclamer, qui va
donner de la prudence à vos gens au moins pendant
deux ou trois jours.

Hébert ne répondit pas.

— Allons, cher monsieur, à ce soir, reprit le
médecin. Tranquillisez-vous. Dans trois semaines,
madame Hébert sera aussi ingambe que si rien ne
s'était passé.

Et gêné, lui aussi, par le malheureux événement
dont il voyait le magistrat profondément affecté, à son
tour il entreprit la descente de l'escalier, avec précaution. Hébert ne l'escorta point, retourna près de Gabrielle.

Aussitôt déshabillée, couchée, celle-ci avait repris
connaissance ; et elle gisait sous le dais de peluche
bleue, la face d'une pâleur de cire, les prunelles bril-
lantes, sa douleur de plus en plus cruelle au côté gauche.

Une garde-malade réputée à Versailles, antique,
énorme, chenue, les joues flasques, un tablier blanc
sur le ventre, une pèlerine saillant autour de sa forte
poitrine, ajoutait une bûche au feu de la cheminée
quand le procureur entra, s'approcha du lit de sa
femme. Un reste de jour emplissait la chambre d'une
lueur grise. A voix faible, Gabrielle demanda :

— Qu'est-ce que le médecin t'a dit?

— Rien... pas grand'chose.

— Je vais faire une fausse couche, n'est-ce pas?...
C'est sûr?

Hébert s'efforça de balbutier :

— On ne peut rien affirmer.

Mais Gabrielle ne fut pas dupe de ce demi-mensonge.

— Mon Dieu! mon Dieu! fit-elle.

Son adultère lui apparut alors condamné, suppliciable, digne du châtiment que le hasard venait de lui infliger.

— Mon Dieu! mon Dieu!... mon Dieu! ne cessait-elle de répéter.

Seule, la présence de la garde l'empêcha de sangloter, de s'oublier assez pour tout avouer à son mari dans un paroxysme de frayeur et de désespoir. Le corps penché; une main de Gabrielle entre les siennes, très ému de la surexcitation dans laquelle il sentait sa femme, le magistrat la suppliait de se calmer, de ne point augmenter le mal dont elle souffrait; tandis que la garde, du coin où elle s'était retirée par discrétion, se contentait de glisser de temps à autre, au-dessus de ses lunettes, à travers l'ombre croissante, d'impassibles regards de curiosité.

— Va! je suis bien punie, murmura soudain Gabrielle.

Hébert ne comprit pas.

— Punie?... punie pourquoi? demanda-t-il.

— Eh! de ma maladresse donc?

Elle avait répondu brusquement, d'une voix impatientée, furieuse d'avoir ainsi lâché une phrase de tournure compromettante, après s'être domptée quelques minutes auparavant.

Sur ces entrefaites, la femme de chambre ouvrit une porte, annonça le dîner du magistrat; et elle alla déposer une lampe allumée sur la tablette de la cheminée.

— Allons, à tout à l'heure, dit Hébert. Je reviendrai aussitôt que Jules aura mangé.

16.

— Ne te presse pas.

Le procureur embrassa Gabrielle et sortit avec un hochement de tête.

La garde se rapprocha immédiatement.

— Madame souffre toujours?

— Toujours.

— Le remède ne fait donc pas d'effet à madame?

— Pas encore.

— Madame veut-elle que je la change?

— Oui, s'il vous plaît.

La garde souleva le drap du lit, allongea les mains vers les reins de Gabrielle, en retira bientôt un tampon de linge ensanglanté qu'elle porta dans le cabinet de toilette; puis elle revint avec une cuvette d'eau tiède, l'introduisit sous les couvertures. Obligée de se soulever un peu, Gabrielle, les lèvres pincées, une révolte de pudeur au visage, retenait à chaque instant un soupir prêt à lui échapper. L'eau de la cuvette clapotait doucement.

Un abat-jour japonais, tamisant la lumière de la lampe, se réfléchissait dans le miroir ovale d'une psyché; cela mettait par la chambre comme deux bouquets de couleurs calmes. Les bronzes dorés d'une commode étaient piqués d'étincelles.

Quand Mme Hébert fut plus tranquille, put s'étaler toute rafraîchie dans son lit tiède, ses pensées volèrent à Ventujol. Durant les premières heures de souffrance, la visite du docteur Fouché, l'installation de la garde, durant la présence accapareuse d'Hébert, un nuage semblait lui avoir dérobé l'officier. Non pas qu'elle l'eût oublié, puisqu'elle venait de se déclarer punie, assez niaisement d'ailleurs, devant son mari; mais les sourds tapages qui, depuis sa chute, lui em-

plissaient les oreilles, la résultante où s'étaient com-
binés les ressouvenirs de sa faute et le châtiment divin
dont elle s'imaginait avoir été frappée, avaient empê-
ché momentanément l'image du capitaine de se cir-
conscrire. Et tout à coup, elle l'aperçut désolé, abîmé,
les cheveux en désordre, les joues pâlies, frappé au
cœur comme un pauvre diable de noctambule par le
couteau d'un assassin. Quelqu'un venait de lui apprendre la fatale nouvelle. Il était là, elle le voyait presque,
l'entendait :

« Ah çà ! que me racontez-vous ? disait-il... Mme Hébert ! Comment, madame Hébert s'est alitée, à la suite
d'une pareille catastrophe ! — Eh ! oui, mon cher, lui
répondait-on, juste à la minute où elle rentrait de chez
vous. — Ah çà ! on savait donc qu'elle avait été chez
lui ?... Par qui ?... Voyons, voyons, il fallait tirer cela
au clair... »

La garde se moucha bruyamment. — Ainsi rendue
à la réalité, Gabrielle comprit qu'elle rêvassait, les
paupières ouvertes, l'âme close ; ne retrouva plus la
clef du labyrinthe sonore, plein de billevesées, où sa
raison s'était brusquement égarée. Et d'autres tableaux
se succédèrent en elle : « Non, l'officier ne savait rien...
ne pouvait rien savoir... Il travaillait sans doute à
cette heure, l'esprit éloigné de tout pressentiment
sinistre. » Émotionnée de nouveau par la vision de
Ventujol, d'un Ventujol tranquille cette fois, en veston, assis contre une table, le nez sur des papiers ; d'un
Ventujol attendant les coups du hasard comme une
victime inconsciente, Mme Hébert perdit le sentiment
du milieu où elle se trouvait. Des bouffées de chaleur
lui montaient à la tête ; de l'eau glacée lui coulait des
tempes. Ses douleurs, sans devenir plus cuisantes,

continuaient à la martyriser presque régulièrement.

Le capitaine lui parut être le père de l'enfant qu'elle portait encore. Pourquoi? Gabrielle ne sut s'en rendre compte; Ventujol ne lui en laissa pas le temps. Superbe, farouche, en costume chamarré de rajah, il s'était rué sur elle, lui reprochant d'avorter, l'accablant de bourrades qui toutes la meurtrissaient au côté gauche; puis, à son tour, Hébert l'assaillait. Alors le magistrat et l'officier s'amalgamaient, se transformaient en un même être, d'aspect nouveau, pour se scinder ensuite, dans un tohu-bohu incompréhensible, et se prendre l'un à l'autre tantôt leur tournure, tantôt un geste caractéristique, tantôt leur tête, parfois des vêtements.

Mᵐᵉ Hébert délirait sans cris, sans gestes, sans paroles. Des éclairs de raison la traversaient, la restituaient une minute à la fausseté de sa situation; mais, la minute écoulée, une nuit intense la ressaisissait où se confondaient, en un galop effréné, les chimères de son cerveau malade, ses tracas, des reflets d'événements possibles, de tendresses enrayées, son mari, son amant, d'instinctifs remords.

Elle revit Ventujol. Il accourait sur le boulevard de la Reine, heurtait la porte des Hébert, déclarait qu'il voulait pénétrer auprès de Gabrielle. Au nom de qui? au nom de quoi? — Eh, parbleu! n'avait-on plus le droit d'entrer chez sa maîtresse?... Au bruit de la dispute, Hébert arrivait comme un malfaiteur de drame, l'œil oblique, la voix caverneuse, la démarche empesée. Une explication avait lieu. On se battait. Le magistrat était tué. Deux soldats le rapportaient tout saignant sur un brancard. Deux soldats... des soldats? Il en défila interminablement devant elle, comme à la revue, le jour où elle avait aperçu Ventujol, jadis. « Cependant, je ne dors pas, » se disait Gabrielle. Hébert enterré, elle épousait le capitaine. « Oh! non, non, jamais! on n'épouse pas le meurtrier de son mari. »

Les lèvres de Mme Hébert s'étaient agitées, avaient presque articulé sa protestation. Alors, en face du danger qu'avait couru son secret, danger dont elle eut conscience malgré son état fiévreux, une lourde terreur la secoua, lui rendit une dose d'énergie suffisante pour n'être plus, comme précédemment, qu'une simple malade, endolorie, languissante, étendue sur un lit, chez elle, près d'une garde-malade, à Versailles, dans une atmosphère intime, sous la clarté multicolore d'une lampe coiffée d'un abat-jour japonais.

Mais, prise encore au tourbillon où naguère avaient circulé ses pensées, par besoin d'appui, par nécessité d'offrir un dérivatif aux fadeurs de son alanguissement, elle appela la garde. Celle-ci, les pieds emmitouflés, s'approcha de Mme Hébert, dont la bouche pâteuse et la tête vide ne trouvèrent rien à exprimer.

— Madame a besoin de moi?

Gabrielle se sentit entourée comme par le bourdonnement d'une ruchée d'abeilles.

— Vous dites? interrogea-t-elle.

— Je demandais si madame avait besoin de moi?

— Vous me soignerez bien, n'est-ce pas?

A ce simulacre de doute qu'on paraissait émettre sur sa science du métier, sur la certitude d'un dévouement qu'on lui payait jusqu'à quinze francs par jour, la garde monta sur ses ergots. Et, avec un luxe de détails qui ensommeillaient Mme Hébert, la clouaient contre son oreiller, elle conta que, depuis vingt-cinq ans, *ce n'était pas d'hier! des centaines* de malades

l'avaient vue à leur chevet; que plusieurs, il est vrai,
ça, elle ne pouvait pas le nier! avaient trépassé *comme à
la guerre*, mais que les maladies en étaient cause; *d'au-
cunes se montraient si maléficieuses!* Elle avait pensé au
métier, l'avait pris *en goût*, autrefois, près de son mari,
cocher *de son état, un bel homme, dans le genre de Monsieur.* Ma foi oui, un bel homme! — *même qu'il était
venu du monde pour les voir,* quand ils s'étaient mariés... On n'avait pas toujours été *enflée* comme à présent! Ah! si alors, *pareillement au jour d'aujourd'hui,*
à Lyon où ils étaient en service...

— Vous avez servi à Lyon? demanda vivement Gabrielle.

— Cinq ans, répondit la garde.

Ce nom de ville, patrie de Ventujol, tombant au milieu des pensées diffuses de Mme Hébert, versa en elle
quelque chose de sain et de bienfaisant comme un cordial; et ce fut avec bienveillance qu'elle écouta la fin
des racontars de la vieille femme.

Celle-ci, sans achever la phrase pendant laquelle
on l'avait interrompue, dépeignait à présent *son pauvre Alexandre,* tel qu'il lui avait été rapporté, un matin, à la suite d'une ruade en pleine poitrine, à l'heure
où il nettoyait son écurie. Mon Dieu Seigneur! lui en
avait-il fait voir de dures *tout le temps qu'il avait
traîné!* surtout quand *la mémoire de ses chevaux avait
commencé à lui trotter par la tête!* Et puis ne voulait-il
p   oujours fumer?... Malheureusement, sitôt sa pipe
allumée, *il partait de sommeil;* sitôt sa pipe éteinte, il
se réveillait; de sorte que, à force d'allumer et de ral-
lumer cette pipe, c'était elle qui la fumait. Ce que ça
lui avait soulevé le cœur, *des fois!...* Mais voilà! si elle
lui avait refusé une chose pareille, *autant dire qu'elle*

lui aurait ôté sa dernière consolation de la bouche.
D'ailleurs, on ne devait rien refuser à un mourant,
pas même l'hostie du bon Dieu, en crainte d'une indiges-
tion, sauf le respect. Madame pouvait compter sur des
soins excellents.

Quand Gabrielle n'entendit plus parler la garde,
elle fut de nouveau à Ventujol. « Déposerait-il une
carte à l'hôtel, dès le lendemain?... Oserait-il demander Hébert, lui apporter des compliments de condoléance? ou bien, par excès de prudence, s'abandon-
nant à l'imprévu des conversations de chaque jour,
l'officier se contenterait-il de nouvelles colportées?...

Mme Hébert se le demanda un instant, vaguement
frôlée d'ailleurs par des ennuis qu'elle ne s'expliquait
pas, ennuis bêtes à force d'être vaniteux, ennuis de
femme en train d'avorter, de femme qui craint le
blâme, les sarcasmes et la pitié méchante de son
monde.

La plainte criarde d'une porte tira Gabrielle de ses
réflexions, lui montra bientôt Hébert debout au milieu
de la chambre.

— Est-ce que le docteur Fouché peut entrer. demanda-t-il.

— Oui, répondit-elle.

— Donnez-vous la peine d'entrer, docteur, dit alors
le magistrat.

Et ouvrant la porte qu'il venait de fermer, il introduisit le médecin, flanqué du petit Jules. La mine gracieuse, les joues florissantes, le docteur Fouché souhaita le bonsoir à Mme Hébert.

— Arrive donc, mon petit Jules, fit Gabrielle.

D'abord un peu intimidé par l'aspect de sa mère
souffrante, vêtu d'une robe de drap brun dont les

épaules disparaissaient sous un large col brodé, l'enfant se précipita. D'une main, sans se déranger, Gabrielle lui caressa le front, les cheveux, lui murmura des mots attendris, toute remuée à l'idée qu'il était cause de son mal et qu'elle l'aimait beaucoup malgré cela; car (elle se le rémémorait avec une douceur mélangée d'amertume), s'il n'avait pas pleuré aussi bruyamment dans le jardin, elle n'aurait point eu besoin de le rejoindre, de se dépêcher vers l'escalier, et par suite d'être au lit, un enfant mort ou en train de mourir dans les entrailles. Elle interrogea Jules :

— Pourquoi pleurais-tu cette après-midi?

— Moi?

— Oui, toi.

— J'ai pas pleuré.

Le petit ne se rappelait même point avoir pleuré.

— Ne t'inquiète donc pas de lui, dit Hébert qui causait avec la garde et le médecin, c'est un pleurnicheur.

Mais Gabrielle rêvait déjà; et des tristesses s'amoncelaient en elle, pareilles aux piles de matériaux brisés, dans les maisons qu'on démolit. « Hélas! avait-il fallu peu de chose pour lui tuer sa fille, la fille qu'elle aurait désirée, qu'il lui semblait pressentir!... Hélas! hélas! que lui réservait maintenant l'avenir?... Vers quelle épouvantable punition la Providence menait-elle les femmes mensongères, les épouses coupables, les mères contaminées? »

Anneau par anneau, après avoir lié ses ennuis à ses dégoûts, sa faute à d'insuffisants remords, mille injustices de caractère à la catastrophe dont elle souffrait, Mme Hébert reforma la chaîne de son histoire amoureuse. « A n'en pas douter, une seconde, elle était bien la créature de ses reproches. N'avait-elle pas eu beaucoup pour se faire heureuse : d'honnêtes parents, de la religion, de la fortune, un bon mari somme toute, un enfant?... »

— Eh bien ! madame? dit soudain le docteur Fouché.

Il se tenait près du lit, souriant.

— Vos douleurs sont-elles toujours aussi violentes?

— A peu près.

— Vous voudriez bien les voir parties, hein?

Il souriait de plus en plus.

— Dame ! fit Gabrielle.

Le médecin reprit, sa bedaine secouée par une gaîté croissante :

— N'avez-vous pas peur au moins? Êtes-vous absolument tranquille sur ce qui va vous arriver?

— Tranquille... tranquille, répéta Mᵐᵉ Hébert. — Certainement je suis tranquille, mais...

—Vous vous seriez volontiers passée de mes services, 'est-ce pas?

— Ce n'est pas ce que j'ai voulu dire.

— Vraiment?

Peu à peu, grâce à la rondeur joviale du docteur Fouché, Gabrielle paraissait se détendre, abandonner quelques-unes de ses préoccupations. — Une bûche encore verte chantonnait dans le foyer.

— Pas la moindre fièvre ! déclara le médecin, les yeux sur la pendule, les doigts sur le pouls de la malade. Avez-vous senti un peu de fièvre, depuis ma première visite?

— Un peu, tout à l'heure.

— Vous en êtes sûre?

— Je crois...

— Ah !... vous croyez.

Le petit Jules écarquillait les paupières, ne perdait ni un geste, ni une parole du praticien.

— Il est bien entendu que vous parlerez le moins souvent possible, n'est-ce pas, madame?

— J'essaierai.

— Bon.

— Pourrai-je lire, demain?

Le docteur secoua la tête, négativement. Puis, se tournant vers la garde immobile et comme au port d'armes, il lui recommanda de donner un second remède à Mme Hébert, avec vingt gouttes de laudanum si les douleurs se calmaient, et trente gouttes si elles augmentaient; cela vers une heure du matin.

— Comment, voilà tout ce que vous m'ordonnez? s'écria Gabrielle.

Le gros docteur ébaucha un nouveau sourire.

— Ça ne vous suffit pas?

— Si, si.

— Désirez-vous quelque épouvantable drogue?

— Êtes-vous méchant donc, docteur!

On entama une conversation qui, pendant plusieurs minutes, sautilla d'un sujet à l'autre, loin des moindres inquiétudes. Et le médecin s'était levé, prenait déjà son chapeau sur la commode, quand Mme Hébert l'appela:

— Docteur, deux mots à l'oreille, s'il vous plaît.

Il s'approcha du lit, se pencha.

— Est-ce que je souffrirai beaucoup? Sera-ce aussi douloureux que pour Jules?

La voix de Gabrielle était altérée.

— C'est que, voyez-vous, j'ai une frayeur d'avoir à supporter une pareille épreuve, pour rien!

— Vous souffrirez à peine.

— Vrai?

— Parole d'honneur!... Un accouchement en miniature... Le fœtus sera long comme la main.

« Fœtus... fœtus... alors son enfant était un fœtus?... Quelle drôle de chose que la médecine! » Cependant, une semblable désignation taquinait Gabrielle, chatouillait désagréablement ses idées de maternité, leur tournure poétique.

Hébert questionnait le petit Jules, tâchait qu'il n'entendît point la causerie de sa mère. — Impassible, la garde s'était accoudée à la psyché.

— Allons, madame, une bonne nuit! dit le docteur Fouché... Je reviendrai demain matin.

— Bonsoir, docteur.

— Au revoir, mon petit ami.

Jules engouffra sa menotte dans l'énorme main du médecin; et celui-ci sortit, suivi par le magistrat.

— Voudriez-vous conduire Jules à sa bonne? dit Gabrielle à la garde.

Demeurée seule, Mme Hébert écouta un moment le bruit de pas qui s'éloignait. Malgré la violence intermittente de ses douleurs, malgré l'agacement que lui avait causé le mot : fœtus, agacement dont elle ne parvenait pas à se rendre maîtresse, une sorte de placidité spirituelle la pénétrait peu à peu. Et elle était heureuse du silence où on l'avait laissée, du calme relatif où l'avait jetée ce médecin, avec sa manière joyeusement brutale d'interroger une maladie.

Hébert revint, s'installa dans un fauteuil, près de sa femme.

— Tu sais! dit-il en entrant, un doigt sur la bouche, — défense de parler.

Gabrielle n'avait nulle envie de parler. « Fœtus!...

fœtus! » Ce mot dansait au milieu de ses pensées,
bousculait tout sur son passage, comme un ivrogne.
« Fœtus!... Hébert devait connaître l'origine de ce
terme, sa signification exacte, la raison pour laquelle
le docteur Fouché s'était permis de l'employer. » Néanmoins, elle n'osa pas interroger le magistrat, par crainte
de lui paraître ignorante et puérile. « Quoi! fœtus le
pauvre enfant dont elle souffrait, la chair de sa chair,
le fruit d'un mariage sanctifié?... » Un brouillard envahit Gabrielle, voila ses lubies, envahit une à une
les clartés de son intelligence. Elle s'endormit, se ré-
veilla, puis se rendormit pour se réveiller sans cesse,
une cuisante douleur au côté, toujours au même côté.
— Et la soirée s'avança.

La garde, sur une chaise longue, les jambes sous
une couverture, ronflait, la tête en arrière. Parfois elle
se levait, procédait à la toilette intime de la malade,
remontait la lampe qui soudain lâchait un râle pati-
bulaire. Gabrielle tressaillait. Hébert assoupi ouvrait
un œil, gardait un air hébété pendant quelques minutes. Cela rompait la monotonie et la lenteur du
temps.

Vers minuit, sur la pointe des pieds, après qu'une
veilleuse eut remplacé la lueur gênante de la lampe,
le magistrat gagna une chambre voisine où il s'était
fait dresser un lit. Les paupières pesantes, il se coucha, souffla sa bougie; mais aussitôt couché, il n'eut
plus besoin de sommeil. « Qu'allait-il écrire, le lendemain, à sa mère?... D'abord, écrirait-il?... A quoi bon?
pour tracasser inutilement la pauvre femme! Elle
n'était déjà pas si bien portante!... Ne valait-il pas
mieux, plus tard, annoncer dans une même lettre
la fausse couche et la guérison de Gabrielle?... Oui,

sans aucun doute... Les lettres disaient si mal les choses ! »

Un calme poignant saisit le procureur aux nerfs. Tous les bruits lui parvenaient : le pas lourd de la garde, les craquements du parquet, le tic-tac bref d'une pendule, des voix lointaines, la plainte discontinue de la bise, le grincement âpre d'une branche qui raclait son mur, hors de la chambre. Il bâillait, demeurait un instant la mâchoire ouverte ; et des frissons le secouaient, frissons de sa veille inquiète, frissons lui rappelant la froidure de la rue, les vitres d'une fenêtre qu'il ne distinguait pas ; et son âme saignait à la pensée du petit être qui bientôt arriverait, meurtri, imprudemment tué, jeté loin de son nid comme un oiseau par une tempête.

Telle, cette péroraison s'était présentée à son sens oratoire, telle, la trouvant ronflante et bonne à être acclamée, il se promit de la lancer aux jurés, un jour où il serait le Ministère public, dans une affaire d'avortement. Il ébaucha même d'instinct, sous ses draps, le geste dont il accompagnerait sa parole, un geste sobre, raide, abattu de haut.

Ensuite, M. Hébert se reporta au temps où Jules était né, quelques minutes après minuit, le 12 août, trois années auparavant... « Cette brave Gabrielle, avait-elle assez crié ! » Il l'aperçut au milieu de ressouvenirs en train de s'éteindre, suante, affolée, honteuse, les jambes ouvertes, la chemise relevée sur e ventre ; pendant que le docteur Fouché, plastronné d'un tablier de valet de chambre, se confondait en encouragements, ne cessait de répéter avec une patience indifférente : « Encore un petit effort, madame !... Bien... Poussez, poussez ferme, vous allez

être délivrée. » La délivrance avait tardé, au grand
désespoir de Gabrielle. Ah! le premier vagissement de
Jules! Hébert l'avait encore dans l'oreille. « Un garçon! avait crié soudain le docteur Fouché. — Un
garçon? vraiment, docteur, un garçon? — Oui, madame, à ne pas s'y méprendre. » — En effet, barbouillé de sang et d'humeurs, Jules gigottait aux pieds
de sa mère épuisée.

Le magistrat se souvenait aussi de la sœur Alphée,
de la bonne sœur Alphée, si discrète, si vive et si
dévouée, dans sa robe blanche.

« Mon Dieu, comme ces choses étaient loin déjà !...
Quelle différence entre elles et cet avortement prochain, inutile, chétif!,.. Tr\st.. sexe que celui de la
femme, voué à toutes les misères! Ses droits au respect
et à l'adulation, ses joies et ses orgueils maternels,
combien de fois les avait-il payés de sa vie! »

Ainsi rêvassait le magistrat; et la nuit s'écoulait avec
une lenteur morne. La bise continuait à souffler sur
l'hôtel, à s'attaquer aux fenêtres dont les vitres, à
chaque instant, s'emplissaient de pétillements secs.
De temps à autre, une voiture passait bruyamment sur
le boulevard de la Reine.

Deux heures, trois heures sonnèrent, laissant comme
un ressac de vibrations au fond des oreilles d'Hébert.
Puis, parce que le grand intérêt de sa vie était finalement sa carrière, quand il eut assez écouté les amer-
tumes qui déferlaient en lui à propos de Gabrielle, l'intelligence alourdie par un vague besoin de sommeil, il
en vint à discuter les attaques dont la presse radicale
ne cessait d'assaillir la magistrature : « L'inamovibi-
lité! cette pauvre inamovibiiité, seul gage de l'indé-
pendance des juges, la déchirait-on! Au mépris du

plus vulgaire sens commun, allait-on la rendre responsable des hommes qu'elle abritait, de leurs ambitions,
de leur platitude intéressée ! Valetaille pour valetaille,
puisque valetaille il y avait, la valetaille élue vaudrait-
elle mieux que son prédécesseur? Ne menaçait-elle
pas aussi d'appartenir aux voix qui la nommeraient, à
l'argent qui la paierait?... Depuis quand les foules
étaient-elles moins susceptibles de s'égarer que les
gouvernements?... Certes, un beau gâchis se préparait. Au prix de quels sacrifices, de quelles funestes
écoles en sortirait-on plus tard? » Et du mépris montait en Hébert contre la faiblesse du président de Mac-
Mahon : « N'avait-il pas pour lui l'armée, les honnêtes
gens? Pourquoi hésitait-il à montrer sa force, à impo-
ser silence aux bohèmes de la politique, aux journalistes en rupture de ban, à l'éternelle revendication
des parasites sans valeur et sans vergogne? Ne com-
prenait-il donc pas que le déréglement des appétits
était proche, qu'il importait d'endiguer au plus vite
les nouvelles couches, de les écraser même, encore une
fois, au besoin, pour arracher la société bien pensante
à leurs griffes et à leur inexpérience?... Ah! si le duc
d'Aumale eût été possible! » En magistrat complet,
Hébert accusa les avocats de la majeure partie des
mots qu'il se figurait : « N'encombraient-ils pas les
antichambres des gazettes? ne traînaient-ils point
derrière eux la rancune de leurs plaidoiries avortées,
de leurs causes perdues?... Le pire ennemi du juge,
par jalousie d'abord, ensuite par exigence professionnelle, était l'avocat; chacun le savait!... D'ailleurs,
en quelle ville existait-elle, gangrenée, amputable,
cette malheureuse magistrature? pas à Brest!... encore moins à Versailles où M. de Jancourt siégeait si

honorablement ; où M. Langevin, vice-président du tribunal, passait pour le meilleur homme du monde ; où, sur six titulaires, cinq juges étaient mariés, pères de famille, absolument estimables et estimés... Majorelle se disait bien républicain, lui !... mais de quelle sorte de république était-il partisan ? On l'ignorait... Un garçon peu sérieux, du reste, trop mondain, trop juponnier... Enfin !... qui vivrait verrait... L'important, pour la minute, consistait à envisager l'avenir d'un cœur placide. Le désintéressement, la vertu, l'amour du devoir, telles avaient été, telles devaient être encore, malgré tout, les qualités du vrai magistrat. » Et, innocemment, sans plus penser à ce qu'il venait de s'affirmer, Hébert se plaignit à lui-même de ce qu'aucune affaire importante, depuis près d'un an, ne s'était présentée, capable de lui mériter une faveur hiérarchique.

A cinq heures, ennuyé d'être resté si longtemps étendu, il alluma une bougie, se leva. La matinée, quand il ouvrit les larges rideaux de ses fenêtres, lui jeta aux yeux une obscurité jaunâtre. Il enfila un pantalon, revêtit sa robe de chambre, une douillette robe de chambre marron, doublée de rouge, dont il se servait le plus souvent possible, nonobstant sa correction ; et il se dirigea vers son cabinet de travail.

Aucun tapage ne troublait le fade silence de l'hôtel. Hébert déposa sa bougie sur son bureau 'et promena autour de lui un regard terne : des lueurs tremblotaient sur les vitres de ses deux bibliothèques en acajou, sur le vernis de leurs montants, sur les glaces de mauvaises gravures pendues symétriquement à la muraille.

Le procureur se mit à parcourir les feuilles éparses

d'un dossier; elles éclataient en bruits secs et menus
sous ses doigts. Et, jusqu'au lever du jour, il ne les
quitta pas de l'œil, prit des notes, s'isola au point
de ne plus même se souvenir des souffrances de sa
femme, tant il aimait les choses du métier, tant il appartenait à ses lectures. Seule, une fraîcheur persis-
tante aux os des jambes lui rappelait qu'il n'avait pas
dormi.

Cependant, il avait décidé tout d'abord de ne pas
troubler le sommeil de Gabrielle, sommeil probable
après une nuit d'insomnie. — Mais, soudain, Hébert
quitta son cabinet, courut presque vers le salon : on
y battait les meubles, on avait l'air d'assommer là
quelqu'un à violents coups qui résonnaient.

— Moins fort donc, Eugène, dit le magistrat. Vous
savez bien que madame est malade.

Rendu à la routine domestique par cette brusque
sortie, selon son habitude il alla embrasser le petit
Jules, se fit raser, déjeuna; et il absorbait le fond de
sa tasse de chocolat, quand la garde vint lui annoncer
que *madame* le demandait. — Il était sept heures.

Les douleurs de Gabrielle commençaient à s'espacer,
devenaient moins aiguës. Elle répondit au bonjour
inquiet de son mari par un bonjour triste, presque
attendrissant. Et comme la garde n'était pas revenue,
déjeunait sans doute à son tour, on causa. Mᵐᵉ Hébert
prétendit avoir beaucoup réfléchi durant les heures où
elle n'avait pu dormir.

— Vois-tu, déclara-t-elle, décidément je crois que
le bon Dieu m'a punie.

Le magistrat haussa les épaules, répéta sa question
de la veille :

— Pourquoi?

— Dame ! je n'ai pas communié depuis plus de quatre mois... Je ne me suis même pas confessée.

Hébert ne répondit rien. Satisfait des sentiments
religieux de sa femme, les considérant au surplus
comme un dérivatif utile aux santés morales, il ne
soupçonna point le piège qu'on lui tendait à tout hasard,
afin de le détourner d'une phrase échappée naguère
aux terreurs d'une conscience désagréablement impressionnée. Et Gabrielle n'insistant pas, n'osant, par
piété réelle, développer une duperie basée sur un objet
sacro-saint, ils changèrent de conversation.

Le docteur Fouché revint, ordonna de nouveaux
lavements au laudanum, annonça que l'avortement
aurait sans doute lieu le lendemain dans la soirée,
prescrivit à Mme Hébert des potages, quelques ali-
ments légers.

Ce jour-là, le ciel, d'un gris moelleux, versait une
clarté blême qui ne s'accrochait à aucun meuble, salissait les tapis, n'ondoyait pas sur la peluche bleue des
tentures. — Gabrielle pria qu'on lui montât les cartes
qui arriveraient. Elle attendait maintenant avec une
impatience agitée un mot de Ventujol, le mot de tout
le monde sur un morceau de carton, témoignant que,
au moins, il s'intéressait à elle. « Mon Dieu, elle le
comprenait de reste ! le pauvre garçon, les mains liées,
n'écrirait sans doute qu'une ligne banale sous son
nom ; mais combien cette ligne serait douce à lire ! que
d'invisibles choses elle enfermerait ! que de confidences désolées, de promesses délicieusement amou-
reuses !... Ah ! on n'allait plus pouvoir s'aimer de
sitôt ! car un régime sévère... Enfin ! »

Puis, comme madame Hébert s'ennuyait, que son
esprit errait à l'aventure, en quête de tracas, elle dé-

couvrit soudain une étrange route où sa religiosité se
mit à courir : « Son enfant, l'enfant mort qu'elle portait, ne serait pas baptisé, irait dans les Limbes! »
Alors, très sérieusement, elle se le représenta nu, de
la longueur d'une main, tel qu'il arriverait, avec une
grosse tête, exclu d'avance du Paradis à cause de la
tache originelle, parqué entre une multitude d'enfan-
telets au lieu où, jadis, avaient été parqués les patriar-
ches à barbe blanche, avant la venue du Rédempteur.
Et, cette situation lui paraissant peu juste, peu digne
de la miséricorde infinie, elle s'en affecta outre mesure, demeura péniblement rêveuse une partie de la
matinée.

Les premières cartes qu'on lui monta furent celles
des de Jancourt, de Majorelle, de plusieurs magistrats. Elles aggravèrent ses chagrins : « Puisque la
nouvelle de son malheur s'était déjà répandue, pourquoi Ventujol gardait-il le silence? Ne devait-il pas à
Hébert une marque de sympathie quelconque?... Pour
quelle raison se taisait-il aujourd'hui?... Lors du déjeuner sur l'herbe, n'avait-il pas su trouver le chemin
de l'hôtel? Et, récemment encore, de mauvaise grâce,
ne cédant qu'à des instances réitérées, il était si délicat!
mais, somme toute, en chair et en os, n'avait-il pas profité d'un mercredi de réception pour se présenter de
nouveau?... Ah! c'était bien la peine d'avoir arrêté la
pendule du salon à l'heure où il était entré, d'avoir
défendu qu'on la remît en marche sous prétexte que
la sonnerie en devenait agaçante!... Mon Dieu, n'aimait-il plus?... Voulait-il manquer à sa parole, abuser
de sa liberté, accepter définitivement le poste qu'on
lui avait offert en Espagne?... C'est ça qui serait lâche,
par exemple! » Des larmes mouillèrent les cils de Ga-

brielle, et un sanglot mal contenu s'abattit jusqu'à la
garde. Celle-ci, fort occupée à raccommoder un de
ses bonnets, leva les yeux, s'écria :

— Il ne faut pas que madame se fasse de la bile...
Tout se passera très bien.

La grossièreté d'une semblable méprise força Gabrielle à sourire, la détourna de ses pensées ; et un entretien s'engagea sur les accouchements, les avortements, les hasards fâcheux auxquels les femmes
enceintes sont soumises. Il déplut d'abord à la malade,
puis l'intéressa par ses côtés monstrueux. Ainsi, une
fois, la garde avait vu naître un enfant à trois jambes ;
une petite fille, en guise de nez, possédait une trompe
comme un éléphant ; un autre enfant était *maphrodique.*

— Hermaphrodite, vous voulez sans doute dire hermaphrodite ?

— Non, *maphrodique*, homme et femme en même
temps.

La garde esquissa certains détails ; puis elle s'em-
barqua dans une histoire qu'on lui avait racontée : « *Ça
s'était passé chez une comtesse*, sous les yeux de deux
médecins. *C'te dame*, une jolie dame, après *quéques
p'tites* douleurs, *comme si qu'elles auraient été natu-
relles*, avait accouché *quasiment* d'un singe qui s'était
ensauvé sous le lit. »

Et la matrone entamait une nouvelle série de phé-
nomènes, quand Mme Hébert eut un pressentiment : il
lui sembla entendre le pas de Ventujol. Elle écouta.
Son cœur battit. A la porte de l'hôtel, une sonnerie
électrique venait d'éclater.

— Chut! dit Gabrielle.

Aucune parole ne pouvait lui arriver d'aussi loin ;

il lui parut cependant qu'une voix, la voix de l'officier, comme une exhalaison, pénétrait jusqu'à elle. Il s'informait, avait toutes les peines du monde à ne pas trahir ses inquiétudes. Gabrielle était presque en extase.

— Entrez! cria soudain la garde.

Ce fut la bonne du petit Jules qui se présenta.

— Une carte... elle est pour monsieur.

Vivement, Gabrielle la prit sur le plateau qu'on lui tendait. Elle était bien de Ventujol. « Cher Monsieur, je suis un de ceux que l'infortune de madame Hébert a frappé le plus vivement, avait écrit l'officier, au crayon. Veuillez, je vous prie, lui exprimer les sincères regrets de votre tout dévoué camarade. »

— Il est parti? demanda Gabrielle avec ingénuité.

— Oui, madame.

Ventujol était parti, heureusement ; car peut-être l'eût-elle fait prier de monter à sa chambre, au vu et su de la maison. Elle fut aise de n'avoir pas à se discuter une pareille inconvenance. Mais, en compensation, par amour véritable, afin de s'excuser à ses propres yeux de trouver inconvenante l'intrusion manquée de l'officier, elle se le représenta superbe, plus beau que nature, la tête penchée, les yeux ombragés par ses longs cils, le menton ferme sous ses moustaches lustrées ; alors que, debout dans la cour, de sa main brunie, duvetée de poils noirs un peu usés à l'endroit où elle se posait d'habitude, il composait sa carte de condoléance. — Cette contemplation subtile anéantit madame Hébert, lui fit oublier ses douleurs, son état de faiblesse, et elle fut assez femme pour sentir des tressaillements dans sa chair.

De moins en moins matériel, il est vrai, mais accapareur au point de la débarrasser de ses soucis religieux, des remords de l'adultère, des ennuis qui vaguaient en elle, son bonheur dura jusqu'à la minute où Hébert revint du Palais.

Elle ne passa point une mauvaise nuit. De son côté, le magistrat reposa d'un sommeil accablé..

Le lendemain, tous deux se réveillaient avec une même crainte : l'avortement. Il approchait. Gabrielle ne souffrait presque plus, continuait néanmoins à perdre beaucoup de sang. Elle refusa de déjeuner. Hébert ne la quittait pas.

A midi, un billet de M. de Jancourt vint réclamer le petit Jules : sa fille Cécile avait *besoin* de l'enfant.

Le but de ce mensonge, combiné la veille entre le procureur et son président, était simplement d'éloigner le bambin de sa mère, d'épargner une *jeune* curiosité.

Ce fut vers les trois heures que Gabrielle, prise de légères douleurs de reins, envoya quérir le docteur Fouché.

Il accourut. — Et il cancanait à haute voix près d'Hébert, dans un des coins de la chambre, quand la malade poussa un gémissement, écarta les jambes.

— Docteur ! docteur !

Le médecin se précipita, d'une main preste dégagea Gabrielle de ses couvertures. — Elle avortait. — Au bout de quelques secondes, le fœtus gisait entre ses cuisses, sur l'alèze, mort, parmi des caillots. Et comme on voulait l'emporter, sans permettre à Mme Hébert de le voir, celle-ci se souleva sur un coude.

— Montrez-le-moi ; oh ! montrez-le-moi, supplia-t-elle.

La garde reçut l'enfantelet dans une serviette, le pencha vers sa mère.

— C'est une petite fille, dit le docteur Fouché.

Alors, Gabrielle la regarda, avec étonnement d'abord. Elle avait une vingtaine de centimètres, surmontait un faisceau de plis, était toute maigre, couchée sur le dos, bleuie, ratatinée. Sa tête énorme, mûe à chaque instant par les doigts goutteux de la garde, tanguait. Un large caillot lui couvrait les yeux, une oreille; son cordon ombilical pendait; et elle semblait avoir été battue jusqu'au sang, puis trempée dans on ne sait quel enduit glaireux, corrosif, infect.

Mᵐᵉ Hébert se laissa choir en arrière, se mit à sangloter, à se tordre, à crier : « Pauvre petite! pauvre petite! »

A un clignement des paupières du docteur Fouché, la garde se dirigea vers la porte, sortit. Hébert ne tarda pas à la suivre. Il était très pâle, ne sentait plus ses jambes, n'avait plus la force de remuer les bras. Cependant, toute à son léger fardeau, la grosse femme allait. Elle traversa un corridor, déboucha sur un palier. Hébert se tenait à cinq ou six pas derrière elle. Et brusquement il tressaillit, devint d'une pâleur encore plus morbifique. La garde avait ouvert une porte basse, ne l'avait que poussée derrière elle. Le procureur entendit la claque d'un couvercle contre un mur. On ouvrit une soupape. De l'eau murmura, jaillit; puis, quelque chose dégringola bruyamment dans un tuyau, finit par s'engloutir avec des heurts flasques dont le bruit diminua.

Quand la garde reparut, les mains vides, elle aperçut Hébert. Il l'examina, terrifié.

— Vous...

Il n'acheva pas sa question.

— Oui, répondit-elle. On fait toujours comme ça.

Le magistrat lui tourna les talons.

Et, en revenant vers la chambre de Mme Hébert, la grosse femme fut frappée de paroles et de plaintes qu'on étouffait tant bien que mal.

— Où est donc mon mari? demanda Gabrielle.

— Madame, il pleure.

— Je veux qu'il vienne... Dites-lui de venir. Docteur, voulez-vous aller me le chercher?

Les premiers soins à donner à sa cliente terminés, le docteur Fouché ramena le procureur. Gabrielle s'énervait d'impatience. Hébert s'agenouilla près du lit, n'osant lever la tête pour ne pas montrer ses yeux rougis, sa face ravagée; mais sa femme l'attira, et ils sanglotèrent à qui mieux mieux, si navrés l'un et l'autre qu'ils désiraient mourir, auraient voulu ne plus séparer leur étreinte. — Ils la séparèrent toutefois, sur une crise d'amour-propre pendant laquelle, peu à peu, ils regrettèrent d'avoir gesticulé leur chagrin devant des étrangers.

Le docteur Fouché donna ses instructions à la garde. Hémorrhagie, charpie, tampon, délivre, ces mots que Gabrielle s'entendit appliquer, au hasard de paroles plus ou moins chuchotées, ne l'instruisirent pas; sa première couche les lui avait appris.

— Madame, j'ai notre affaire, dit la garde, trois jours après l'avortement.

— Quelle affaire?

La garde, en train d'opérer la toilette intime de la malade, exhiba un linge derrière lequel pendillait une sorte de loque rouge. C'était la membrane de l'œuf.

Gabrielle entra en convalescence.

Cependant, son malheur, l'attitude d'Hébert vis-à-vis de ce malheur paraissaient l'avoir transformée, gagnée, abasourdie. Elle ne larmoyait point, subissait avec résignation les inconvénients de sa solitude.

Matin et soir maintenant, à des heures précises, les yeux mouillés, l'esprit ouvert à des sérénités d'une ineptie candide, elle priait Dieu ; et des tendressees d'opéra-comique germaient au bout de ces sérénités pour les mercenaires qui la soignaient, pour les objets dont elle se servait.

Elle n'abhorrait plus son mari. A force de réflexions douloureuses, découragées, elle commençait même à lui témoigner une amitié bizarre, faite d'exigences craintives, de menues recommandations, d'humilité, de politesse. Le magistrat n'était déjà plus l'être veule dont les qualités, naguère, avaient eu le don d'exaspérer Mᵐᵉ Hébert.

Puis, comme chaque jour elle s'accusait d'homicide par imprudence, depuis son avortement ; comme de fréquents désespoirs l'abêtissaient et l'annihilaient ; comme elle avait besoin de pardons, d'un Dieu pour les obtenir, elle devenait accessible à tous les attendrissements, à toutes les expiations. D'ailleurs, elle s'était mis dans la tête qu'une catastrophe menaçait Ventujol, une catastrophe méritée aussi. « Quelle serait cette catastrophe ? Existait-il seulement un moyen de la détourner ? » La pauvre femme avait beau se meurtrir l'imagination, aucune trouvaille ne se présentait, capable de concilier son amour, ses remords de mère désolée, ses terreurs de chrétienne, ses désirs de ne plus avoir à tromper un mari estimable.

Pourtant, une après-midi, elle pensa qu'une rup-

ture avec l'officier... mais elle chassa cette idée, sans
lui laisser le temps de prendre forme. L'idée revint,
fut tenace, parla aux nerfs de la malade, lui ressus-
cita ses parents, lui démontra qu'on pouvait toujours
se refaire une honnèteté. Gabrielle ne l'écouta pas,
s'était prostituée avec trop de plaisir. Alors, l'idée,
l'horrible idée ne cessa de la hanter, de lui salir sa passion pour Ventujol, sans pitié.

L'officier, depuis sa première visite, n'avait plus
donné signe de vie. Hébert ne quittait pas sa femme,
lui prodiguait son temps.

Il fallut néanmoins l'état de faiblesse de Gabrielle,
le silence absolu de sa chair à la suite de quatre jours
d'hémorragie, le besoin qu'elle avait de se sacrifier,
de se punir de son avortement, pour l'amener, tant
bien que mal, à envisager la nécessité probable d'une
rupture. Ce simple envisagement la plongea dans une
langueur émue. Pareille à toutes les victimes de
l'amour, elle ne s'y déplut point; et son âme fut comme
un parterre humide où, sans interruption, poussèrent
des myosotis. Hébert, Ventujol surtout! ce cher
homme dont elle allait peut-être se séparer, trop tôt
à son gré, étaient les commensaux ordinaires de ses
fugues. L'un et l'autre lui causaient de délicieuses envies de pleurer et de se plaindre, lui fournissaient d'in-
sipides occasions de se taire; mais, à l'encontre,
comme elle avait toujours été facilement bavarde,
elle évoquait des événements qui, pour l'avoir autrefois effleurée, lui permettaient de s'attendrir avec exubérance.

— Raoul, te rappelles-tu les deux petites filles qu'on
voyait à une fenêtre... là... en face?... Tu sais bien!...
nos deux petites filles... Je te les ai montrées une fois.

— Deux petites filles?

— Eh oui !... habillées de la même manière... Elles jouaient avec deux grandes poupées, habillées de la même manière aussi. On ne les reconnaissait pas.

— Je me les rappelle.

— Eh bien ! il y en a une qui est morte en septembre, au retour des bains de mer. C'est affreux, n'est-ce pas?

— Affreux.

— Elles étaient si gentilles !... Jamais je ne les oublierai... Les poupées doivent être en deuil à présent, comme leur petite mère... celle qui reste... Pauvre enfant !

Cela durait pendant des heures. Quelques larmes finissaient par goutter des cils de Gabrielle. Hébert ne les comprenait pas; mais comme il avait la prétention de se les expliquer, il se disait : Ma femme a du cœur... son cœur travaille... je ne vois pas de mal à ça.

Et la convalescence de Gabrielle suivait son cours. Sauf une potion au perchlorure de fer contre l'anémie, sauf l'eau d'Orezza dont on baptisait le vin de ses repas, elle n'était tenue à aucune médication.

La garde congédiée, une femme de chambre soignait Mᵐᵉ Hébert. — On ne passa plus les nuits près d'elle.

— Pas de bêtises, hein? au moins pendant un mois ! avait recommandé le docteur Fouché au magistrat, lors d'une dernière visite.

Celui-ci avait rougi.

A Gabrielle, on avait ordonné de ne pas quitter le lit avant une vingtaine de jours. Elle avait promis d'être prudente; mais bientôt, fatiguée de postures horizontales, lasse de remords trop longuement examinés, par

manque de variété dans ses ennuis, elle en vint à s'occuper de l'époque où elle serait de nouveau sur pieds.
« Vingt jours! vingt jours! attendre ainsi vingt jours
le bon plaisir d'un médecin, quand quinze jours de
repos suffisaient à toutes les fausses couches, n'était-
ce pas ridicule? » Cependant, comme un petit miroir
qu'elle gardait sous son traversin lui reflétait un visage
incolore, des yeux battus, Gabrielle encageait ses jéré-
miades et n'en tarabustait personne.

Sur ces entrefaites, au retour d'une audience, Hébert lui annonçait que le premier bal du président
de Jancourt allait avoir lieu.

— Déjà?

— Oui, déjà.

— Il est joliment pressé.

Gabrielle n'avait rien ajouté; mais, le lendemain,
toute provoquée par cette idée d'un bal où elle aurait
pu être, dont elle ne serait point, elle avait envoyé
quérir sa couturière, et, au défaut d'une toilette décolletée, s'était commandé un peignoir de relevailles. On
avait beaucoup hésité d'abord entre les nuances claires;
puis, à l'instant où Mme Hébert se décidait pour une
étoffe un peu excentrique, son visage s'était assombri,
et, d'une voix subitement transformée, sous le poids
d'une émotion poignante, elle avait parlé d'un peignoir de deuil que des dentelles blanches, — elle les
possédait! — auraient rehaussé d'un large tablier.
Ainsi vêtue, se voyant d'avance avec des bas de soie
noire, des souliers pomponnés de rubans noirs, quelques bijoux, il lui sembla qu'elle accommoderait son
récent malheur et ses appétits d'élégance.

Des forces revenant à Gabrielle, malgré les tracas
de sa convalescence, elle s'accrocha encore au souve-

nir de Ventujol; mais, d'heure en heure, ses sentiments pour l'officier couraient à la débandade, se
contredisaient. Tantôt elle le maudissait de n'avoir
déposé à l'hôtel qu'une carte, qu'un gribouillage con-
ventionnel; tantôt elle l'entourait d'une auréole, le
caressait avec des pensées chastes, puis avait des jalousies qui, finalement, lui suscitaient d'indécentes et
mémorables visions. — C'est ainsi que, plusieurs
fois, après s'être juré, par devoir, par rancune, par
crainte d'un nouveau châtiment, de ne plus appartenir au capitaine, elle se refit esclave et amoureuse.

Quand arriva le bal des de Jancourt, Gabrielle y
envoya son mari.

— Tu regarderas bien. Je veux que tu regardes
bien, n'est-ce pas? dit-elle, au moment où roide dans
son habit, cravaté de blanc, Hébert lui souhaita un
bonsoir affectueux.

Il répondit avec un rire de condescendance :
— Je regarderai bien.

Aussitôt seule, Gabrielle trouva les minutes lentes.
Elle avait chaud, souffrait de mécontentements vagues;
et le grand salon des de Jancourt lui apparut, jaune de
lumière sous son lustre de cristal, sous les bougies
de ses appliques. On dansait. De vieux messieurs,
quelques jeunes gens barraient une porte ouverte.
Égrenées le long des murs, parmi des sièges encom-
brés d'éventails, de claques et de vieilles dames,
certaines mères de famille étalaient des épaules trop
plantureuses. Plusieurs laiderons semblaient en péni-
tence. Des groupes gênaient la circulation; et, debout
sur un parquet luisant, tandis qu'un infatigable pia-
niste jouait la Poule d'un quadrille de Lecocq, des
couples se croisaient, marchaient, se séparaient céré-

monieusement. De petits rires fusaient qui ne tardaient
pas à s'éteindre. Les oreilles de Gabrielle étaient pleines
d'un bruit confus de voix. Alors, toute à son illusion,
elle mit des noms sur des visages, aperçut Morizot
avec sa tournure de gros scarabée, Mme Bissinger en
toilette rose, Majorelle, Mme de Blériot dont une
écharpe lilas coupait la jupe, Cécile de Jancourt
qu'une cuirasse de faille bleu-ciel rendait plus svelte
encore, Pélussin, le jeune Flavinet Saint-Ange. Ils
avaient les yeux rieurs, la bouche épanouie, paraissaient beaucoup s'amuser. M. Perrin de Jancourt passait de l'un à l'autre, les dents à l'air, serrait la main
aux hommes, s'inclinait devant les femmes. Gabrielle
lui décocha un signe de tête amical. Elle se sentait
légère, aurait voulu danser. Mais, de la pluie qui soudain fouetta ses volets l'arracha aux erreurs de son
imagination. — Ce fut en somnolant qu'elle attendit
le retour d'Hébert.

— Eh bien ? demanda-t-elle, lorsque, d'un pas cir-
conspect, le magistrat pénétra dans sa chambre.

Lui, s'assit, croisa les jambes, raconta ce qu'il avait
vu : le personnel judiciaire de Versailles au grand
complet, une quantité de messieurs décorés, des Pari-
siens. Mme Bissinger et Cécile de Jancourt s'étaient
montrées charmantes, attendaient l'autorisation du
docteur Fouché pour venir embrasser Gabrielle. On
l'avait sincèrement regrettée.

— Et puis ?

Le magistrat se lança en descriptions balourdes,
voulut parler toilettes, exprimer des avis. Impatientée, Mme Hébert le laissait dire, brûlant de lui
couper la parole. Elle s'écria bientôt :

— Il n'y avait donc pas d'uniformes à ce bal ?

— Si, répondit Hébert; le marquis de Pélussin et
Ventujol étaient en uniforme.

— Ah!... on les avait invités?

— Pourquoi pas?

Une colère froide empoigna Gabrielle : « Comment!
Ventujol acceptait des invitations, osait s'amuser,
quand elle... elle! gisait sur un lit, à demi-morte, incapable de remuer bras ou jambes. » Sans plus se sou-
cier de son mari, au mépris de l'exagération dont la
violence de ses pensées venait d'être cause, elle faillit
se lever, se promener rageusement de long en large
dans la chambre. Et comme elle se taisait, le procureur s'exclama, croyant interpréter avec finesse le
silence de sa femme :

— Oui... en effet... cela n'aurait rien d'extraor-
dinaire.

— Quoi ? fit Gabrielle.

Hébert se caressa le menton, quitta sa chaise afin
de se dégourdir les jambes.

— Quoi? répéta Gabrielle.

— Nous n'avions donc pas la même idée?

— Quelle même idée?

— Que ton amie Cécile, un de ces jours, pourrait
bien épouser soit M. de Pélussin, soit Ventujol.

Gabrielle eut un haut-le-corps.

— Tiens! tu es fou, dit-elle. Bonsoir, va te coucher.
J'ai envie de dormir.

— Ça ne te paraît pas possible ?

— Tu es fou.

— Ma foi, reprit Hébert, je parierais pour Ventujol.

Gabrielle haussa les épaules.

— Bonsoir.

Le magistrat sortit, et, ses pas retentissaient en-

core en s'éloignant, lorsque Gabrielle, dans un accès
de fureur impuissante, rejeta ses draps, courut en
chemise vers son cabinet de toilette, tâtonna, finit par
trouver au milieu de ses hardes la robe qu'elle portait
le soir de sa chute. Elle y prit un porte-cartes. Madame Hébert était livide, s'agaçait à chaque minute
davantage. D'un geste sec, elle tira pourtant une photographie du porte-cartes ; et elle la déchira. Puis, tandis qu'elle marchait vers le foyer de la chambre, une
sorte de compassion pour l'acte qu'elle venait d'accomplir la dirigea près de sa table de nuit. Un par un,
alors, sur la tablette de marbre qu'une veilleuse inondait de clartés troubles, elle aligna les morceaux qu'elle
étreignait, reconstitua la photographie : Ventujol y
était assis, en tenue, son épée ramenée le long des
jambes, mais balafré, couturé, guilloché d'entailles,
semblable à un jeu de patience. Seule, dominant la
courbe d'un sous-pied, une botte qui pointait au bout
d'une jambe, devant la seconde jambe de l'officier,
avait échappé à la déchiqueture générale.

Les deux paumes appuyées sur la tablette de marbre, les reins arqués, les hanches en arrière, très
longue dans une chemise dont les plis illuminés pendaient de sa poitrine, Gabrielle maintenant pleurait,
toute saisie par une contemplation sans objectif. « Sa
malheureuse photographie ! » Elle regrettait de l'avoir
ainsi abîmée, aurait voulu la recréer intacte en souvenir de l'homme qu'elle avait la prétention de ne plus
aimer, qu'elle se jura de ne plus revoir. « Ah ! ce Robert !... qui eût dit... » D'interminables soupirs allé-
geaient Gabrielle du fardeau de ses rancunes. « N'importe ! quel mal on se plaisait à lui faire ! » Elle en
oublia que, la veille encore, elle essayait de se resti-

tuer à son mari. « Décidément, les hommes ne méri-
taient aucun sacrifice. Tous étaient imbéciles ou
fourbes. » Hébert et Ventujol tour à tour lui avaient
traversé l'esprit. « Mon Dieu, mon Dieu ! misérable
aveugle qu'elle était d'avoir foulé aux pieds sa réputation, celle de son fils, tout !... et cela pour se donner un amant, comme une femme perdue... oui, un
amant, un brutal plutôt, qui, après l'avoir violée, car
il l'avait violée ! se permettait aujourd'hui de la dé-
laisser et de courir les héritières ! »

Gabrielle pleurait avec mélancolie. Mais, évoquant
bientôt le déjeuner sur l'herbe, s'excitant contre Ventujol et Cécile de Jancourt, acceptant de plus en plus
leur mariage, tant il lui paraissait assorti ! comme si
Hébert l'avait positivement annoncé, elle se jeta presque sur les morceaux de photographie qu'elle avait
alignés, les déchira encore, puis les lança au feu, de
loin. Des flammes s'élevèrent, bousculèrent d'écla-
tantes lueurs par la chambre, s'éteignirent brusquement.

Gabrielle sauta dans son lit. Elle étouffait des cris,
se tordait les mains, battait ses matelas du talon, sou-
haitait que des douleurs physiques l'arrachassent aux
tourments d'une jalousie enragée. Mais, aucune douleur ne répondant à ses appels, malgré l'imprudence
qu'elle avait faite de se lever, de rester aussi longtemps debout, un flot de pensées consolantes monta
en elle, peu à peu, par cela même qu'elle se croyait
guérie ; et elle se dit : Demain, quand Raoul reviendra
de l'audience, je serai au coin du feu, sur ma chaise
longue.

En effet, le lendemain, à l'heure où il rentra du Palais, le procureur trouva sa femme au coin du feu.

Elle ne lui laissa pas le temps de la gronder, se fit la plupart des reproches qu'elle sentait venir aux lèvres d'Hébert. « Mais quoi !... elle n'avait pas pu y tenir, aurait perdu ses dernières forces !... Des migraines étaient à la veille de la prendre... Son corps ne serait bientôt plus qu'une plaie s'il lui fallait ainsi ne plus bouger... D'ailleurs, elle ne voulait point devenir paresseuse ! »

Le magistrat l'écoutant, sans trop répondre, elle lui sauta au cou, se mit à badiner, s'annonça prête à sortir, et à danser au besoin. « Dame ! après quinze longs jours de lit, pour une petite fausse couche de rien du tout ! »

— Petite fausse couche !... petite fausse couche de rien du tout ! grommelait Hébert.

— Certainement... Je n'ai pas été à deux doigts de la mort, je suppose ?

— Non.

— Eh bien ! alors...

— Si, au moins, tu me promettais de garder la chambre, encore pendant une dizaine de jours ? finit par déclarer le procureur.

— Je te le promets.

— C'est que... le docteur Fouché...

— Oh ! le docteur Fouché... ton docteur Fouché...

Gabrielle lança un geste dédaigneux. Toutefois, elle se coucha quelques minutes plus tard, afin de remercier son mari, et pour qu'il ne doutât point d'une promesse dont elle comptait se souvenir.

Mais, à la nuit tombante, comme l'autorisation de se lever ne lui suffisait déjà plus, elle appela Hébert et lui demanda s'il voyait un inconvénient à ce qu'elle gardât la chambre... dans son salon.

— Dans ton salon?... Eh ! mon Dieu, pourquoi?... Tu n'es donc pas bien ici?

— Moi, je suis bien, répondit Gabrielle impassible... mais les personnes que je recevrai...

— Comment! tu vas recevoir?

— Dame !

Hébert la considérait, un peu abasourdi. Elle ajouta :

— Ça t'ennuie?... Moi, tu sais, je m'étais imaginée... parce que tu m'avais permis de ne plus rester au lit... l'après-midi, s'entend !...

Elle se montrait soumise et raisonnable, afin de délecter le procureur. Lui, mal impressionné, aurait désiré que Gabrielle ne se fatiguât point. Il craignait aussi de la contrarier par un refus.

— Ma foi, reprit-elle, si c'est mon transbordement qui t'effraye, j'y renoncerai.

Hébert pensa : « A quoi bon lui faire de la peine? »

Elle reprit encore :

— C'est égal ! j'eusse préféré n'introduire personne dans *notre* chambre à coucher.

Elle avait appuyé sur le mot : notre, sachant de reste qu'elle parlerait aux délicatesses de son mari.

— Allons! fit-il, agis comme tu l'entendras.

Et pour la centième fois peut-être, Gabrielle avait joué de lui comme d'un instrument.

Ce fut Hébert qui, partout, annonça que sa femme pouvait recevoir. Il rencontra même Ventujol chez les de Jancourt, fut bon camarade, le pria de se rappeler que l'hôtel du boulevard de la Reine lui était ouvert. L'officier se contenta de s'incliner.

On introduisit Gabrielle dans son salon, un mercredi, vers les deux heures, en compagnie du petit Jules dont un costume de matelot, présent de sa grand'-mère, étoffait le corps grêle.

Pénétrant par trois fenêtres sous l'enguirlandage de triples rideaux croisés, un jour bleuâtre, cette après-midi-là, irisait l'or des meubles, éclaboussait leur damas, les portières, les tentures où, sur un fond de satin rose, un décor vert courait. Des candélabres, une pendule en vieux saxe, peuplés d'amours, hérissés de fleurettes, au-dessus d'une cheminée à coquille, se reflétaient dans une haute glace presque sans cadre. Le lustre et les appliques étaient en verre de Venise. Un bol du Japon, violet, sablé d'argent, couvrait un large calice rouge, au milieu d'une table de style Louis XV. Habillé de crêpe chinois blanc, le piano, entre les feuilles vives de deux palmiers, étalait un vol d'oiseaux multicolores. Aucun tableau ne parait les murailles; mais, les uns près des autres, de menus vases, de fines statuettes, une foule de bibelots aigrettés de lumière, çà et là pomponnés de bouquets, encom-braient des consoles. — L'âtre flambait depuis le matin.

Gabrielle, languissante, affaiblie, svelte dans son peignoir de deuil, s'assit sur un canapé, le dos tourné aux fenêtres, à portée d'un trépied où, selon la mode, on avait disposé des carafons de vin d'Espage, quel-ques bonbonnières. Et elle rêvassait, l'ouïe toute à son piano, sans précisément s'agacer des notes que le petit Jules tapotait depuis leur arrivée, quand soudain, elle s'avança vers la pendule, se rappelant que, jadis, elle l'avait arrêtée, par amour, à l'heure où, pour la pre-mière fois, Ventujol était entré dans son salon. Tic, tac! tic, tac ! elle écouta le bruit du balancier, après l'avoir remis en marche. « Deux heures?... Elle avait quitté sa chambre à coucher vers deux heures... Il devait être deux heures et quart. » La pendule sonna. Jules s'escrimait toujours au piano. La pendule sonna encore, sonna longtemps. Puis Gabrielle rejoignit son canapé, satisfaite, mais non sans inquiétude, confiante et digne, mais avec morosité, comme si elle venait de lancer une déclaration de guerre.

Sur l'entrefaite, le valet de chambre d'Hébert ouvrit une porte, s'effaça devant une grosse dame d'une quarantaine d'années, mafflue et laide.

— Jules, laisse le piano tranquille. Ton jeu d'architecture est sur la bergère, déclara Gabrielle.

En même temps, la grosse dame avait dit :

— Ne vous levez pas... je ne veux pas que vous vous leviez... On ne se lève pas lorsqu'on est souffrante.

C'était Mme Langevin, femme du vice-président du tribunal.

Or, tandis qu'elle s'installait, caressait le petit Jules et le trouvait *grandi*, Gabrielle pensa : « En voilà une qui ne me pardonnerait pas d'avoir eu un amant !» Et, par dévergondage d'esprit, elle faillit sourire, parce qu'on ne savait rien, parce qu'on ne saurait rien, et que, somme toute, elle avait éprouvé bien du plaisir à tromper son monde.

Mme Langevin s'informa d'Hébert, Mme Hébert de M. Langevin ; puis il fut question de la fausse couche de Gabrielle.

Mme Langevin, elle, n'avait pas d'enfant, n'avait même pas fait de fausse couche. « A quoi cela tenait-il?... les médecins l'ignoraient. A bout de potions, de bains de mer, d'essais infructueux, un beau jour, n'avait-on pas été consulter Mlle Delanoue, la somnambule en renom ? »

« Les essais infructueux des Langevin, c'est ça qui devait être drôle ! » pensa encore Gabrielle.

— Ah ! nous n'avons pas eu de chance ! dit alors Mme Langevin. Un enfant nous aurait rendus si heureux !... C'est fini, maintenant.

« Eh ! eh ! moi, je n'en serais pas sûre avec un ventre pareil ! » songea méchamment Gabrielle. Et elle invita Jules à moins taper son jeu d'architecture contre le parquet, tourna la tête vers la porte d'entrée, aperçut Cécile de Jancourt.

Suivie de sa gouvernante qui discrètement alla s'asseoir à l'écart, la jeune fille, en jupe de drap vert, en jaquette marron bordée de skunks, courut à Gabrielle et l'embrassa. L'une et l'autre s'étaient beaucoup aimées, beaucoup fréquentées ; mais, depuis le pronostic de son mari, Mme Hébert détestait Cécile, aurait préféré la mordre plutôt que de lui rendre un baiser.

— C'est moi qui vous ai regrettée, tous ces temps-ci ! dit la jeune fille.

Gabrielle répliqua :

— Je ne me suis pas follement amusée non plus, allez !

Cependant, Mlle de Jancourt n'avait pas remarqué la froideur de son amie, parce que, après avoir salué Mme Langevin, il lui avait fallu cajoler le petit Jules.

Durant un bon quart d'heure, à tort et à travers, on échangea un feu roulant de lieux communs. Les trois femmes y excellaient. Cela était de leur monde ; et Gabrielle, malgré l'inspection envenimée qu'elle faisait subir à Cécile, n'avait perdu ni sa présence d'esprit, ni son bagou habituels.

— Eh bien ! votre bal ? Vous ne me parlez pas de

votre bal? dit-elle brusquement à la jeune fille, au milieu d'une conversation où les modes de l'hiver étaient attaquées par Mⁿᵉ Langevin. Celle-ci s'écria :

— Oh! superbe!... superbe! Les avis ont été unanimes.

— Papa et moi espérons qu'on ne s'est pas trop ennuyé, voilà tout.

— Mon mari, reprit Gabrielle avec indifférence, m'a raconté que vous aviez une collection d'uniformes : le marquis de Pélussin... monsieur...

Et comme elle s'était interrompue, paraissait chercher un nom qui lui échappait, Cécile dit :

— Mais... à part le marquis de Pélussin...

— Tiens! c'est curieux! fit Gabrielle. Raoul se sera trompé.

Elle bouillait intérieurement, ne trouvait au fond de sa colère aucun mot assez fort pour qualifier la duplicité de la jeune fille.

— Ma foi, déclara Mᵐᵉ Langevin, j'avais cru voir aussi plusieurs officiers.

— Ah! oui, répondit alors Cécile de Jancourt, je me souviens... mon père avait invité encore M. de Ventujol, — que vous connaissez d'ailleurs, — ajouta-t-elle, les yeux baissés, en s'adressant à Gabrielle.

Et tandis qu'elle prononçait ce nom, à son corps défendant sans doute, une légère crispation lui avait parcouru les joues, n'avait point échappé à Mᵐᵉ Hébert.

— Vous a-t-on raconté que M. Morizot était tombé en valsant? reprit vivement la jeune fille.

— En valsant avec qui?

— Avec Mᵐᵉ de Blériot

— Il l'aura fait exprès, dit Mᵐᵉ Langevin.

Gabrielle eut un vague sourire, offrit du vin et des bonbons; — et on s'entretint des autres bals que promettait la saison. Mais, Cécile de Jancourt avait perdu sa bonne humeur, semblait gênée, presque triste. Elle ne tarda pas à se retirer.

— Décidément, dit Gabrielle, derrière son dos, cette pauvre Cécile ne saura jamais s'habiller.

— Bah! répondit madame Langevin, je vous assure que, l'autre soir, elle avait une ravissante toilette.

— Décolletée?..

— Décolletée.

— Sérieusement?

— Sérieusement.

— Pouah! fit Gabrielle, avec une grimace de dégoût.

Et talonnée par son extrême jalousie, exaspérée par la contradiction, elle s'écria :

— Moi, je trouve ignoble qu'une jeune fille se décollète.

— Vous êtes sévère, dit Mme Langevin. Et elle se tut : le valet de chambre d'Hébert introduisait Majorelle.

De trois à quatre heures, le salon de Gabrielle fut comme une taverne où, sans cesse, des visiteurs entrèrent, se reposèrent, sortirent, la plupart après avoir bu et mangé.

Toutefois, vers quatre heures et demie, Mme Langevin, dont on ne se débarrassait pas facilement, restait seule, cramoisie à force d'avoir bavardé, sa rotonde hors des épaules, quand Ventujol se présenta.

Il avait un uniforme neuf, s'était fait tailler les moustaches, les portait frisées; mais cela ne lui allait pas plus mal. « J'ai changé ma coupe de moustaches, y vois-tu quelque inconvénient? » comptait-il demander tout d'abord, s'il avait eu la chance de ne rencontrer que Gabrielle; mais Mme Langevin parlait politique et, paisiblement, l'officier fut obligé d'écouter une diatribe contre les républicains.

« Le voilà donc revenu! » pensait Gabrielle, tandis que la grosse dame gesticulait, fulminait, barbotait. « Ce Robert! il m'aime donc encore? » Et, au mépris de ses rancunes, des décisions qu'elle avait crues enracinées, d'inéluctables douceurs la pénétraient, lui montraient son amant aussi amoureux qu'autrefois.

A cette heure, elle aurait volontiers envoyé Mme Langevin au diable; d'autant plus que celle-ci, non contente de s'éterniser là, quêtait les approbations de Ventujol et accaparait ses égards.

Cependant, Gabrielle ne tarda pas à reconstituer les tendresses dont elle avait voulu priver l'officier : « Il n'était venu qu'une fois prendre de ses nouvelles... Eh bien, après?... Pouvait-il faire autrement sans la compromettre?... sans la désigner aux cancans des domestiques de l'hôtel?... D'ailleurs, ce que son refus d'aller en Espagne avait dû lui coûter de marches et de démarches! » Mme Hébert revit Ventujol, tel qu'il était le jour où, somme toute, il lui avait sacrifié un poste désirable; et son bon vouloir en augmenta. « Mon Dieu! il n'était pas douteux que l'officier eût mieux agi en ne se rendant point au bal des de Jancourt!... mais quoi?... Avait-il dansé seulement?... Et puis, danser!... danser! quel mal cela comportait-il? On dansait par désœuvrement, par... politesse... Tiens! mais, en acceptant l'invitation de M. de Jancourt, Ventujol s'était peut-être dit : Je verrai mon camarade Hébert et il me parlera de sa femme!... Pourquoi pas?... Quant à Cécile, à cette petite sainte nitouche de Cécile, elle en serait pour ses frais, car, à bien réfléchir, on ne l'avait sans doute pas remarquée. »

A l'encontre, de plus en plus impatientée par la présence et les discours de Mme Langevin, Gabrielle se rappela qu'elle avait presque résolu de subordonner son amour à ses devoirs, d'expier sa fausse couche, de revenir à son mari, de se raccommoder avec la religion ; mais, comme d'injustes et récentes colères avaient violemment éparpillé, secoué, balayé ce tas d'intentions mal équilibrées, elle ne s'y arrêta point : Ventujol était là, et il lui souriait de temps à autre.

Après une ingénieuse tirade où Gambetta fut accusé d'être un agent de l'Allemagne, Mme Langevin se leva et partit. — Restait le petit Jules.

— Jules, va goûter... Il est l'heure, dit Gabrielle.

Elle irradiait ; sa voix était frémissante. Ventujol se dressa, les mains derrière le dos, s'approcha de l'enfant qui, pour en avoir plus tôt fini, pêle-mêle jetait ses pièces d'architecture dans leur boîte.

— Voyons, Jules, si tu te dépêchais un peu ! dit encore Gabrielle.

— Je me dépêche, maman.

— Tu n'as donc pas faim aujourd'hui ?

Pour toute réponse, le petit bonhomme courut vers la porte.

— Voudriez-vous lui ouvrir, s'il vous plaît, monsieur de Ventujol ?

De l'extérieur, par hasard, une main prévint celle de l'officier.

— Quelqu'un ?

— Oui.

— Pas de chance ! fit Gabrielle avec dépit.

Et, dans un maigre paquet noir qui entrait, elle reconnut la vieille cousine des de Jancourt.

— Bonsoir, madame.

— Bonsoir, mademoiselle.

Un interminable voile pendait du chapeau de la nouvelle venue.

— Cécile sort de chez moi, chantonna-t-elle en trottinant vers le milieu du salon... Je ne savais rien... mais vite j'ai pris mon châle, et me voici.

— C'est bien aimable à vous.

« Houp ! tant pis, je file, » pensa Ventujol. Puis, à haute voix, il s'excusa près de Gabrielle.

— Comment, vous vous sauvez, déjà?

— Je dîne à Paris. J'accompagne mon général et Mᵐᵉ de Laboissières au théâtre.

Et ce fut avec une tristesse et des regrets visibles que Mᵐᵉ Hébert se sépara de l'officier, se tourna vers la vieille cousine des de Jancourt à présent établie sur un pouf, lui demanda, pour dire quelque chose :

— Voyez-vous toujours le colonel Thuilier ?

— Toujours, c'est un de mes fidèles.

— Et vos oiseaux? Avez-vous encore des oiseaux?

— J'en ai perdu beaucoup.

— Prenez donc un fauteuil, dit alors Gabrielle dont une poussée de souvenirs paralysait l'intelligence. — Vous devez être très mal sur le pouf.

La vieille demoiselle répondit :

— Pardon, je suis très bien.

Elle ajouta :

— Je ne saurais d'ailleurs vous consacrer plus d'une minute.

Gabrielle tressaillit : « Mon Dieu ! pourquoi Robert

n'avait-il pas su attendre? On l'eût embrassé au moins! »

— Mais, quelle belle mine vous avez! reprit la cousine des de Jancourt. C'est à ne pas croire que vous sortiez de maladie! — M. Hébert se porte bien?

— On ne peut mieux.

— L'enfant?

— Vous ne l'avez pas vu? Il s'est faufilé derrière vous au moment où vous entriez.

— Allons... adieu. Vous êtes sur pied, je pars contente, dit la vieille demoiselle, au bout d'un assez long silence durant lequel Mme Hébert apercevait la gare de Versailles, Ventujol en wagon.

— A bientôt? demanda-t-elle néanmoins, par habitude d'être polie.

— Oui, à bientôt.

Mais, tandis qu'on l'accompagnait vers la porte, la vieille cousine des de Jancourt ajouta rêveusement :

— Si j'ai une bonne.

— Vous n'en avez pas trouvé, depuis le temps?

— Elles ne veulent pas rester chez moi... Elles s'ennuient... Ça fait que je ne suis plus libre.

Débarrassée de la vieille fille, Gabrielle regagna son canapé, s'y laissa tomber avec hébétation.

Le jour à son déclin, grâce aux tentures du salon, aux rougeurs ardentes d'un foyer sans flammes, s'était changé en crépuscule rose. Des fleurs mourantes embaumaient l'atmosphère. Quand une voiture passait sur le boulevard de la Reine, la boîte du piano vibrait. Insensiblement, de l'ombre se répandit par les fenêtres.

Gabrielle était si lasse que ses jointures la brûlaient,

si pleine de solitude entre son pauvre homme de
mari et cet amant dont elle avait pleuré, qu'une
impétueuse tristesse la saisit aux nerfs.—Et elle se mit
à souffrir, avec volupté, comme seules peuvent souffrir
les femmes sentimentales, à certaines heures, dans
certains décors.

IX

Le lendemain, Gabrielle fut plus calme; mais le surlendemain, sans doute pour n'avoir pas gardé le lit assez longtemps, sans doute encore, parce que trop d'émotions l'avaient assaillie, elle s'éveillait prise d'une douleur obscure et profonde à l'hypogastre.

Elle ne s'en effraya pas outre mesure; accueillit même avec un certain laisser-aller cette première attaque d'un mal dont la gravité lui échappa tout d'abord. D'ailleurs, à l'heure actuelle, rien au monde ne l'eût décidée à s'avouer souffrante, par crainte des reproches qu'Hébert ne pouvait manquer de lui décocher, reproches mérités, reproches agaçants.

Elle éprouvait aussi un impérieux besoin de surveiller Ventujol et Cécile de Jancourt; car le poison qui, naguère, en de hasardeuses et inconscientes paroles, s'était échappé de son mari, avait recommencé son œuvre, et Gabrielle ne croyait plus à l'officier.

L'après-midi, sa douleur à l'hypogastre ayant disparu, elle se fit habiller et passa dans son petit salon, un petit salon moderne, tout capitonné de soie pourpre, où elle s'installa sur un fauteuil, un livre sur les genoux, auprès d'une fenêtre dont elle avait entrebâillé les rideaux blancs.

On était aux premiers jours de décembre ; il gelait, et les ormes chancreux du boulevard de la Reine paraissaient morts. Depuis sa fatale chute, Gabrielle n'avait encore lancé aucun coup d'œil hors de chez elle ; aussi, vaguement éblouie, se plut-elle à jouir de la clarté froide du ciel, de l'aspect gris de la rue, des deux ou trois façades de maisons glacées qu'elle apercevait derrière un enchevêtrement de branches. Des voix d'enfants, dans une école chrétienne du voisinage, glapissaient un cantique. Quand des gens approchaient, sonnant des bottes sur les promenoirs pétrifiés, Gabrielle se penchait, les attendait de toute son âme ; et elle était si romanesque, implorait Ventujol du hasard avec une si fervente ardeur, que chaque individu la décevait en se montrant.

Ce fut là, dans ce salon, tandis qu'Hébert assistait à l'audience civile de la semaine, qu'une seconde crise de douleurs se déclara en Gabrielle ; mais il lui parut cette fois qu'un étrange fardeau menaçait de glisser hors de ses entrailles, sous ses jupes. Elle pâlit, faillit appeler du secours, et, incontinent aurait crié si, de nouveau, les remontrances qu'elle prévoyait de son mari ne lui eussent énergiquement fermé la bouche. Cependant, elle alla s'étendre sur un divan, au fond de la pièce, les larmes aux yeux, navrée. « Que devenir ? que faire ? » Elle passa bien en revue les maladies dont elle avait entendu bavarder entre femmes, maladies susceptibles de compliquer les couches ; mais elle ne se rappela ni leurs noms, ni leurs symptômes caractéristiques. « Que devenir ? que faire ? » A force de se répéter ces deux mêmes interrogations, de n'y point répondre, la souffrance aidant, Gabrielle finit par s'irriter, et, méconnaissant de plus en plus Hébert, ce *brave*

Hébert ! elle en façonna un mari sarcastique, brutal, prêt à la flageller de son expérience et de la supériorité que donne à tout homme sur un contradicteur la réalisation de choses prévues. — Au reste, elle était fâchée de n'avoir pas écouté le magistrat, quand il l'avait mise en garde contre la traîtrise des convalescences.

Ses douleurs se calmant, peut-être parce qu'elle reposait sur les reins, elle envisagea sa situation sous un jour moins néfaste ; et, sans mieux réfléchir, incitée par ses jalousies d'amoureuse, par cette manie d'orgueil qui pousse les femmes à ne jamais avouer leurs torts, elle résolut de supporter son mal actuel et de le conduire le plus loin possible de la fausse couche dont elle relevait. De cette manière, au moins, si elle ne guérissait pas au plus vite, on ne l'accuserait point d'avoir imprudemment greffé une maladie sur une autre maladie !

En effet, pour peu qu'elle récusât plus tard les soins du docteur Fouché, ignorante comme elle l'était du caractère spécial de ses souffrances, Mme Hébert pouvait se leurrer d'un tel espoir. — Elle eut même le courage de quitter son divan, de se promener dans le petit salon afin de provoquer une nouvelle crise, pour bien savoir si elle serait capable de la tolérer devant témoins, sans trop de grimaces. La crise ne se fit pas longtemps attendre. Durant quelques minutes, Gabrielle sut demeurer impassible ; mais, comme des douleurs, souvent très vives, paraissaient s'accumuler entre ses hanches, elle marcha vers une chaise, et là, chercha une posture capable de les atténuer. Elle la trouva : il s'agissait simplement d'incliner un peu le buste à droite. Dès lors, presque tranquillisée, elle

retourna s'étendre sur le divan, et ses pensées, en fluc-
tuant, lui montrèrent plusieurs fois Ventujol. « Son-
geait-il véritablement à la tromper?... Il avait l'air si
digne, si sincère! » Gabrielle en récita trois *pater* et
trois *ave* pour que de bonnes intentions germassent
seules dans la caboche de l'officier.

« Évidemment, il avait dû coqueter avec Cécile de
Jancourt, le soir du bal; sans cela, pourquoi l'étrange
pronostic d'Hébert? » Et les douleurs de Gabrielle
devenant plus égales, plus intermittentes, il lui semblait qu'elles la laisseraient bientôt tranquille, ou
qu'elle s'y habituerait. « Ah! ce Ventujol, lui en coû-
tait-il des tracas!... Si elle avait prévu!... N'aurait-il
donc pas dû comprendre que les malades, pour guérir,
avaient encore plus besoin d'affection que de remèdes?...
N'être venu qu'une fois, qu'une pauvre petite fois en
quinze jours! la dernière visite pouvait-elle compter?...
Décidément, les hommes ne savaient pas aimer. »

De ces sensibleries, Gabrielle passait à des évocations consternées, évocations de mariage inévitable où
l'officier ne lui appartenait déjà plus, de mariage
qu'elle se sentait prête à excuser, au besoin, pourvu
que la femme ne fût pas Cécile de Jancourt. Puis, les
souffrances physiques ne se laissant point oublier,
Mme Hébert se remettait à chercher un moyen de les
conjurer, si, comme elle le croyait après en avoir
douté, celles-ci étaient le prélude d'un mal nouveau,
— peut-être ce mal lui-même.

Avant tout, par conséquent, il s'agissait de voir un
médecin; mais, quel médecin? A Versailles, la moindre
démarche menaçait d'être délicate. D'un autre côté,
Gabrielle ne pouvait raisonnablement décider une fugue
vers Paris avant une dizaine de jours. C'est alors, au

moment où son esprit se débattait contre de réelles difficultés, qu'une idée assez lumineuse la traversa comme
un éclair : « pourquoi Ventujol n'irait-il pas consulter à ma place? je lui dirais ce que je ressens. Ça l'en-
nuierait bien un peu, mais... Tiens!. tiens ! » Le nau-
fragé fatigué qui s'accroche éperdument à un bouée
de sauvetage ne respire pas avec plus de satisfaction
que ne respira Gabrielle. — Et, aussitôt une première
sortie au bras d'Hébert, elle se promit d'aller chez
l'officier, surtout pour le charger de ladite consultation, consultation urgente! mais aussi, afin de lui parler des de Jancourt.

Toutefois, jusqu'à l'heure où le procureur rentra de
l'audience, la grande occupation de Gabrielle fut
d'invectiver sa mauvaise chance, de se demander
si définitivement elle saurait dissimuler son mal. Et,
comme elle avait eu le temps de pénétrer que les postures horizontales convenaient mieux à ses souffrances,
elle s'était couchée.

— Tu vois, fit-elle en souriant, quand Hébert arriva
dans leur chambre, inquiet de la savoir déjà au lit,
je suis raisonnable... je cherche à te satisfaire.

Lui, demanda :

— L'après-midi a été bonne?

— Excellente.

— Ma foi, dit alors Hébert, sans plus songer aux
paroles dont il la gratifiait, encore une journée dans
le genre de celle-ci et tu seras à la veille de sortir!

— Ce ne sera pas malheureux! lança Gabrielle.

Et, de mémoire, avec, dans les oreilles, le bruit que
produisaient naguère ses bottines sur l'escalier de la
rue Montbauron, elle eut une envolée vers Ventujol;
tandis que le magistrat parlotait de choses et d'autres.

Gabrielle souffrit peu durant les deux jours et les trois nuits qui suivirent. C'était à peine si, quelquefois, un coup d'aiguillon lui rappelait ses premières crises. Elle fut même très gaie, fit un tas de plaisanteries sur le temps, sur les maladies, le matin où, toujours d'une faiblesse de cocu, Hébert ne lui refusa pas l'heure de promenade qu'elle implorait. « Le désir de prendre l'air, finalement, n'était-il pas légitime au bout de vingt-trois jours de réclusion forcée?... Puisqu'on se portait bien!... »

La journée d'hiver s'annonçant avec du soleil, il fut convenu qu'à trois heures précises, au retour d'une courte promenade jusqu'à son bureau du Palais, le procureur viendrait chercher sa femme.

A trois heures donc, il accourut vers elle ; mais il la trouva maussade : elle avait été obligée de desserrer son corset, avait eu quelque difficulté à se réintégrer dans un ancien corsage. Son ventre était devenu sensible, et il pointait à présent.

— Tiens!... regarde, s'exclama-t-elle, une moue au visage, les bras écartés ; voilà ce qui m'attendait... Et j'ai maigri des épaules!

— Bah! fit Hébert, tu sais bien qu'après la naissance de Jules tu as eu un tour semblable, que ça s'est passé.

Gabrielle répondit avec un soupir :

— Ce n'était pas la même chose.

Puis, se rappelant ses douleurs, les douleurs dont elle n'avait point voulu parler, de fortes inquiétudes, derrière sa précédente affirmation, lui affirmèrent aussi que ce ne serait pas la même chose.

Tiède au milieu de ses fourrures, un foulard blanc autour du cou, les mains dans un manchon, elle gagna pourtant le boulevard de la Reine, lentement, appuyée sur Hébert. Ils se dirigèrent vers la rue de Maurepas, ne tardèrent point à s'y engager. — Les trottoirs étaient mouillés. De la buée brouillait les vitres des boutiques, salissait les étalages. Une eau noire gouttait des toits, suintait, coulait des maisons en train de se dégeler ; mais, de loin, grâce aux rayons d'un soleil d'argent, les cimes effeuillées du parc enchevêtraient leurs branches dans une sorte de vapeur bleuâtre, d'une transparence et d'une placidité exquises.

— Tu n'as pas froid ? demanda Hébert.

— Non, répondit Gabrielle.

Puis, sur sa gauche, comme une boîte postale béait à la devanture d'un bureau de tabac, elle y glissa ouvertement plusieurs lettres, sans lâcher le bras de son mari, avec un demi-sourire.

— Diable ! fit Hébert, d'un ton bonhomme, en voilà une correspondance !

Gabrielle riposta :

— Il fallait bien que je reprisse mon courant !

Et ils continuèrent leur promenade, atteignirent la grille du Dragon, entrèrent dans le parc.

Toute à la simplicité du moyen qu'elle venait d'employer pour écrire à Ventujol, lui annoncer la visite qu'elle comptait faire dès le lendemain, rue Montbauron, Gabrielle abandonna les idées tristes où l'altération de sa taille l'avait plongée. Hébert, lui, très heureux de la vaillantise avec laquelle il voyait marcher sa femme, l'en félicitait, de temps à autre lui plaçait un conseil d'hygiène. Ils contournèrent le bassin de Neptune.

A cette heure, les monstres et les divinités marines étalaient d'interminables ombres sur une eau tran-

quille, d'aspect clair, çà et là taquinée par des flaques
de soleil. L'hiver avait secoué les arbres, saccagé les
taillis, blêmi la lumière même, si bien, qu'aujour-
d'hui, dans le paysage transformé, le magistrat ne se
rappelait plus le soir où, las de foule, mortellement
troublé, traînant à sa suite un fracas bête de pièces
d'artifice, il avait tant cherché Gabrielle.

Et tout à coup, celle-ci parla de regagner le boulevard de la Reine. Que lui importait en effet une plus
longue promenade, maintenant que sa lettre pour
Ventujol était partie ! Ne valait-il pas mieux, au contraire, ne point se fatiguer, songer au lendemain ? Gabrielle, remontant l'allée d'Eau, se contenta d'entraîner un peu plus rapidement son mari vers la façade
du palais.

Là, au moment de pénétrer dans la cour d'honneur,
ils rencontrèrent le petit Jules et sa bonne. On prit le
pas de l'enfant, puis on descendit la rue des Réservoirs.

Le ciel était encore plein de soleil, d'un soleil
dont on n'éprouvait plus la chaleur. A la porte de
la Chambre des députés, une sentinelle de la ligne
se tenait debout, l'arme au bras. C'était un de ces petits
campagnards, trapu, à cheveux jaunes, à larges pieds,
tel qu'en fournissent à l'infanterie quelques-uns des
départements de l'Ouest. Il intéressa Gabrielle, et elle
se plut à penser combien la tournure de certaines
gens les désignait irrévocablement aux emplois subal-
ternes. Cela, par antithèse, lui remémora Ventujol,
toujours Ventujol ! et, à la suite d'une imbécile diva-
gation, elle le vit promu à une haute situation militaire, pour sa seule beauté.

Jules raconta qu'il avait vu des soldats, beaucoup !

que, lui aussi serait plus tard soldat. Sa bonne, qu'un gros rhume tourmentait, éternuait et toussait à chaque instant.

On marchait sans se presser, les membres un peu lourds. Hébert était soucieux. L'horizon de la rue, au-dessus des toits, derrière une rangée de tuyaux fumeux, commençait à se barrer de lignes d'un rouge ardent.

Gabrielle fut tout heureuse d'apercevoir son hôtel, du coin de maison où on déboucha sur le boulevard de la Reine. « Elle n'avait pas souffert durant sa promenade, donc son mal n'allait peut-être plus reparaître! » Mille gaîtés, l'envahissant avec trop d'emportement, lui culbutèrent des syllabes dans la gorge, à plusieurs reprises.

On s'installa au grand salon où flambaient quelques bûches réjouissantes; et, jusqu'à l'heure du dîner, tandis qu'Hébert et Jules parcouraient des livres à images, Gabrielle joua du piano, s'interrompant souvent pour évoquer un de ces riens dont l'existence est faite. — Cependant, comme elle attendait impatiemment de revoir Ventujol, elle annonça que, sa promenade lui ayant profité, elle sortirait désormais chaque jour.

Le lendemain en effet, aussitôt le départ de son mari pour le Palais, Gabrielle se dirigea vers la rue Montbauron par un chemin si connu, si sacré, si encombré de souvenirs qu'en l'examinant son cœur battit plus vite, et qu'au sortir de la maison, elle l'avait déjà presque reconstitué, avec son église, son marché, ses innombrables boutiques, et cette avenue de Saint-Cloud qu'elle se rappelait avoir maintes fois traversée, les lèvres brûlantes, les oreilles encore chaudes de l'oreiller où elle venait de poser sa nuque.

« Là-bas, un peu avant la rue Ducis, retrouverait-elle, dans l'étalage d'un antiquaire, entre deux potiches, un vieux pastel de femme au cou de cygne, aux lèvres de cerise, aux cheveux poudrés à blanc, au corsage raide, broché d'or? Il faudrait enfin se décider à l'acheter, puisque personne n'en voulait! Quand ce ne serait que pour l'empêcher de moisir à la même place! »

Au hasard d'une mémoire excitée, tout en marchant, Gabrielle se remémora coup sur coup l'éclair subit que lui jetterait bientôt une crèmerie peinte en vermillon, au coin de la rue des Fripiers; un éventaire où jamais elle n'avait manqué de se fleurir pour Ventujol; bien d'autres choses au reste.

Puis, cela s'éteignit falotement, peu à peu chassé par une idée vivace, exubérante : l'idée d'embrasser l'homme qu'elle aimait, de s'en repaître, de l'avoir seul à elle, entre quatre murs où on ne viendrait pas les troubler; car elle la lui avait conservée sa nouvelle virginité, sa virginité de femme qu'une maladie a depuis longtemps éloignée du coït! Et elle allait la lui donner, malgré tout. Tant pis!

Alors, les yeux noyés, elle pressa le pas, se mit à murmurer : «Mon Robert... mon Robert! mon Robert!» avec passion. Et elle était dans un tel état de nervosité isolante qu'elle se sentit nue, brusquement, au milieu de vêtements qui ne lui tenaient plus au corps. Cela lui produisit une impression assez étrange, impression dont le résultat immédiat fut de la calmer en lui faisant croire à un accident de toilette. Elle rougit, parut d'abord très ennuyée, mais se rasséréna promptement, après un court examen manuel sous son manteau : ses jupons n'avaient pas bougé.

La vue du marché Notre-Dame induisit Gabrielle à

se souvenir qu'il lui faudrait tôt ou tard s'assurer du
prix des choses, afin de ne plus être volée comme elle
l'était par sa cuisinière.

Et elle entrait dans la rue Montbauron, se demandait, après avoir plaidé le pour et le contre, si, finalement, elle parlerait à Ventujol du mal dont elle se
jugeait débarrassée, — lorsqu'un picotement d'abord
léger, puis très actif, à l'hypogastre, la cloua net sur
place, contre une mercerie où s'étalait une capeline
en laine rouge. Mme Hébert en ferma les yeux, navrée ;
et il lui sembla qu'elle devenait sourde, aveugle, ridicule, tandis que le picotement augmentait et se faisait
sans cesse plus pénible. Il déborda tout à coup en une
souffrance gravative, durant laquelle il parut de nouveau à la pauvre femme qu'un fardeau allait lui tomber du ventre. Elle en écarta les cuisses. Mais, comme
elle n'ignorait plus le moyen d'amadouer son mal,
par expérience, vite, sans faiblir davantage, elle détala
vers la chambre [où l'attendait Ventujol, parcourut
une centaine de mètres, escalada quatre étages et
vint s'affaler sur le canapé de l'officier.

— Eh bien, quoi ?... qu'est-ce que tu as ? demanda
celui-ci, tout interloqué. Ton mari...

D'un geste bref, il désigna la porte.

— Non, répondit Gabrielle... Attends... laisse-moi
le temps de respirer.

Elle était pâle, avait beaucoup de peine à se remettre de son essoufflement, et, à chaque instant, fermait
les paupières pour ne les ouvrir qu'au bout de plusieurs secondes. Le capitaine n'y comprenait rien.

— Eh bien ? redemanda-t-il, quand il la vit à peu
près calmée.

Cette fois, au lieu de lui répondre, elle fondit en

larmes. Il eut un imperceptible mouvement d'humeur.

— Tu m'avoueras... commença-t-il.

Mais il n'acheva pas sa phrase et demeura tout sot, les mains dans les poches, devant ce chagrin muet qu'on venait exhaler chez lui. « Que diable pouvait-elle avoir? »

— Il va falloir que tu me rendes un grand service ! déclara soudain Mme Hébert, entre deux sanglots.

Ventujol pensa : « Bon, elle a besoin d'argent ! »

— Si tu savais ! reprit Gabrielle, avec désolation.

« Hélas ! je ne serai sans doute pas long à savoir, » pensa de nouveau l'officier.

— Enfin, voilà ! lui fut-il dit alors, d'un trait, — je suis malade, très malade même, et je voudrais que tu allasses consulter un médecin pour moi.

Veutujol écarquilla les yeux.

— Co... comment, balbutia-t-il, tu veux que j'aille consulter pour toi... moi?... Ton mari n'est donc pas là?

— Si, répondit Gabrielle, — mais je n'ai rien osé lui avouer... Il est trop raisonnable; tu le connais !... Ce serait des salamalecs à n'en plus finir... Il irait dire partout que j'ai été imprudente, que je n'ai pas suivi ses conseils après ma fausse couche. Il aurait le beau rôle ! Ça ne me va pas.

— En effet, ce serait ennuyeux, fit le capitaine, au hasard d'une poussée de paroles.

Gabrielle ajouta :

— D'ailleurs, on me forcerait à m'aliter, Dieu sait pour combien de temps encore !... Et j'en ai assez, moi, de ne plus venir ici.

Incapable de s'assimiler un genre d'orgueil aussi particulièrement féminin, genre d'orgueil ténu, héroïque, imbécile et compliqué à la fois, Ventujol s'ébahissait de plus en plus. Au mépris de son amour-propre, du qu'en-dira-t-on et de toute question passionnelle; au mépris des salamalecs à écouter, il se fût bonnement mis au lit et fait soigner, lui, à la place de Mme Hébert. Il demanda néanmoins :

— Est-ce que tu souffres en ce moment?

Gabrielle ne souffrait plus; mais, comme elle avait besoin d'intéresser le capitaine à sa situation, elle répondit : Oui; et en profita pour conter les débuts de son mal, les symptômes qui l'avaient précédé, les troubles dont il était cause.

— N'oublie pas de raconter cela au médecin... et cela encore ! répétait-elle à chaque instant, pour bien étayer ses dires.

— Sois tranquille ! faisait Ventujol.

Sûr d'une mémoire grâce à laquelle, jadis, il était sorti un des premiers de l'Ecole d'état-major, il n'écoutait les confidences de Gabrielle que d'une oreille. Celles-ci, d'ailleurs, en l'initiant à des misères aussi particulièrement sexuelles, soulevaient en lui une répulsion impitoyable, une répulsion d'ignare. Une femme à jamais détériorée, d'atroces laideurs, des meurtrissures et des chairs saignantes : voilà ce que les jupes de sa maîtresse lui cachaient sans doute, à présent! Il regretta de l'avoir connue.

Il s'absorba même tellement, devint si indifférent au mal dont on l'entretenait, que la voix de Gabrielle finit par lui sembler lointaine, somnifère, et d'une monotonie de ruisseau.

— Quand iras-tu à Paris?... Voyons, quand pourras-tu aller à Paris? fut-on obligé de lui demander, deux fois, avant de le tirer de sa rêvasserie.

— Moi?... mais... aujourd'hui, tout à l'heure, immédiatement si tu veux, répondit-il.

— Ça ne t'ennuie pas trop?

— Non,... pas trop.

— Oh! le pauvre chéri! fit Gabrielle; je vois que ça l'ennuie.

Et elle se mit à plaindre Ventujol, du fond du cœur : « Ah! elle était la première à le comprendre : rien de moins amusant qu'une pareille corvée... pour un officier surtout. Ça devait être si peu dans le caractère des officiers, ces choses-là! Aussi n'avait-elle pas pensé une minute à envoyer son Robert chez un des médecins de Versailles; Paris était si proche! On arrivait; on partait, pft! ni vu, ni connu. »

— Du reste, ajouta-t-elle en ânonnant, si le médecin chez qui tu seras s'étonnait de ne pas me voir, eh bien!... tu répondrais que-e-e... par exemple... une pudeur exagérée, stupide...

— Et l'ordonnance? interrompit Ventujol... Où faudra-t-il t'envoyer l'ordonnance qu'on me remettra?... Boulevard de la Reine?

— Pourquoi pas? dit Mme Hébert.

Et soudain prise d'effusion, du besoin de remercier et de câliner l'homme dont elle avait besoin, elle se recula et lui fit signe de venir aussi sur le canapé.

— Plus près, Robert, plus près... là, contre ma poitrine, que je sente au moins ta chaleur!... Donne-moi la main.

L'officier lui donna la main.

— Cette bonne main!... cette belle main! se plut-elle à répéter plusieurs fois, les yeux blancs.

— Ma pauvre enfant, je suis bien peiné de te savoir dans un pareil état... bien peiné, bien peiné, dit alors Ventujol.

— Moi, ce qui me peine le plus, reprit Gabrielle, c'est que nous ne pourrons plus nous aimer de si tôt.

— Qu'est-ce que tu veux ! déclara le capitaine.

Et il se mit à la passer en revue, sournoisement; tandis que la sonnerie d'un clairon éclatait sous leurs fenêtres, dans la cour de la caserne. Mᵐᵉ Hébert ne lui sembla même plus jolie. Comment diable ne s'était-il pas aperçu qu'elle avait le nez gros?... les ongles plats?... une dent aurifiée à ce point?

— Dieu! que je me suis ennuyée après toi ! dit Gabrielle, quand la sonnerie se fut éteinte.

Elle ajouta bientôt :

— Et toi, m'as-tu regrettée un peu?

— Un peu beaucoup, répondit-il, avec un sourire.

Néanmoins, il eut vite fait de détourner la conversation :

— Ote donc ton manteau. Tu attraperais froid en sortant d'ici.

Gênée par son ventre, par ce ventre qu'elle se figurait plus volumineux qu'il n'était, Gabrielle répondit à son tour :

— Non, merci, va !... Je suis bien.

Puis, comme le souvenir de ses dernières souffrances ne l'avait pas encore quittée, elle soupira :

— Est-ce drôle tout de même, la maladie !...

Quelques minutes s'écoulèrent alors dans un silence ennuyé. La chambre était très chaude,

— N'importe ! dit soudain Mᵐᵉ Hébert le regard au plafond, je suis sûre que tu ignores absolument une chose...

— Laquelle?

— C'est que, si je suis ainsi patraque, toi seul en es cause.

L'officier eut un haut-le-corps.

— Moi?... Comment, moi? que me racontes-tu là? demanda-t-il.

— Oui, toi seul en es cause, répéta Gabrielle, parce que...

— Parce que?

— Bah ! une bêtise... un mariage qu'on s'était amusé à fabriquer. Ça m'avait monté la tête. J'ai été imprudente !

— Faut-il qu'il y ait des crétins sur la terre ! déclara Ventujol.

Et il ajouta aussitôt, par crainte d'une équivoque :

— Bien entendu, je ne m'adresse pas à toi.

Cependant, sans la moindre hésitation, il s'était désigné la personne qu'on avait dû lui accoler. « Non, mais fallait-il que les gens fussent crétins ! »

— Veux-tu maintenant que je te dise avec qui on te mariait ? reprit Mme Hébert.

— Ma foi, c'est facile à deviner.

— Devine.

— Avec Mlle de Jancourt.

— Ah ! tu vois bien ! s'écria Gabrielle.

Et elle se dressa, les sourcils froncés, une convulsion aux muscles de la face.

Ventujol lui prit les mains.

— D'abord, recouche-toi sur ton canapé, ordonna-t-il.

Elle obéit, répéta encore :

— Tu vois bien... tu vois bien !

— Oui, je vois que tu es une enfant.

— Cécile...

— Eh bien ! quoi? Quel autre nom pouvais-je te citer ! Je ne connais que cette jeune fille à Versailles.

— C'est vrai, dit Gabrielle.

— Et puis, ne marie-t-on pas les gens vingt fois chaque jour! Est-ce que ça prouve quelque chose?

— Évidemment....

— Si on venait te raconter que je suis l'amant de Mᵐᵉ de Laboissières, le croirais-tu?

— Non.

— Eh bien! on est venu me le raconter, à moi. Cancan pour cancan, celui-ci vaut le tien, je suppose? Et elle a cinquante ans, ma chère! et il n'existe pas de plus honnête femme qu'elle!... Pas de plus honnête femme! je le répète, accentua Ventujol, sans s'apercevoir qu'il risquait de froisser Mᵐᵉ Hébert.

Mais elle ne fut point froissée; elle était trop heureuse de l'entendre se justifier.

— Écoute, veux-tu me faire une promesse? demanda-t-elle alors simplement,

— Deux au besoin, répondit l'officier, d'un ton enjoué.

— Ce serait, continua Gabrielle, de ne pas te cacher de moi, si tu désirais te marier, plus tard, quand tu auras cessé de m'aimer.

— Quelle drôle d'idée! s'écria Ventujol. D'abord, sais-tu si je cesserai de t'aimer?

Elle eut un sourire navrant.

— Promets... promets, fit-elle.

— C'est promis, dit l'officier.

Et cédant à une sorte de pitié, il l'embrassa.

— Maintenant, reprit-il, saisissant à un vague indice qu'elle allait se lever et partir, je compte que tu vas te soigner, n'est-ce pas? et suivre au pied de la lettre l'ordonnance que tu recevras dès demain?

Elle répondit :

— Tu penses !

On échangea des baisers; puis, après s'être un peu défripée, Mme Hébert quitta Ventujol. Mais elle était dolente, inquiète, fâchée de n'avoir pu recevoir ce qu'on n'avait pas manqué une seule fois de lui donner, à l'époque où elle se portait bien. « Guérirai-je seulement ? » pensa-t-elle, tout en déguerpissant le long des boutiques de la rue Montbauron.

« Si elle se doutait que je dîne ce soir chez les Bissinger, en famille !... cré mâtin ! » se disait au même nstant le capitaine. — Puis, quand cinq heures sonnèrent, il gagna son vrai domicile où il changea de chemise et passa un habit noir.

A six heures, son pardessus boutonné jusqu'au cou, rasé de frais, il s'installait dans un compartiment de première, et, l'âme intimidée, ne tardait point à rouler vers Paris. Ce n'était pas, comme l'avait cru Mme Hébert, que des intentions matrimoniales eussent germé en lui; mais trois semaines de liberté l'avaient déshabitué des rendez-vous à jet continu. « Recommencerait-on à grimper chez lui, le plus souvent possible, ou, la maladie aidant, ne viendrait-on que par hasard, histoire de tuer une après-midi? » Ventujol eut beau tourmenter cette question, il n'arriva point à la résoudre, s'assombrit davantage. Alors, il dressa le bilan de sa liaison : Que lui avait-elle apporté en échange de son temps, d'une position superbe d'attaché militaire?... De l'amour !... de l'amour doublé d'une grossesse, d'une fausse couche et d'une maladie grâce à laquelle il n'avait pas fini de trimer... Ce n'était pas suffisant ! »

Tout mélancolique, l'officier s'enfonça plus profondément dans le coin qu'il occupait et croisa ses jambes l'une sur l'autre. « Ah ! s'il avait pu prévoir, c'est lui qui aurait filé en Espagne ! »

Trois inconnus, aux trois autres coins du compartiment, sous la clarté veule de la lampe attachée au plafond, s'étaient immobilisés, pareils à trois emblèmes de béatitude. « Des gens tranquilles, ceux-là, heureux, satisfaits de leur sort !... Voilà comme je voudrais être ! » pensa Ventujol. Et Mme Hébert le hanta de nouveau : « Allait-elle donc se mêler d'être jalouse à présent ? jalouse et lunatique ?... Parbleu ! très gentille sans aucun doute, la petite de Jancourt ; mais un peu trop maigre, un peu trop grande. » Il se la détailla de la tête aux pieds : « Blonde ; elle était blonde ! avec de jolies dents, un teint merveilleux, des attaches divines... Un an de mariage ! on verrait ce qu'elle deviendrait après un an de mariage... une femme *épatante*, tout simplement. » Le visage de l'officier se rasséréna. « Ah çà ! pourquoi diable les Bissinger l'avaient-ils invité en famille, lui, une connaissance d'hier ?.. En famille ! » Son cœur battit plus vite : « On avait donc des intentions pour la jeune Cécile ?... Comme s'il était disposé à convoler... avant d'être chef d'escadron !... Une fois chef d'escadron, par exemple, vogue le bataclan : fiançailles, mairie, église, tout ce qu'on voudrait ! Ne fallait-il pas en venir là, tôt ou tard ? » Et il se moucha joyeusement, s'essuya le nez à plusieurs reprises, les mains tremblantes d'une gaîté alerte. « Enfin, on verrait ; et si Mlle de Jancourt... » Il n'acheva pas sa pensée : « Quelle dot le président donnerait-il à sa fille ? » Les agents de change n'ayant point la réputation de se marier *pour des prunes*, et Bissinger, beau-frère de Cécile, étant agent de change, Ventujol en conclut que la dot serait belle. Il n'alla

pas jusqu'à la chiffrer; mais ce fut avec une certaine
douceur qu'il se rémémora aussitôt la naïve sympathie, la sympathie transformable dont faisait preuve à
son égard la jeune *magistrate*. Cette appellation qu'il
employait pour la première fois lui sembla drôle; puis
comme Mme Hébert était aussi une magistrate, il se
dit : Décidément, j'étais voué à la magistrature! Et cela
augmenta sa bonne humeur, bonne humeur au milieu
de laquelle il évoqua tout à coup sa mère : Il était dix
heures du matin; l'excellente dame s'éveillait; on lui
remettait une lettre. Paf! la lettre avertissait de bou-
cler ses malles et d'accourir à Versailles, le plus tôt
possible... pour une demande en mariage. « Cette
lettre à mademoiselle; vite, Hortense! » disait alors
Mme de Ventujol, d'une voix tremblante, ravie. La
vieille Hortense partait, lisait la lettre en chemin, et
surprise à son tour, elle était si contente qu'à peine
dans la chambre de mademoiselle, au risque d'être
réprimandée de son indiscrétion, elle s'écriait : M. Robert se marie!

. En attendant, M. Robert faillit éclater de rire, tant
son rêve lui avait plu, tant il venait de le vivre avec
force. Il essaya bien de le poursuivre, comme il
lui était arrivé, quelquefois, après s'être éveillé, de
poursuivre certains songes nocturnes; mais il n'y
parvint pas; trop d'ennuis recommençaient à le
menacer du côté de Gabrielle : « Sûrement cette
femme finirait par lui jouer un mauvais tour! C'était
dans l'air... On ne trompait pas son mari d'une
façon pareille sans être une infecte créature. La
connaissait-il seulement, lui, Ventujol, quand elle
était tombée rue Saint-Pierre, un beau jour, à tout
hasard?... Eh! mon Dieu, n'avait-elle pas eu l'aplomb

de lui écrire : « Votre mère habite Lyon et vous avez
une sœur charmante ; vous ne vous doutez pas du plaisir que j'aurais à les recevoir! — Ça aurait été du
propre!...»

Des feux colorés, des becs de gaz de plus en plus
multiples trouant l'obscurité des portières ; un ralen-
tissement de vitesse ; des coups de sifflet ; quelques
cahots sur les plaques tournantes de la voie ; le cri
long, déchirant d'un frein sur des rails ; une suite de
heurts sourds parcourant les wagons ; un choc, puis
un contre-choc ; et le train qui portait Ventujol s'arrêta dans Paris.

Un instant après, rue Tronchet, un domestique
introduisait le capitaine chez les Bissinger.

On dîna.

L'officier se crut obligé de manger peu, parla des
Laboissières, de ses parents, de l'armée.

Cependant, il fut aimable, très attentionné pour
Cécile, pour Mme Bissinger ; et, durant la soirée,
tandis que les deux sœurs se succédaient au piano, il
lui parut de la dernière évidence qu'il agréait à tous.
Tous lui agréaient également : « Des êtres idéaux! »
Il ne cessa de se le répéter quand, leur ayant souhaité
le bonsoir, il se fut mis en quête d'un hôtel, les oreilles
pleines de musique, afin d'abriter sa nuit et de se tenir
prêt à s'occuper de Mme Hébert dès le lendemain. « Des
gens d'une honorabilité incontestable! » déclara-t-il
encore, avant de se coucher.

Et il ne tarda pas à s'endormir pour ne se réveiller
qu'à dix heures. Sautant alors à bas du lit, il s'habilla
puis se trouva dans la rue.

Cécile de Jancourt, les Bissinger, le dîner de la
veille, mille souvenirs y attenant lui traversèrent l'es-

prit; mais rien ne prévalut sur la contrariété qu'il
éprouva d'être ainsi loin de Versailles, en claque et en
pantalon noir galonné de soie, par une matinée plu-
vieuse. « Pour une corvée, c'était une vraie corvée
qu'il accomplissait là. Gabrielle avait dit le mot! »

A la hauteur du lycée Fontanes, Ventujol avisa un
commissionnaire et lui demanda l'adresse d'un médecin.

— 82, rue Saint-Lazare, lui fut-il répondu.

En effet, non loin des bureaux du Paris-Lyon-Médi-
terranée, bureaux où semestriellement il touchait des
obligations, l'officier eut bientôt découvert la maison
qu'on lui avait indiquée.

Il en sortit au bout de vingt minutes, avec une ordonnance; coût : dix francs. Ce n'était pas ruineux !
Gabrielle avait une métrite, probablement chronique,
difficile à guérir, mais moins douloureuse que la métrite aiguë. — « Diable ! pensa le capitaine, à quoi bon
garder une maîtresse, dans de pareilles conditions ! »
Et, d'un café où il déjeûna, l'ordonnance fut expédiée
à Mme Hébert.

Il regagna Versailles.

Trois jours, six jours, une semaine s'accumulèrent.
« Que devenait Gabrielle?... » Aucun voluptueux
besoin ne tarabustait l'officier, mais il avait perdu la
faculté d'être complexe. Le mariage! la possibilité
d'un mariage avec Cécile de Jancourt! tel était le point
de concentration autour duquel rayonnaient ses idées.
« Cela ferait tant de plaisir à ma mère et à ma sœur ! »
se disait-il, comme pour s'excuser d'une faiblesse, aux
heures où il était le plus monotone. Il s'ennuyait
énormement.

La première quinzaine de décembre, une quinzaine

boueuse, accrut encore son marasme. Gabrielle continuait à ne pas donner signe de vie. Cécile de Jancourt passant un mois entier rue Tronchet, près de sa sœur, Ventujol, qui devait une visite de digestion à Mme Bissinger, l'avait faite ; mais il en était revenu un peu froissé, parce qu'il n'avait point rencontré la jeune fille, parce qu'elle n'avait pas su le pressentir. Cela n'avait pas duré.

Il montait à cheval ; paperassait trois ou quatre heures dans son bureau de la subdivision, le matin ; déjeunait ; rentrait chez lui, rêvassait, bâillait, toujours accompagné de ses idées de mariage ; puis, chaque soir, après un copieux dîner et une courte séance au *Café des Anglais*, il rentrait se coucher vers dix heures. Versailles était tellement triste ! Cependant, il ne se serait pas plaint, vu la médiocrité de ses goûts, si Gabrielle, d'un côté, Gabrielle dont il n'entendait plus parler, qu'il commençait à souhaiter de revoir par désœuvrement, et Cécile, de l'autre, Cécile dont il ne perdait point le souvenir, ne lui eussent tiraillé l'esprit en sens inverse.

— Ventujol, vous devriez vous marier, lui dit Mme de Laboissières, une après-midi où, moins encore dans son assiette que de coutume, le capitaine lui rendait ses devoirs.

— Moi, madame ? s'écria-t-il.

— Oui, vous. D'abord ça vous changerait : vous n'êtes plus le même !... puis le général serait enchanté. Il aime les officiers mariés. — Vous êtes gentil cavalier ; vous avez de la fortune, de l'avenir ; ce serait la chose la plus simple du monde.

— J'attends d'être chef d'escadron, fit-il, demi-goguenard, demi-sérieux.

— Pourquoi? Beaucoup de capitaines ne sont-ils pas mariés?

— Si, mais...

— On vous cherchera quelqu'un.

Le lendemain, Ventujol rencontrait M. Perrin de Jancourt sur la place d'Armes.

— Ah çà! que devenez-vous? lui cria le président, avant même de l'avoir accosté... Il y a un siècle que je ne vous ai vu!

— Je travaille, répondit mensongèrement l'officier.

Et il s'informa des Bissinger, de Cécile. « Les Bissinger se portaient bien; Cécile était à la veille de réintégrer le domicile paternel. »

— Les absences de ma fille, raconta le président, me sont de plus en plus désagréables, chaque année. Je m'étais promis de ne plus la confier à sa sœur; mais Mme Bissinger a été si charmante quand il s'est agi de venir à Versailles, une fois par semaine, afin de nous permettre d'avoir un jour de réception, que je n'ai rien pu lui refuser.

— Le fait est... déclara Ventujol, tandis que M. de Jancourt, du bout de sa canne, poursuivait un petit caillou.

Celui-ci reprit :

— Ma foi, je ne sais pas trop comment je m'habituerai à vivre seul, plus tard.

L'officier baissa la tête.

— Enfin, soupira le président, que voulez-vous! on a des filles, c'est pour les marier, n'est-ce-pas... Et, pourvu qu'elles soient heureuses...

— Évidemment, affirma Ventujol, dont un flux d'émotions pénétrait la sensibilité.

22

— Oui, pourvu qu'elles soient heureuses! répéta
M. de Jancourt.

— Puisque vous êtes encore garçon ce soir, faites-
moi donc le plaisir d'accepter à dîner, dit alors Ventujol.

Le président s'excusa : il était attendu chez Morizot.

Le ciel se barbouillant de ténèbres, on se sépara.
Mais, dans la poignée de main qu'ils .. étaient offerts,
les deux hommes avaient dû mettre un peu de la cor-
dialité tendre qui les animait, car ils se retournèrent
plusieurs fois, tout en s'éloignant l'un de l'autre.

Ventujol se dirigea vers le *Café des Anglais*.

Durant sa conversation avec le père de Cécile, sans
cause raisonnable, il avait soudain jeté bas l'atonie
dont il était affublé; et à cette heure, quelque chose
exultait en lui, quelque chose de gai, de bruyant, de
profondément égoïste. Il marchait, la poitrine déployée, d'un pas robuste, l'œil attaché de loin sur la
maigre flamme que balançait au bout d'une perche un
allumeur de réverbères.

La soirée promettait d'être douce; des souffles
humides couraient à hauteur de bouche; les magasins, les buvettes s'illuminaient; et, déjà obscurcis,
au-dessus des maisons, les arbres de la place commençaient à prendre des épaisseurs de muraille.

Très occupé à cadencer le cliquetis de son sabre
contre ses mollets, cliquetis gêné par son manteau,
tant qu'il fut sur un terrain égal, l'officier garda du
sang-froid; mais quand il eut débouché dans l'avenue
de Saint-Cloud, après s'être muni de cigares au coin
de la rue Hoche, des impatiences le saisirent aux
jambes, et il éclata en vantardises muettes et en impressions saccadées : « Parbleu ! la magistrature et l'ar-

méo, il n'y avait que ça! C'étaient les seuls métiers propres... dignes de se fréquenter! Un brave homme que ce père de Jancourt!... simple, familial, et avec qui un gendre pouvait être sûr de s'accorder... Eh! eh! ça ne courait point les rues des gens pareils! pas plus que les jeunes filles comme Cécile... car elle était tout simplement exquise, cette enfant-là! riche, bonne musicienne, gentille,... aimante! Et si elle continuait à lui taper dans l'œil, encore pendant un mois... ou deux;... alors,... *vivat* l'état-maj! on verrait, on examinerait, — sans s'emballer! — mais on examinerait. »

Une réminiscence de *Martha* fit fredonner à Ventujol :

Quoi de surprenant à cela-a?

Puis, quelques aperçus vagabonds le captivèrent : « Il aurait un coupé pour sa femme, et quatre chevaux, pas plus, y compris ses chevaux d'ordonnance. — Cécile serait toujours mise avec un chic ébouriffant. — On s'arrangerait un salon... dans le genre de celui de Gabrielle. — On recevrait les vieux camarades... et flûte, et flûte! » Ce mot, répété à voix basse, témoignait sans doute d'un contentement suraigu chez l'officier, car il eut pour résultat immédiat de lui redresser la tête et d'accélérer une marche déjà rapide.

La nuit étouffait les dernières blancheurs du ciel. Le long de l'avenue mal éclairée, déserte comme une route, çà et là, des cafés en contre-bas, flanqués de boutiques pâles, projetaient seuls des flaques de lumière.

Quand, du pied d'un arbre où il s'arrêta, Ventujol eut plongé un regard dans l'estaminet des *Anglais;* quand il eut consulté sa montre et vu qu'aucun visage

de connaissance, à cette heure, n'était encore attablé,
il pirouetta sur lui-même, troussa ses moustaches, et
continua sa promenade avec l'intention de la pousser
jusqu'au carrefour du Grand-Montreuil. Il exultait de
plus en plus. « C'est dommage qu'il n'y ait pas un
théâtre possible à Versailles, se dit-il bientôt, — j'y
aurais été ce soir. »

Près de la rue Montbauron, le capitaine résolut d'inviter son ami Réveillère à dîner, histoire de remplacer M. de Jancourt. — Mais il tressaillit soudain et
se retourna.

— Robert! venait-on d'appeler derrière lui.

C'était Gabrielle. Il la reconnut immédiatement,
demeura stupéfait, puis, très inquiet, se mit à scruter
les profondeurs de l'avenue.

— Personne! il n'y a personne. Tu vois bien... dit-elle.

Et elle s'approcha de lui jusqu'à le frôler. Ventujol
avait déjà recouvré son aspect jovial.

— Tu as l'air content; pourquoi? demanda Mᵐᵉ Hébert.

— Parce que j'ai du plaisir à te voir.

Elle battit des paupières, sourit.

— J'arrive de la rue Montbauron.

— Ah! fit l'officier.. Et comment vas-tu à présent?

— Toujours de même...

— Pas le plus petit mieux?

— Non.

— C'est bizarre! murmura-t-il, sans s'écouter.

Elle le mangeait des yeux.

— Au moins, si j'étais sûre que tu ne t'ennuyasses
pas trop après moi! s'exclama-t-elle brusquement.

Et comme l'officier ne la comprenait pas.

— Dis, tu ne t'ennuies pas trop? roucoula-t-elle

d'une voix harmonieuse, presque éteinte, — tu excuses
ta pauvre amie de ne pas être bien portante?

Il eut un geste de souverain mépris pour la chose
dont on lui parlait.

— Voyons... fit-il.

Gabrielle reprit :

— Ce n'est pas ma faute, va, si je ne suis pas encore guérie! D'abord, je ne voulais te revenir que guérie... Une idée!... J'ai eu de l'espoir... les remèdes
semblaient efficaces; mais crac! mon bout de mois
est arrivé...

— Aïe! le médecin m'avait prévenu, interrompit
Ventujol... J'ai eu tort de ne pas te l'écrire.

— Je crois bien, tu ne m'as pas écrit du tout.

— Pour ne pas te compromettre.

— Et la poste restante?

— Savais-je que tu sortais?

— Et mon jour de réception?

L'officier resta béant.

— C'est que... dit-il, un peu troublé.

— Quoi?

— Je ne suis plus libre,

— Plus libre?

— Les militaires ne sont pas libres.

— Vraiment!... Vraiment! répéta Gabrielle.

— J'ai eu à subir des reproches, déclara-t-il, avec
une sorte de bonhomie froide... J'avais trop négligé
mon bureau de la subdivision... tu comprends?... de
sorte que, maintenant, je suis obligé d'y passer mes
après-midi... toutes mes après-midi.

Ce n'était point vrai.

— Vois comme je suis malheureuse! soupira
Mme Hébert.

Le capitaine s'écria :

— Je suis bien ennuyé aussi.

— Alors, je ne te verrai plus ? reprit-elle.

— Si, si... en me prévenant... quelquefois. Je m'arrangerai ; il faudra que je m'arrange, voilà tout.

— Je n'ai...

— Chut !... du monde, là-bas. Sauve-toi.

En effet, un groupe s'approchait sur l'avenue.

— Au revoir. Je viendrai après-demain, lança Gabrielle.

Et elle se précipita dans la rue Montbauron ; tandis que Ventujol s'éloignait, l'âme dormante, les narines seulement intéressées par une odeur subtile, intime, exquise, odeur de lilas blanc dont Mme Hébert se parfumait et que le vent de son manteau avait éparpillé tout à coup. Car, déjà, rien n'était plus capable d'apitoyer les cruautés de l'officier : cruauté de faux honnête homme vis-à-vis d'une liaison, cruauté de célibataire convoitant un mariage, cruauté soldatesque ! pas même l'irréfragable amour dont on lui avait donné la preuve en acceptant de souffrir.

« Qu'importait d'ailleurs une rupture, en admettant qu'il se mariât ou qu'il rompît, afin de se reconquérir ! — puisque les militaires n'étaient pas libres ; puisqu'il ne ferait que devancer une autre rupture : celle qui, tôt où tard, éclaterait pour les besoins du service, sur un ordre du ministère lui intimant de quitter Versailles... Bah ! comme toutes les maîtresses de garnison, Gabrielle oublierait... Un de perdu, deux de retrouvés... après entière guérison de la métrite, par exemple !... Diable ! » Ainsi s'excitait Ventujol à être un pleutre ; et il entra au *Café des Anglais*.

Vers les sept heures et demie, Réveillère ne s'étant

pas montré, le capitaine, mal satisfait, alla dîner seul à la carte, au *Restaurant des Réservoirs* où la nonchalance d'un garçon acheva d'empoisonner son humeur. Il eut bien l'intention de filer sur Paris après dîner, quand il aurait siroté un petit verre de chartreuse, mais le petit verre bu, il se sentit mou, bête, presque fatigué, et tout projet de s'amuser l'abandonna. Ne sachant alors comment terminer la soirée, il retourna au *Café des Anglais*, pour n'être pas loin de la rue Saint-Pierre, au cas où il lui prendrait fantaisie de ne point se coucher tard.

— Pas de lettres? demanda-t-il à son concierge, lorsqu'il eut enfin regagné son logis.

On lui tendit un billet de faire part : Pointude était marié ! « Le sournois, voilà donc pourquoi il a sollicité un congé ! » pensa Ventujol; et, mélancolique, abreuvé d'ennuis et d'anisette à l'eau, il entreprit l'ascension de ses trois étages. Pointude avait épousé une demoiselle Bécut. « Bécut ! Bécut ! pas joli ce nom-là, » mâchonnait le capitaine, tandis que la rampe de l'escalier gémissait sous l'effort dont il accompagnait sa montée lente. « Marianne Bécut !... Marianne !... Ce devait être une petite brune... avec de gros sourcils et un nez retroussé ! » Il en profita pour se rémémorer Mlle de Jancourt, sa blondeur, sa distinction. « Si je voulais pourtant ! » s'affirma-t-il. Et, après avoir tâtonné une minute, il ouvrit sa porte, puis la referma bruyamment derrière lui.

Le lendemain, sans doute afin de se persuader qu'il était très occupé, Ventujol passa la journée à son bureau de la subdivision; et le surlendemain, il revit Mme Hébert, comme tous deux en étaient convenus.

Elle lui parut très pâlie, mais engraissée. Elle souffrait.
Comme on n'avait rien à se dire, le rendez-vous fut
triste.

— Ce que je ne m'explique pas, déclara cependant
l'officier, c'est que ton mari soit assez aveugle...

Gabrielle l'interrompit :

— Pas si aveugle que cela ! il a fait venir notre médecin, une fois.

— Eh bien ?

— J'ai juré que je n'étais pas malade.

— C'est de la folie ! · ·

— Non, puisque je me soigne.

— Au nez d'Hébert ?

— Dame !

« Depuis quand n'avait-on pas le droit de craindre
les suites de fausse couche ? »

Sur ces entrefaites, un peu suffoqué par l'impertinente rouerie de sa maîtresse, ne se rappelant d'ailleurs plus la manière dont il avait jadis mêlé Pointude à son intrigue amoureuse, Ventujol avait annoncé
le mariage de celui-ci.

— Pointude ?... Connais pas, s'était écriée Gabrielle,
d'un ton pincé.

Et, comme le mot : mariage, depuis quelque temps,
avait le don de l'impressionner désagréablement, elle
n'avait réclamé aucune explication.

X

La journée du 31 décembre ayant amoncelé sur
Versailles un épais ciel de neige, il s'éventra le 1er jan-
vier 1877, dès cinq heures du matin, dans une obscurité glacée qui, peu à peu, se mit à blanchir, toute
vibrante et brouillée de flocons. Quand la ville
s'éveilla, les arbres étaient poudrés à blanc, les toits
et les rues déjà couverts de nappes cotonneuses.

Selon l'habitude, on vit des officiers à cheval se diriger vers les quatre points cardinaux; mais, la froidure augmentant, ils abrégèrent leur promenade et
revinrent au pas, le képi et le manteau duveteux, les
bottes mates, sous des regards stagnants collés aux
vitres de certaines maisons.

— J'aurai besoin de vous, aussitôt Bayard à l'écurie,
dit Ventujol à son brosseur, rue Saint-Pierre, en
descendant de cheval.

Loiseau répondit :

— Mon cap'taine a des lettres et un paquet.

Et l'officier grimpa ses trois étages où, bientôt chez
lui, débarrassé de son manteau, en face d'une coquille
rouge de coke, il entreprit péniblement d'ôter ses
bottes.

Surmontant un des coins de la cheminée, pendant

ce temps, le paquet qu'on lui avait annoncé, un paquet enveloppé de papier rose, entre trois ou quatre
lettres, émoustillait son attention : « Que diable ça pouvait-il être ? Ça n'arrivait pas du chemin de fer, en tout
cas. » Et il allongeait la main vers ses pantoufles, quand
frappé soudain d'irrésistible curiosité, il se dressa,
puis s'approcha de la cheminée, son pantalon de cheval encore boutonné contre ses mollets.

Le paquet contenait une boîte; la boîte un nécessaire en argent, dans une gaîne de requin, plaquée
d'un chiffre.

Ventujol se mordit les lèvres : « Cette Gabrielle, fallait-il qu'elle fût bête! fallait-il qu'elle manquât de
tact! » Et, vexé d'avoir ainsi reçu un cadeau, comme
un souteneur, d'une tape rageuse il ferma le nécessaire.

Il eut d'abord l'intention de l'expédier au boulevard
de la Reine, dès le retour de son brosseur, tant pis
pour Gabrielle! mais réflexion faite, n'étant d'ailleurs
que moralement certain de la provenance du cadeau,
à tout hasard, il résolut de ne s'en point dessaisir avant
d'avoir vu sa maîtresse. — Cependant, il ne fut pas
fâché de posséder enfin contre elle un semblant de
grief. Il allait donc ne pas être obligé de se montrer
aimable, le lendemain, samedi, à l'heure où elle appa-
raîtrait !

Une des lettres accotées au nécessaire, sur la cheminée, était de Mᵐᵉ de Ventujol. « Espérons, — disait-
elle, parmi beaucoup d'autres choses, — mon cher
enfant, que l'année 1877 m'apportera un bonheur que
j'attends déjà depuis longtemps... » L'officier comprit
l'insinuation. Il la sentit même, en une sorte de choc
attendri, si bien s'amalgamer avec le souvenir de

Cécile de Jancourt, qu'il en resta béat, sans ressorts, doucement abattu, jusqu'au moment où Loiseau arriva.

Il l'envoya porter des bonbons chez quelques personnes ; puis, de nouveau, il s'occupa de Mᵐᵉ Hébert. Toutefois, simplement parce qu'elle l'avait repris à la suite de rêves dont elle n'avait pas été, où il s'était complu loin d'elle, il ne se borna plus à l'assaillir de rancunes : « Elle l'assommait à la fin ! » Et il agita de la flanquer à la porte, tout en sachant fort bien qu'il ne se résoudrait jamais à un pareil acte de vigueur incivile, — mais il était las de cette femme, de lui-même, et de la solitude où il se trouvait, un premier de l'an.

Il s'habilla pourtant, déjeuna, fuma comme un charretier, à se dégoûter du tabac, et, dans une quiétude relative, alla visiter des supérieurs, déposer un certain nombre de cartes.

Il dîna chez son général.

— Vous savez, je cherche ! lui dit encore madame de Laboissières.

Ventujol sourit.

Le lendemain, son nécessaire de requin sous le bras, il s'en fut de très bonne heure à la chambre de la rue Montbauron et attendit Gabrielle.

— Ah ! te voilà !... Ce n'est pas malheureux ! s'écria-t-il, quand elle entra.

— Oui, mon chéri... Une bonne année... commença-t-elle.

Mais il lui coupa la parole.

— Est-ce toi qui m'as envoyé ça ?

— Quoi ?

— Ce paquet.... sur la table.

Gabrielle ne répondit pas.

— Voyons, est-ce toi? répéta-t-il.

Elle ébaucha une affirmation timide, les yeux démesurément ouverts.

— Eh bien! je n'en veux pas, déclara-t-il.

Et il la considéra, les prunelles froides; tandis qu'elle perdait contenance, rougissait, et, alternativement le regardait et regardait le paquet.

— Pourquoi n'en veux-tu pas? demanda-t-elle soudain.

— Parce qu'on ne reçoit pas de cadeau de sa...

— Je regrette, fit-elle...

Et tout abasourdie, elle ôta sa pelisse, apparut en robe de satin noir, poitrinée de jais.

— Où désires-tu que je le renvoie? demanda Ventujol.

— Je ne sais pas, moi,... Jette-le, répondit-elle, en battant des paupières; mais elle se souvint qu'elle avait beaucoup pleuré, ces derniers temps, chez l'officier, et elle eut le courage de ne pas pleurer encore.

« Va, tu as bien tort de me faire ainsi de la peine, murmura-t-elle seulement, — j'ai assez de souffrances sans que tu viennes les augmenter!

— Ça continue donc? interrogea-t-il d'une grosse voix, un peu calmée néanmoins par le reproche qu'on venait de lui glisser si mélancoliquement.

— Oui, répondit Gabrielle.

Et elle ajouta :

— Rien ne me soulage.

— Avertis ton mari, répliqua Ventujol.

— Oh! non.

— Va consulter toi-même alors!

Elle se taisait; cela impatienta l'officier.

— Ma foi, reprit-il bientôt, tu peux te vanter d'avoir une maladie bizarre.

— Pourquoi?

— Eh! ma chère amie, parce que, d'habitude... les souffrances n'engraissent pas les gens.

— Tu as donc remarqué? fit Gabrielle.

Et, posant les deux mains à plat sur ses hanches, elle s'examina le ventre, comme pour s'assurer une dernière fois du changement qui s'était opéré.

— Tu sais, ça ne restera pas, dit-elle

— Espérons-le, scanda Ventujol, la face maussade.

Une pensée venait de lui traverser l'esprit, et, sans plus réfléchir, il se persuadait que Gabrielle était de nouveau enceinte.

— C'est vilain? demanda-t-elle.

— Parbleu! répondit-il.

Elle eut le pressentiment de ce qui se passait en lui.

— On croirait que je suis grosse, n'est-ce pas?

Il l'examinait.

— Tu sais bien que ce n'est pas possible, reprit-elle.

Et lui prenant une main, elle l'attira contre sa poitrine. Il se laissa faire. « En effet, ce n'était pas possible! »

— Pourquoi es-tu méchant avec moi, depuis quelque temps? dit-elle alors. — Tu ne m'aimes donc plus... décidément?

Il haussa les épaules.

— Je ne suis pas méchant.

— Si, si, tu es méchant... Je m'en suis aperçue...

— Allons donc!

— Je ne t'en veux pas, va! continua-t-elle... Je sais bien que je ne vaux pas grand'chose dans l'état ou je suis!... mais j'ai peur d'être oubliée... Si tu savais comme je m'ennuie! et le courage qu'il me faut pour ne venir ici que de temps à autre!... Hier, j'ai encore pleuré, parce que c'était le premier de l'an et que je ne pouvais pas te voir.

Elle s'essuya les yeux, malgré son ardent désir de ne pas s'affliger en présence de Ventujol.

— Hébert est bon pour moi, poursuivit-elle, je devrais lui en être reconnaissante... je lui en suis reconnaissante; malheureusement... dès que je le vois, c'est à toi que je pense... J'en néglige mon pauvre petit Jules.

Cette fois, trop émotionnée par ses sentiments, par le silence au milieu duquel ils tombaient en paroles malheureuses, elle ne sut se contenir et versa d'abondantes larmes. Ventujol était mal à son aise. Il aurait voulu la consoler, tout au moins ne pas demeurer là, sur son séant, inerte et morne comme une bûche; mais il ne trouvait rien de précis à exprimer.

Gabrielle reprit :

— Veux-tu me faire un immense plaisir?

— Je ne demande pas mieux.

— Eh bien! accepte le petit souvenir.

Le capitaine se récria :

— Voyons, comment veux-tu que j'accepte?... Si encore c'était une babiole!

— Par exemple?

— Le sais-je, moi!

— Une cravache? Aurais-tu accepté une cravache?

— Oui.

— J'y avais pensé.

Et elle ajoutait :

— C'est désagréable!... bien désagréable!

Quand une vive douleur, tout à coup, lui ferma les yeux.

— Sacré mâtin ! fit Ventujol.

Et comme elle se plaignait d'une voix sourde, il l'entraîna vers un fauteuil.

— Ce ne sera pas grave... Je me sens déjà mieux, souffla-t-elle au bout d'un instant, — et si...

— Quoi? demanda le capitaine.

Elle s'était arrêtée, confuse, hésitante.

— Quoi? répéta-t-il.

— Excuse-moi, mais je n'en peux plus, dit-elle alors... Je m'évanouirais.

Et elle lui parla à l'oreille, comme si quelqu'un les écoutait. Ventujol ne sourcilla point.

— A droite, dans l'escalier... Il n'y en a pas dans l'appartement, répondit-il.

— Oh ! cette maladie... fit Gabrielle en lui tournant le dos.

Et elle quitta la chambre.

« Il faut absolument qu'elle se soigne. Je suis sûr qu'elle ne se soigne pas assez. Est-ce qu'elle devrait sortir par des temps pareils ! » se rabâcha l'officier, quand il fut seul.

Puis, il résolut de l'effrayer, de faire une dernière tentative pour la rendre prudente. Toute émotion l'avait abandonné.

— Je te préviens, déclara-t-il, aussitôt Mme Hébert de retour, que si tu ne te soignes pas plus sérieusement, ta métrite ne guérira jamais.

— Puisque je me soigne ! répondit-elle encore.

« Elle se soignait, mais se soignait d'une façon ridicule, voilà tout ! » Et pris d'un âpre désir de pénétrer cette maladie dont on s'efforçait de ne lui point parler, il demanda :

— Voyons, qu'est-ce que tu ressens?

Gabrielle répondit :

— Une douleur... des douleurs... au ventre;... et ça se propage autour, presque jusqu'aux genoux.

— Ensuite?

— C'est tout... Il y a des choses que je ne peux pas dire.

— Bah! pourquoi? fit-il.

Et il ajouta, d'un ton dégagé :

— Quand on s'aime.

— Ça ne fait rien.

« Il voulut insister, mais on se gendarma : Ne venait-il pas de voir un des vilains côtés de la maladie? N'était-ce pas suffisant? » Néanmoins, afin d'obtenir la paix, elle avoua ne plus guère posséder d'appétit, être toujours fatiguée.

— Et l'ordonnance? demanda Ventujol. — Qu'y avait-il sur l'ordonnance?

— Je l'ai sur moi... Tiens! répondit Gabrielle.

Et elle la lui tendit, dépliée, après l'avoir extraite de son porte-cartes.

Il la parcourut, les sourcils froncés, une main sur le menton.

— Ma foi, bougonna-t-il bientôt, des bains, des eaux de Marienbad, du repos, un tas d'autres machines encore, ça peut se prendre, ça!... Un régime rafraîchissant, ça peut se suivre! mais, j'aperçois ici certaines opérations qui nécessitent la présence d'un médecin.

— Bah!

— Il n'y a pas de bah! reprit l'officier. — Bah! ne prouve rien. Si tu avais pour deux sous de bon sens, tu le comprendrais... et tu rentrerais te mettre au lit, comme je ne cesse de te le répéter... et tu raconterais tout à ton mari.

— Jamais.

— Pourtant...

— Non, jamais. Inutile d'insister.

— Que diable !

— Laisse-moi me guérir toute seule.

Le capitaine eut envie de s'emporter, d'apprendre à cette entêtée que, quand on avait une maîtresse, ce n'était pas pour l'unique agrément de sa conversation ; mais il craignit des larmes, de nouvelles larmes ! des plaintes, de nouvelles plaintes ! et il garda le silence.

— D'ailleurs, reprit énergiquement Gabrielle, je veux aller cet hiver aux bals où tu seras.

— Aux bals ?

— Oui, pour danser avec toi.

Ventujol se croisa les bras.

— Tu es folle ! lâcha-t-il.

Et, taquiné par un commencement d'exaspération, il marcha en claquant des doigts.

De son côté, reprise de méfiances intimes à l'égard de son amant, Mme Hébert n'était pas satisfaite. « S'il l'engageait ainsi à se soigner, à se calfeutrer chez elle, c'est que d'inavouables motifs l'y poussaient. »

— Tu es fâché ? demanda-t-elle pourtant.

— Oui, répondit-il.

— Vois comme tu es méchant !

Elle mit sa pelisse sans que Ventujol se donnât la peine de l'aider.

— Bonsoir ?

— Bonsoir.

Il la baisa du bout des lèvres.

— Tu ne m'embrasses pas mieux ?

Il la baisa un peu plus fort, avec dépit.

— Allons, au revoir.

— Au revoir.

Mais quand elle se fut éloignée, l'officier pensa : je devrais la *balancer ;* ça lui ôterait toute raison de sortir et de se faire du mal ! Comme cette idée cadrait à ses précédents désirs de rompre, semblait pallier la vilenie de ses intentions, il faillit la prendre au sérieux, recouvra de la béatitude. Et, peu à peu, il oublia Gabrielle, — tant elle lui était indifférente, depuis qu'il ne la possédait plus.

Les neiges se salirent, puis disparurent, suivies de matinées pluvieuses où, sous des ciels couverts, Versailles, malgré les uniformes qui la traversaient, malgré ses visiteurs exotiques, fut d'une tristesse sans espoir. L'unique plaisir de ses citadins étant de se porter à la sortie de la Chambre et de s'y montrer les députés, c'était à peine si, le dimanche, on s'égarait par occasion dans les musées, si on se risquait dans le parc.

Cependant, quelques bals s'annoncèrent, et Ventujol reçut trois invitations : deux militaires, une civile.

Bien qu'il ne manquât aucun des jours de Mlle Perrin de Jancourt, sauvegardée par Mme Bissinger ; et bien qu'il continuât à revoir Gabrielle, il jouissait à présent d'une sorte de quiétisme raisonneur et jovial grâce auquel il s'étonnait de la façon dont ses pensées de mariage lui étaient venues. A bien chercher, ne les devait-il point à cette pauvre Mme Hébert ? « Quelle maîtresse ! Hein ? quel cœur ! quelle abnégation !... N'était-ce pas elle, en effet, dont la jalousie lui avait naguère pour ainsi dire trié Cécile sur le volet ? »

Quant à la jeune fille, parce qu'elle ne s'était pas encore présentée à lui sous un aspect décisif, tout en subissant son esclavage et en sachant qu'il le subissait, il s'amusait de fois à autre, par sottise humaine, à la reléguer intellectuellement sur un plan secondaire où ses chevaux, le président de Jancourt, Hébert, une foule de gens et Gabrielle même se tenaient comme à la parade.

D'ailleurs, Réveillère et lui ne se quittaient presque plus, montant à cheval ensemble le matin et partageant le soir d'identiques plaisirs, plaisirs souvent vénériens auxquels Ventujol ne savait résister, mais dont, au mépris de son apparente et narquoise indifférence, il craignait aussitôt les suites en vue du mariage, d'un mariage prochain.

Il rencontrait de temps en temps Morizot, à la brune, lorsque celui-ci allait dîner en ville ou revenait de Paris, le cœur délesté du poids de sa charge. On s'arrêtait, et le conseiller cancanait toujours un peu. Ce fut par lui que Ventujol sut que le *regretté* Majorelle avait brusquement disparu de la circulation pour vivre en concubinage.

Les rendez-vous de Mme Hébert et du capitaine continuaient néanmoins à se succéder avec la même uniformité, uniformité sans douceur dont l'homme s'apercevait seul. Aucun fait hétéroclite ne se passant, on jasait à bâtons rompus, pour ne point se sembler trop nul, et c'était tout.

Un samedi cependant, à la très grande confusion de sa maîtresse qui, se trompant soudain, l'avait appelé Raoul au lieu de l'appeler Robert, l'officier était par' d'un éclat de rire. On se voyait si rarement !

Les trois bals eurent lieu. Cécile de Jancourt assistait au second ; Gabrielle et Cécile au troisième ; il les fit danser. Celle-ci s'étant montrée charmante, il y repensa du matin au soir, avec émotion, et son existence fut de nouveau troublée. Alors, durant les heures de tranquillité que laisse une passion naissante, il se mit à discuter la jeune fille et à lui chercher des défauts; mais comme jusqu'à ce jour, il n'avait pu ni la fréquenter, ni l'étudier assez pour la connaître, malgré la prudence et le gros bon sens dont il usait en essayant de se résister, il ne parvenait point à la sentir autre que ses premières impressions la lui avaient figurée, c'est-à-dire gracieuse au possible, candide, absolument sympathique et capable de lui apporter le genre de bonheur vers lequel son éducation bourgeoise ne cessait de le diriger.

M. de Jancourt était apparenté au ministre de la guerre; Ventujol l'apprit, et les charmes de Cécile en acquirent du relief.

Sur ces entrefaites, un mercredi 24, il reçut une nouvelle carte d'invitation. Elle était de M. et Mme Bissinger, et le priait « de leur faire l'honneur de venir passer chez eux la soirée du 28 février. On danserait ! » Toutes ses pensées coururent à Cécile, formant de lui à elle, à travers une sorte de plein ciel du rêve, une voie miroitante. Il entendait et voyait la jeune fille; elle l'attirait et le ravissait, fulgurait et s'éteignait tour à tour en d'inabordables lointains; mais il était si las, si écœuré, si absorbé de tristesses, sans doute par besoin immédiat et positif d'affection, qu'il regretta de vivre ainsi éloigné de ses proches.

— Au moins, fais-tu tes Pâques chaque année? lui demanda un jour Gabrielle, à la suite d'une conversation où il avait été peu orthodoxe.

— Non, répondit Ventujol.

— Pourquoi?

— Parce que ça m'embête.

— Oh!

Et, sur cette exclamation scandalisée, Mme Hébert qui, depuis quelque temps, avait recommencé à se charger l'esprit de divagations pieuses, essaya de convertir l'officier en une demi-heure, avec bonne foi, sans se douter que le robuste gaillard, son amant! dont elle ne ménageait pas assez la patience, était beaucoup trop épais pour avoir jamais pris parti contre la religion. Il l'écouta, ne la contredit point; mais en lui-même, tout en se rongeant les ongles, il se moqua de cette adultère si ridiculement assoiffée de prosélytisme. « Elle est toquée, architoquée; c'est certain! » pensait-il.

Mme Hébert n'était pas toquée, puisqu'elle ne se confessait plus afin de mieux garder le secret de ses amours, puisque, pour les besoins de ce secret, elle avait transformé ses ardeurs de chrétienne en croyances platoniques; seulement, comme de pareils compromis la faisaient débitrice de son Dieu, elle n'était pas fâchée de se montrer ainsi quelquefois, ouvertement bigote et intolérante.

A présent, tout le long des rendez-vous, on évitait de se parler de la métrite; Ventujol, pour ne pas renouveler d'invariables discussions, Gabrielle parce qu'elle s'habituait à une maladie dont les remèdes la soulageaient un peu.

Elle ne se fatiguait plus, et, sous prétexte que sa fausse couche l'avait épouvantée, refusait de s'abandonner à Hébert. Le magistrat se soumettait.

Elle revoyait Cécile, et elle avait jeté bas ses anciennes jalousies, sans cause véritable, peut-être en raison du sans-gêne que mettait l'officier à fréquenter les de Jancourt. Seule, la perspective de le perdre tôt ou tard, à la suite d'un mariage quelconque, la tracassait maintenant ; et elle n'osait s'en ouvrir à lui par crainte de le familiariser avec la possibilité d'une rupture. Un samedi pourtant, elle ne sut s'empêcher de dire :

— Si tu te mariais, est-ce que tu continuerais à me... à m'aimer tout de même ?

Se rappelant le sermon extra-vertueux dont Gabrielle l'avait précédemment gratifié, le capitaine fut frappé de stupeur.

— Cela dépend ! balbutia-t-il.

Mme Hébert ne voulut pas insister.

Et le 28 février, jour du bal des Bissinger, arriva. Dès la nuit tombante, Ventujol courut chez son coiffeur où il se fit raser, sans permettre qu'on lui touchât les moustaches ; il ne les portait plus frisées ! Il dîna et, à sept heures, il était dans son appartement, avivait son feu, puis allumait sa lampe et les deux bougies de sa chambre à coucher. Grâce à Loiseau, il put alors embrasser d'un coup d'œil son pantalon et son dolman, l'un sur l'autre, sur son édredon, son képi neuf et des gants sur un fauteuil, des bottines au pied de son lit, une paire d'éperons sans molettes sur la cheminée et, dans un coin, sur le dossier d'une chaise, une chemise immaculée que traversait un col noir, d'ordonnance. Le capitaine était grave. Il choisit un mouchoir, des chaussettes au fond d'un tiroir de commode, un caleçon dans son armoire à glace, et il commença de se dévêtir.

Du vent soufflait ce soir-là, secouait les fenêtres, gémissait aux portes; mais l'officier n'entendait rien.

Quand il fut en chemise, il pensa que si Mlle de Jancourt, par hasard, un soir ou l'autre, se l'était imaginé ainsi accoutré, les jambes velues, elle avait dû passablement s'amuser. Cela le conduisit à se la dépeindre en train d'agrafer un corset, toute blonde et blanche, les épaules nues; et, comme il n'éprouva pas la moindre envie de sourire, il lui parut que les hommes seuls avaient le déshabillé comique.

Il fut très heureux, après s'être coiffé, parfumé les mains, de se dire que bientôt il verrait la jeune fille et l'inviterait à danser. Il se promit même, pour l'éprouver, de lui demander une valse qu'on aurait déjà retenue. Ça se faisait!

Il se chaussa, enfourcha son pantalon, y découvrit avec plaisir des sous-pieds neufs; puis, aussitôt éperonné, il tapa du talon contre le parquet. Tout marchant à son gré, il coula un regard vers la glace de son armoire et fixa ses bretelles.

Un instant, il espéra que, vu le désagrément de s'habiller à Paris dans une chambre d'hôtel, vu la crainte de fatigues inévitables, Mme Hébert ne se rendrait pas chez les Bissinger; mais, réflexion faite, son espoir détala. « J'y vais, elle irait plutôt sur la tête!» grommela-t-il mentalement; et, sans doute pour n'avoir pas deux yeux d'espionne à ses trousses, pendant toute une soirée, il souhaita qu'une bonne attaque de métrite empêchât la pauvre femme de quitter Versailles.

A huit heures, fier de se trouver beau, séduisant, robuste, et décoré (on n'en faisait plus comme lui!) Ventujol était prêt à partir. Et, à onze heures, il entrait dans le grand salon des Bissinger où on polkait déjà, au tapage de trois violons et d'un piano.

Il salua les maîtres de la maison, présenta ses hommages au président de Jancourt, puis, en attendant la fin de la polka, se mit à promener un long regard autour de lui.

Il n'aperçut ni Hébert, ni Gabrielle ; mais, çà et là, sous l'éclat des lumières, il ne tarda pas à distinguer le conseiller Morizot, la petite Mme de Blériot, Majorelle debout contre un chambranle, un gilet blanc : celui du jeune Flavinet Saint-Ange, les moustaches du marquis de Pélussin, et, au fond de la salle à manger, par une porte ouverte, le buffet ! que trois candélabres éclairaient.

La plupart des femmes étaient décolletées. Cécile avait une toilette blanche ; Mme Bissinger, une robe mauve ; quant à madame de Blériot, dont souvent il n'entrevoyait que le joli profil et un coin d'épaules derrière un sautillement de danseurs, elle portait un corsage noir, garni d'énormes fleurs jaunes, excentriques. — Il reconnut encore une jeune fille à qui on l'avait présenté lors d'un bal, à Versailles.

Cependant, comme le récent accueil de M. de Jancourt lui avait semblé froid, Ventujol était un peu décontenancé. « Qu'ai-je fait ? Pourquoi m'en veut-on ? » se demandait-il. Personne ne lui en voulait ; on n'avait pu, par hasard, lui prêter qu'une attention médiocre ; mais, le voisinage de Mlle de Jancourt l'affinant, il venait de se révéler ombrageux et impressionnable.

La polka terminée, il découvrit Hébert et Gabrielle. Ils arrivaient, se faufilaient au milieu d'un groupe

Le capitaine feignit de ne pas les voir et se dirigea vers Cécile.

Partant de la cheminée, brusquement séparées les unes des autres par l'entrée de la salle à manger, entrée que des plastrons blancs, des habits noirs et des visages d'hommes obstruaient, les jeunes filles, déjà de retour à leurs chaises, formaient contre les boiseries claires du salon une file rose, bleue, couleur de neige, toute fleurie et enrubannée.

— C'est gentil d'être venu! dit Cécile à Ventujol, quand il fut devant elle.

Lui, s'inclina, pria qu'on ne lui refusât point une danse quelconque, la première qu'on aurait de libre. Et il était si beau, parmi les galopins étriqués dont le salon regorgeait, que plusieurs personnes le remarquèrent.

— La seconde valse... Je peux vous accorder la seconde valse, répondit Cécile, après avoir consulté son carnet de bal.

Elle ajouta, souriante :

— Voyez-vous, j'en réserve toujours quelques-unes ; comme ça, pour peu qu'ils soient en retard, mes valseurs n'ont pas à se plaindre.

L'officier la trouvait adorable.

— Je vous remercie, mademoiselle, fit-il.

Et il s'éloigna, cherchant des yeux Mme Hébert, afin de l'éviter. Il serra la main au marquis de Pélussin, puis répondit de loin par un geste à un geste du jeune Flavinet. Ventujol se rassérénait.

— Eh bien ! lui demanda soudain le président de Jancourt, êtes-vous prêt à danser?

— Absolument prêt.

— Connaissez-vous des danseuses?

— Peu.

— Désirez-vous que je vous présente?.

— Avec plaisir.

— Suivez-moi donc.

Coup sur coup, en effet, Ventujol fut présenté à des jeunes filles. De l'une il obtint un quadrille, de l'autre une polka, d'une troisième une valse. Il notait ses points de repère.

— En avez-vous assez? finit par lui chuchoter le président, avec un rire cordial.

— Oui, répondit-il.

Et on se sépara, l'officier ne se rappelant même plus sa déconvenue de la première heure. Il rayonnait. Alors, comme il était heureux, et par suite enclin à une vague mansuétude, il décida de ne pas négliger davantage Mᵐᵉ Hébert. Il l'aperçut dans le petit salon, au travers d'une glace sans tain dont le store de soie crème était à demi levé. Elle le regardait, semblait le désirer de tous ses vœux. Il lui décocha sournoisement un signe de tête et s'en fut vers elle; mais il avançait avec difficulté. Trop de gens autour de lui erraient, se coudoyaient et se pressaient déjà.

Les musiciens entamant la ritournelle d'un quadrille, il s'arrêta. « Gabrielle n'avait pas de chance! » Tu vois, ce n'est point ma faute! eut-il l'air de dire. Elle lui jeta un regard navré.

— Capitaine, avez-vous un vis-à-vis? demanda au même instant le jeune Flavinet Saint-Ange.

— Non.

— Eh bien! rejoignons-nous dans la chambre à coucher; nous y serons plus à l'aise. Je me charge de nous compléter.

Quand on se fut rejoint et placé, au milieu d'une cohue de danseurs, Ventujol faisait face à Cécile. Elle

écoutait le bavardage de Flavinet, portait une cuirasse
de faille sans autre ornement qu'un bouquet de chry-
santhèmes blanches, à gauche, sous la ruche qui lui
garnissait les épaules. — Elle ne lui sembla plus maigre. — Elle était coiffée haut, et, par derrière, une
touffe de cheveux blonds, d'un blond ignicolore,
tombait jusqu'au lacet en zig-zag de son corsage. La
traîne de sa jupe sortait d'un second bouquet de chry-
santèmes.

Pendant la *chaîne des dames*, il remarqua les oreilles
de la jeune fille, de délicieuses petites oreilles : elles
n'avaient jamais été percées.

— Mlle de Jancourt est charmante ce soir, n'est-ce
pas, monsieur? lui dit sa danseuse.

Il répondit :

— Tout à fait charmante.

Et il posa l'éternelle question qu'on se pose, entre
étrangers, dans les bals :

— Avez-vous beaucoup dansé cet hiver, mademoiselle?

On lui fit une réponse qu'il entendit mal; puis il
s'absorba, les yeux rassasiés du capitonnage bleu de
cette chambre à coucher dont on avait ôté le lit et les
principaux meubles.

— A vous, monsieur de Ventujol! En avant-deux!
dit bientôt Flavinet.

L'officier fit :

— Oh! pardon.

Et il commença l'*Été* du quadrille, avançant de
deux pas sur sa droite.

Autour de lui, traînait un piétinement discret, glis-
saient mille frou-frous de robes, montait un bruit de
voix disparates. Les trois violons jouaient avec entrain.

Ventujol examina de nouveau Cécile. Elle ne s'in-téressait qu'à Flavinet. Alors, il trouva brusquement celui-ci d'une laideur stupide. « Quel animal! On n'a-vait ni des favoris d'une pareille coupe, ni un duvet comme ça sous le nez, ni un gilet blanc! »

L'officier voulut se distraire, s'occuper de sa dan-seuse, mais il n'y parvint pas : C'était une grosse brune insignifiante. Quant aux couples qui se fai-saient vis-à-vis dans son quadrilatère, il ne les avait jamais vus.

Au début de la *Poule*, non loin de Cécile, il décou-vrit tout à coup Mme Hébert. Ses regards vaguaient. Il la salua. Elle avait les bras, les épaules nus. Son corsage, de velours vert, se détachait sur des jupes de dentelles, et, une branche d'églantine en diamants, contre sa poitrine, étincelait de feux rapides,

Ventujol n'eut plus une pensée dans la tête. Ces deux femmes qui ne lui étaient pas indifférentes, là, si près l'une de l'autre, l'ahurissaient et le gênaient tout en lui chatouillant l'amour-propre. Il éprouvait une volupté pénible à les contempler; de la gaîté lui ser-rait la gorge; et elles lui apparaissaient très lumi-néuses, comme baignées d'une clarté spéciale.

Il recouvra juste assez de présence d'esprit pour discerner le moment où, changeant d'allure après quelques mesures de repos, le piano et les violons entonnèrent la *Pastourelle*. Toutefois, un peu plus tard, tandis que cavalier seul, il attendait sa dan-seuse et Cécile du jeune Flavinet Saint-Ange, il réso-lut sans conviction, vu le désarroi dont il se sentait victime, de demander un congé de quinze jours à son général, et de filer vers Lyon, sa patrie! le plus tôt possible.

On organisa une *Boulangère*. Des dames, des demoiselles alternativement lui passèrent entre les bras; mais, sous sa main, il ne rencontra aucune taille aussi souple que celle de Cécile, et dans sa main, aucune main pour mieux cadrer avec la sienne. Il était comme grisé, incapable d'impressions suivies.

Le quadrille finissant, Ventujol restitua sa danseuse à la chaise où il l'avait prise. Puis il alla retrouver Mᵐᵉ Hébert. Elle l'attendait.

— Je viens vous présenter mes regrets, madame, dit-il en l'abordant.

Elle lui sourit. « Était-ce drôle de ne pas se tutoyer quand on en avait l'habitude! »

— Voulez-vous me faire l'honneur de m'accorder le prochain quadrille? ajouta-t-il.

Il demandait un quadrille, afin de ne point la fatiguer.

— Merci, répondit-elle d'une voix triste. — Je préfère ne pas danser ce soir.

Ils étaient très entourés, ne pouvaient échanger un mot intime.

— Resterez-vous jusqu'au cotillon? interrogea-t-elle cependant.

— Je ne crois pas... Et vous?

— Oh! moi...

Elle souffrait presque visiblement; cela irrita l'officier. « Mais fiche ton camp! mais, sacré nom d'un chien, va au moins te coucher, puisque tu es malade! A quoi sers-tu ici? » eut-il envie de s'écrier. — Mᵐᵉ Hébert examinait tout sans rien voir.

Elle reprit :

— Ça vous amuse donc de danser?

24.

— Peuh !

Le piano et les violons esquissèrent un mouvement de valse.

— Allons, je vous rends la liberté, dit Gabrielle. À bientôt, n'est-pas?

— Comment donc! madame, fit Ventujol.

El il regagna le grand salon où des couples se tenaient déjà, prêts à valser. Ils se lancèrent.

L'officier vit Cécile avec Majorelle; puis, un instant après, accompagné d'une jolie fillette en jupe courte, aux cheveux déployés, il partit à son tour, le buste un peu penché.

Le piano tremblait; mouchoir au menton, archet au poing, les violonistes râclaient leurs instruments; Mme Bissinger expédiait des jeunes gens aux demoiselles en détresse; un souffle large faisait vaciller la flamme des bougies ; beaucoup de sièges étaient semés d'éventails, de claques; des poitrines d'hommes barraient de plus en plus les ouvertures de portes; et, tandis que la foule des danseurs évoluait, voltait, se cognait parfois, avec un piétinement rythmique, certaines toilettes, trouant les habits noirs, fulguraient soudain de rose vif ou de rouge, de jaune d'or ou de blanc irisé.

A travers le petit salon, tout rempli de têtes mûres, on apercevait un coin du bureau de M. Bissinger, et, dans le bureau, la moitié d'une table à jeu, illuminée, flanquée d'un crâne glabre.

Au buffet, des groupes mangeaient, buvaient, paraissaient s'amuser beaucoup. Morizot ne cessait de parler, et Mme de Blériot, très rieuse, en oubliait de grignoter une sandwich qu'elle avait aux doigts. Le président de Jancourt les accosta :

— Rebonsoir, dit-il, l'œil aimable. Je ne suis pas indiscret?

Mme de Blériot s'écria gaiement :

— Empêchez donc M. Morizot de me raconter des horreurs !

Ce fut le point de départ d'une causerie à trois où, les bras arrondis, ses grosses mains passant à peine au bout de ses manches, le conseiller narra des histoires connues et graveleuses.

— Comme Mme Hébert engraisse! déclarait un peu plus loin Mme Bissinger à Mme Langevin. Avez-vous remarqué?

Hébert, lui, toujours d'une dignité glaciale, conversait près d'une fenêtre avec un solennel individu, à tournure de poisson habillé.

Après la valse, par désœuvrement, Ventujol chercha de nouveau Gabrielle. Il ne la trouva point.

— Mme Hébert... commença-t-il alors, en s'approchant du procureur.

Celui-ci répondit à la hâte :

— Elle vient de passer au bras de M. Bissinger. Ils doivent être au buffet.

Le capitaine demeura un instant perplexe, puis il se dirigea vers Majorelle, dont la mine distraite et l'attitude excédée ce soir-là, étaient frappantes.

— On ne vous rencontre plus dans Versailles, lui dit-il.

Majorelle rougit, balbutia :

— Oui... en effet... je suis très occupé... Un immense travail...

« On le connaît ton travail, mon bonhomme! » pensa Ventujol.

Et il continua sa promenade.

Au moment où il arrivait dans la salle à manger, une voix aigre, celle de Morizot, prononça : « Ce sexe qui n'a rien de commun avec celui d'Hébert ! »

L'officier rôda une minute autour de Mme de Blériot, afin de l'inviter à danser, mais, comme elle ne lui prêta point d'attention, il finit par s'installer au milieu d'une embrasure de porte, non loin de Cécile.

La jeune fille l'aperçut, et, aussitôt, elle se mit à bavarder avec une sorte de fougue exaltée. Lui, se campa, les jambes écartées, les mains derrière le dos, le cou allongé, les paupières à demi somnolentes, dans une pose où il se crut irrésistible, admirable, de magnifique aspect. Et il ne quitta sa pose qu'à un appel bruyant du piano.

Une polka, une mazurque, un quadrille s'échelonnèrent alors. Ventujol les dansa ; mais il était chagrin, songeur, surtout jaloux ! jaloux des cavaliers de Mlle de Jancourt, jaloux des amies à qui elle parlait, jaloux de Flavinet, jaloux de Pélussin, jaloux de Majorelle !

Le prélude de la valse qu'on lui avait promise le tira de sa misanthropie. Il se précipita vers Cécile :

— Êtes-vous engagée pour le cotillon ?

Elle répondit :

— Oui, mais je ne l'étais pas tout à l'heure.

— Je n'ai vraiment pas de chance ! déclara l'officier.

Et il pesta en lui contre son mauvais sort. Toutefois, lorsqu'il fut dans le courant où des bras, à chaque instant, menaçaient de froisser la jeune fille, il n'imagina plus que de la protéger et de se montrer valseur accompli.

— Vous avez une sœur, n'est-ce pas ? dit-elle bientôt, le front baissé.

— Oui, une sœur... charmante, répondit-il.

C'était l'épithète dont Gabrielle s'était servie, lors de la première lettre qu'elle lui avait écrite. Il se le rappela.

— Je suis sûre que je l'aimerais si je la connaissais, reprit Cécile.

— Elle vous aimerait certainement aussi.

— Elle est blonde?

— Non, châtain.

— Grande?

— Plutôt grande.

Mˡˡᵉ de Jancourt perdant haleine, Ventujol s'arrêta et la conduisit hors du tourbillon.

— Comment trouvez-vous la toilette de Mᵐᵉ de Blériot? demanda-t-elle.

Il faillit répliquer : Oh ! je ne sais... moins jolie que la vôtre en tout cas! mais il jugea qu'une telle phrase aurait trop d'importance, et il répondit :

— Elle m'a semblé originale.

Puis il s'absorba dans la contemplation des gens qui, devant lui, tournaient, tournaient sans trêve avec un clapotis sec de semelles : les uns se tenaient mal ; les autres se dandinaient comme des marionnettes ; ceux-ci étaient poussifs ; ceux-là, le poignet ankylosé, ne soutenaient pas assez leurs danseuses.

Il entraîna de nouveau Cécile. « Elle doit me croire stupide, pensait-il ; c'est à peine si je lui parle ! » Et il n'entrevoyait Gabrielle nulle part. Hébert avait disparu également.

— Est-ce que madame votre sœur donnera un second bal, cet hiver? demanda toutefois Ventujol.

— Je ne crois pas, répondit Cécile. Mon beau-frère n'aime pas le monde.

— Tiens, c'est curieux! murmura l'officier.

La musique se taisant, il proposa de se rendre au buffet. Mlle de Jancourt accepta, et ils pénétrèrent à grand'peine dans la salle à manger, où, derrière une table en désordre, quatre servants affolés, suants, éblouis, n'avaient pas assez de bras pour satisfaire ensemble une trentaine d'individus.

— Jamais vous ne pourrez m'obtenir de chocolat, dit Cécile. Le buffet est inabordable.

— Nous allons bien voir! répondit Ventujol.

Et il s'éloigna, ne tarda pas à revenir, les mains surmontées d'une soucoupe et d'une tasse.

On le remercia, puis on but, à menues gorgées.

— Vous ne prenez rien? demandait cependant la jeune fille.

— Non, mademoiselle.

— Pas même de champagne?

— Pas même de champagne.

— Vous n'êtes pas souffrant, j'espère?

— Mon Dieu, mademoiselle, je suis si peu souffrant qu'à défaut du cotillon j'allais vous prier de m'accorder encore une valse.

— Une valse?... C'est que... attendez donc! fit Cécile.

Et, rendant la tasse vide à l'officier qui aussitôt s'en débarrassa, elle ouvrit son carnet de bal, un mince carnet d'écaille.

— La prochaine polka, promise, énuméra-t-elle... Le prochain quadrille, promis; la prochaine valse, promise!... Il y en a!... Il y en a! Je ne vois vraiment pas la possibilité...

Ventujol s'assombrissait.

— A moins... commença-t-elle; mais ce ne serait

pas bien... Non, ce ne serait pas bien... Je ferais de la peine à quelqu'un.

— Oui, à moi... beaucoup de peine, dit sérieusement l'officier.

— A vous?

— Je vous le jure.

Elle lui coula un regard d'une douceur étonnée.

— Je vous le jure, répéta-t-il.

— Alors, ma foi... la première valse... Tant pis pour l'autre! fit-elle, une roseur aux joues.

Puis elle ajouta, très vite :

— Regardez donc papa.

— M. de Jancourt s'amuse des facéties de Morizot, répondit Ventujol.

Mais il pensait : « Comme elle a su détourner l'entretien! Quelle maîtresse petite personne! »

Et il fut fier de reparaître avec elle dans le grand salon; et, après l'avoir quittée, il n'en resta pas moins heureux, tout sensibilisé. Ne venait-on point de lui accorder sa valse? une valse déjà retenue! cette valse grâce à laquelle, naguère, il avait résolu d'éprouver Cécile comme on éprouve de l'or sur une pierre basaltique.

Il était une heure du matin.

Plein de Mlle de Jancourt, Ventujol ne voulut se mêler ni à la polka, ni à la mazurque, ni au quadrille qui suivirent.

Accoté au piano, afin de bien montrer qu'il ne dansait pas! l'ouïe tumultueuse, les prunelles dilatées, il ne parut s'intéresser d'abord qu'au tas de gens occupés à sautiller devant lui; mais, Gabrielle, en sortie de bal, précédée d'Hébert, Gabrielle, chassée par la maladie, ayant tout à coup traversé l'antichambre, il tressaillit, abandonna sa pose, et, pris d'une brusque fringale, passa au buffet où il avala nerveusement deux verres de punch et trois petits pains de foie gras.

Trop satisfait du départ de Gabrielle pour s'y attarder, trop habitué aux souffrances, causes de ce départ, pour éprouver la moindre commisération, même astucieuse, il versa dès lors en une profonde rêverie : on le fiançait à Cécile ! La nouvelle éclatait dans Versailles comme une bombe, et Réveillère en *tombait raide*, ainsi que Pointude, ce vieux cachottier de Pointude, dont la femme n'était décidément pas belle ! Sans plus s'émouvoir, lui, Ventujol, entre temps, n'avait pas manqué d'envoyer chez les de Jancourt une touffe monstre de roses mêlées à du lilas blanc. Il la vit ! et elle ondoyait, semblable à ces touffes qu'on croise par les rues au poing des fleuristes. Il en demeura béant, inepte, comme atteint de catalepsie.

L'orchestre eut beau se taire ; un flot de gens, sur ces entrefaites, eut beau s'épandre aux abords du buffet, l'officier ne remarqua rien.

Ce fut d'ailleurs à peine si, un peu plus tard, quand ses visions l'eurent accaparé de nouveau, il perçut qu'on recommençait à danser. Il était avec Cécile, une Cécile de keepsake ; de nuageux paysages les environnaient ; et ils ne se parlaient pas, tout au charme de leurs amours.

Et de telles amours n'eussent point manqué d'absorber encore plus Ventujol, si Morizot n'était venu l'en tirer comme d'un puits.

— Eh bien, capitaine... la revanche ! Ça marche-t-il la revanche ? Sommes-nous prêts ? Avons-nous de la poudre et des balles ?

— Oui, riposta l'officier, mais rien à faire, tant que nous n'aurons pas un régiment de magistrats !

— Bigre! — A propos de magistrats, dit alors Morizot qui baissa le ton, vous ai-je rencontré ces jours-ci?

— Sur la place d'Armes.

— Causâmes-nous de Majorelle?

— Oui.

— Vous ai-je appris officiellement qu'il avait une maîtresse de... quarante ans... sonnés?

— Non, pas officiellement.

— En ce cas, j'ai l'honneur de vous l'annoncer, mon cher... et aussi que dame Isabelle Beauvillain est veuve.

— Veuve de qui?

— Ah! voilà!... Majorelle ne le sait pas, lui! du moins, je me plais à le croire! mais, moi, je me suis informé.

— Peut-on?...

— Parbleu! interrompit Morizot.

Et il murmura, la bouche frétillante :

— Les époux Beauvillain tenaient une maison de... à Paris, en 1866.

— De?...

— Prenez garde! vous allez dire le mot.

— De...? Oh, oh, oh! Vo-voyons... balbutia Ventujol. — Il faudrait avertir Majorelle!

— Majorelle?... Bah! puisqu'il est heureux! répondit le conseiller.

On ne se sépara qu'à la minute où les musiciens préludèrent à la *Vague*. Cette valse était le succès de la saison, et l'officier la chantonnait de temps en temps. Il accourut près de Cécile.

— Mademoiselle?

— Mademoiselle? répéta derrière lui un grand

garçon dont un gardenia fleurissait la boutonnière.

Ce fut comme un écho. La jeune fille devint très rouge.

— Je suis fâchée... Un malentendu ! finit-elle cependant par déclarer au grand garçon.

Celui-ci courba la tête et se retira.

Le tour était joué.

Ventujol prit un air de triomphe ; Cécile étouffa un petit rire ; puis ils se mêlèrent aux couples qui valsaient.

L'odorante tiédeur de la chevelure que respirait le capitaine ne tarda pas à le griser. Alors, comme subissant une volonté providentielle, l'oreille tendue au chant des violons, chauffé à point d'ailleurs, avec, au fond, tout au fond de lui, l'irréalisable et folle envie de raconter l'histoire de Majorelle, il détermina de demander Mlle de Jancourt en mariage le plus tôt possible.

Et il ne lui proposa même point de la mener au buffet, par la suite, quand il la reconduisit à sa place. Trop de préoccupations le martelaient.

Il erra du grand salon au petit salon, du petit salon à la salle à manger, de la salle à manger à la chambre bleue, puis il s'en fut vers l'antichambre. « Tant pis pour Gabrielle ! ma foi, tant pis ! » se répétait-il, chemin faisant.

On polka de nouveau ; un sourd tapage de pieds se mêla encore au tapage gai du piano, des trois violons ; mais, pas plus que précédemment, il n'émoustilla l'officier.

Il retourna dans le petit salon. « Aimait-il Cécile?... Ne l'aimait-il point?... »

Mme Bissinger vint à lui tout à coup.

— Vous ne dansez donc pas, monsieur? demanda-t-
elle. Comment, vous... un intrépide!

— Mon Dieu, madame... fit-il.

Elle reprit :

— Ce ne sont pourtant pas les jeunes filles qui man-
quent!

— Non, répondit Ventujol.

Et il pâlit. Une pensée l'avait traversé comme une
flèche : si je profitais de l'occasion... Cécile!

— Tiens! vous n'avez pas mis vos aiguillettes, ce
soir? continua Mme Bissinger.

— Mes aiguillettes?

Il se regarda la poitrine.

— En effet, dit-il d'un air assez gaillard, j'ai oublié.

Mais il n'était pas gaillard du tout; au contraire!
Son cœur battait, et quelque chose lui comprimait les
yeux.

— Que de monde, hein? poursuivit Mme Bissinger,
avec orgueil.

Et elle sourit de loin à une grosse femme empanachée de mimosas.

Ventujol s'objurgait de parler. — Il se décida brusquement.

— Madame... dit-il, j'ai une confidence à vous faire.

— Une confidence?... à moi?

— Oui, madame, si vous voulez bien m'y autoriser.

— Une confidence... grave?

— Très grave.

Elle ne sourcilla pas.

— Voyons, faites, répondit-elle. — Dépêchons-nous,
par exemple!

Elle était impénétrable.

Quelques fauteuils les isolaient seuls d'un groupe

de matrones; mais qu'importait! les éclats du piano,
le jeu enragé des violons, un lourd piétinement n'é-
teignaient-ils pas les autres bruits?

— J'aime mademoiselle votre sœur depuis que je
la connais, dit le capitaine dont la voix s'étrangla.

Il reprit :

— Et je désirerais savoir si elle m'autorise à la
demander en mariage.

— C'est que...

— Je vous en supplie, madame.

— Je ne refuse pas! mais, pourquoi vous adresser
à moi de préférence à mon père?

— Parce que, si je déplais à Mlle de Jancourt, il
sera inutile...

— C'est vrai! murmura-t-on.

— Vous daignez consentir?...

— Mon mari vous écrira, répondit Mme Bissinger. Je
vous promets une lettre de mon mari.

« Le plus vite possible! ajouta-t-elle gracieusement.

Et elle s'éloigna, toute lumineuse en sa robe mauve
parcourue de cassures changeantes.

L'officier quitta aussitôt le bal.

Alors, pendant deux ou trois jours, il connut cette
sorte d'abasourdissement que dégagent les coups de
tête, en pareille occasion. Ce n'était point qu'il crai-
gnît d'être éconduit, — il avait de sa personne une
superbe opinion! — ce n'était point qu'il se jugeât
moins amoureux de Mlle de Jancourt; ce n'était même
pas qu'il fût triste! mais il se regrettait. Quel homme
ne s'est pas regretté, à la veille de changer d'existence?

De tels regrets, s'il sut les apaiser, ne rendirent
Ventujol ni plus malléable, ni moins dur vis-à-vis de
Mme Hébert; aussi, la prudence et une louable fidélité

u souvenir de Cécile l'exigeant, n'alla-t-il pas rue Montbauron quand revinrent le jour et l'heure du sempiternel rendez-vous hebdomadaire.

Toutefois, comme il se méfiait à juste titre des inquiétudes que Gabrielle ne pouvait manquer de ressentir à son endroit, inquiétudes compréhensibles, — il se calfeutra chez lui et n'ouvrit plus sa porte à personne.

Bien lui en prit, car, une après-midi où il somnolait dans un fauteuil, aux approches du crépuscule, un toc-toc bref le tira de léthargie. C'était elle! — Il ne répondit rien, les yeux brillants d'émotion.

Toc-toc, recommença-t-on; puis, au milieu du silence, un souffle dit :

— C'est moi, Robert... C'est moi.

Ventujol eut la chair de poule.

On frappa une troisième fois, une quatrième fois, une cinquième fois.

Il en suait presque. « Elle y tient! décidément elle y tient! » pensait-il.

Et il écoutait le froissement de jupes qui touchait la porte, un froissement sourd, ininterrompu, un froissement à demi-couvert, de temps à autre, par une petite toux et par un bruit de talons.

Ce soir-là, l'officier n'arriva point à sept heures précises, — heure militaire, — chez son général où il devait dîner. Il avait eu trop peur de rencontrer Mme Hébert dans la rue, à son seuil, en train de monter la garde.

Il se remit néanmoins, et, sur le tard, soit besoin d'expansion, soit esprit de condescendance, soit encore qu'un petit verre d'excellent cognac lui déliât soudain la langue, il ne put s'empêcher de raconter son es-

poir, ses ennuis, ses incertitudes, le bal, et la demande
qu'il avait introduite ; tout cela sous le sceau du secret

Le général s'écria :

— Y a-t-il de la fortune ?

Mᵐᵉ de Laboissières connaissait le président e
sa fille pour les avoir plusieurs fois remarqués dans le
monde. Finalement, on félicita Ventujol.

Au café des Anglais où il s'en fut, le jour suivant
Dieu sait pourquoi ! il renouvela sa communication
mystérieuse et matrimoniale à Réveillère ; Dieu sait
sans doute aussi pour quelle cause !

Un fait certain, de conséquence plus simple à dé-
duire, est que, lassé d'expectative avant même d'avoir
attendu, aucune réponse des Bissinger ne lui parve-
nant d'ailleurs, il commença de nourrir contre eux
M. de Jancourt et Cécile, une virulente rancune. « Se
moquait-on de lui à la fin ? Le prenait-on pour une
cruche ou pour un sale bougre ? Cet emplâtre de
boursicotier et ce... magistrat allaient-ils le condam
ner à poser indéfiniment ? »

Bien d'autres invectives s'ajoutaient ou équivalaient
à celles-là. Mais, toutes, elles sombrèrent, un matin
au reçu d'un billet de l'agent de change : Cécile acceptait.

Ventujol télégraphia sur-le-champ à sa mère d'ac
courir ; puis, il partit pour Paris où Mᵐᵉ Bissinger
l'attendait. Elle fut fraternelle et le retint à dîner.

— J'ai, dès aujourd'hui, vingt mille francs de rente
déclara-t-il, quand se posa la question d'argent.

Cécile avait cinq cent mille francs de dot.

Restait Gabrielle ! L'officier en frissonna. « Comment la prévenir ? »

Il revint à Versailles, ne dormit guère. « Le diable

m'emporte si je sais comment la prévenir ! » se répétait-il sans trêve.

Il imagina bien une malpropre épistole, aux frais et
risques de sa maîtresse, épistole où il annonçait son
mariage à Hébert ; mais il ne l'écrivit point. Trop
d'impitoyable ironie en eût coulé ; — puis il n'avait
pas autorité pour cela. Il chercha d'autres combinai-
sons et ne découvrit rien. Plus il cherchait même,
moins il découvrait, parce que, sous aucun prétexte,
il ne voulait revoir Gabrielle.

L'unique moyen de l'*exécuter* sans se compromettre
et sans la compromettre, étant malgré tout de la revoir,
il fut obligé de se l'avouer, — et aussi de reconnaître
qu'il n'avait pas de temps à perdre. La proclamation
de ses fiançailles n'allait-elle pas suivre l'arrivée de sa
mère ?

Se rappelant que Mme Hébert avait *un jour*, et que
ce jour, fortuitement, tombait le lendemain, Ventujol,
aiguillonné par sa terreur d'un tête-à-tête, eut alors
tôt fait de se tracer une manière d'agir. Elle consistait :
1° à pénétrer dans le petit hôtel du boulevard de la
Reine, derrière un visiteur ; 2° à glisser une lettre
catégorique à Gabrielle ; et 3° à se retirer en même
temps que le visiteur.

Quand on introduisit l'officier, en uniforme, devant
la malheureuse femme, un sourire cordial, exalté,
profond, l'anima tout entière.

Elle était dans son salon vert et rose, comme autrefois, après la fausse couche. Mais, hélas ! comme autrefois encore, une tierce personne, une dame se trouvait là, — venait d'entrer. — Ventujol s'assit.

On échangea les phrases d'usage, puis on parla de
la pluie, des chaleurs prochaines, d'Hébert, du petit

Jules. De pénibles silences interrompaient souvent la conversation. Ventujol tremblait un peu. La dame n'était pas loquace.

— Il y a longtemps que mon mari et moi n'avons eu le plaisir de vous voir, dit cependant Gabrielle au capitaine.

Il répondit sans intention :

— En effet, il y a longtemps. J'avais des affaires à régler.

Mais sa réponse lui parut si drôle, si machiavélique, eu égard à la terrible lettre dont il se préparait à jouer, qu'une formidable envie de rire, envie nerveuse, difficile à maîtriser, le secoua.

La dame se levant, il se leva de même et s'excusa de la brièveté de sa visite. Gabrielle faillit se mettre à bouder : « Comment, voilà qu'il partait? » — Elle était stupéfaite.

— A bientôt, n'est-ce pas? dit-elle néanmoins à la dame.

Celle-ci passa dans l'antichambre. L'officier la suivait presque. Il grillait d'être sur le boulevard. Et vite il donna sa lettre avant de s'éloigner. Gabrielle fut de plus en plus stupéfaite : « Une lettre!... pourquoi une lettre? »

Elle la décacheta.

— Mon Dieu! fit-elle, dès les premières lignes. — Ah! mon Dieu, mon Dieu!

Et elle pâlit, — puis continua de pâlir sans verser une larme...

— Mon Dieu! répéta-t-elle.

A la fin de sa lecture elle était d'une blancheur de morte. Non seulement le capitaine l'instruisait de son prochain mariage, — ainsi qu'elle l'avait demandé,

— mais, entre autres choses catégoriques, il lui signi-
fiait de ne plus se présenter chez les de Jancourt.

Elle sonna un domestique. On vint.

— Je ne reçois plus aujourd'hui. Prévenez, ordonna-
t-elle.

Et elle se dirigea vers sa chambre à coucher, y entra, la tête perdue. « C'était par trop... par trop de
cruauté vraiment ! »

Tout ce qu'elle put faire, fut de se traîner jusqu'à
sa chaise longue, où elle tomba, froide, comme assom-
mée, un poing crispé sur la lettre. — Il était six heures.

— Gabrielle... est-ce toi? dit à ce moment, du cabinet de toilette, la voix paisible d'Hébert.

Il arrivait du Palais, s'était lavé les mains, se les
essuyait.

— Gabrielle...? recommença-t-il.

Rien ne lui répondant, il sortit du cabinet de toilette et vit sa femme étendue, mal étendue sur la
chaise longue.

— Tiens !...

Il s'approcha d'elle.

— Tu es souffrante?

Elle ne remua pas, les paupières à demi-closes, tenant
toujours la lettre de l'officier.

Le magistrat aperçut cette lettre, — dont le papier
bleu ressemblait à celui d'une dépêche; — et, frappé
d'angoisse, il s'agenouilla contre Gabrielle et tenta de
lui forcer les doigts.

« Ma mère est morte !... je suis sûr que ma mère est
morte ! » pensait-il. Son cœur battait à lui rompre la
poitrine.

La lettre se déchira, mais il finit par l'arracher
quand même. — De l'ombre emplissait déjà la chambre.

Et brusquement, après s'être incliné vers une croisée pour mieux lire, il eut un haut-le-corps et promena autour de lui un regard stupide, effaré, trouble, — regard d'où jaillirent bientôt des larmes, — larmes d'orgueil souffleté, larmes de désespoir et larmes de colère.

Gabrielle ouvrit les yeux.

Elle ne se souvint pas immédiatement du coup qui l'avait jetée sur sa chaise longue ; mais de la mémoire et de la sensibilité la réveillant peu à peu, elle reconnut Hébert debout à quelques pas d'elle, et, entre les mains d'Hébert, la lettre de Ventujol. Elle se dressa d'un bond.

— Oh ! gémit-elle avec épouvante.

Le procureur tremblait comme un vieillard, la face ravagée. Il voulut l'accabler de reproches et ne balbutia que des mots inintelligibles. — Il se sentit ridicule.

Alors, il quitta la chambre, par timidité.

XI

Durant quelques secondes, Gabrielle fut toute au fouettement des portes que traversa Hébert pour gagner son bureau. Puis, le crâne vide, les nerfs tendus, le feu aux joues, l'oreille au guet, elle écouta si une détonation n'allait pas retentir et lui tuer son mari brutalement, là, près d'elle, au milieu du silence qui tomba.

Rien n'éclatant à la longue, — elle alluma les cinq bougies d'un candélabre et se parut moins seule, moins terrifiée, moins accessible à l'imprévu. La nuit s'annonçait très noire.

Gabrielle prêta encore l'oreille aux divers bruits de l'hôtel ; — mais ce ne fut bientôt plus avec la même attention irraisonnable, déséquilibrée. Trop de spectacles, grâce à la clarté du candélabre, s'étaient mis à varier en elle comme dans un kaléidoscope : spectacle du procès dont on ne pouvait manquer de la flageller, spectacle du scandale qui accompagne tout procès, spectacle de son malheur présent et spectacle de l'ultérieure vie qu'elle s'était ménagée.

Ils varièrent même et, petit à petit, se réunirent autour de la vieille Mᵐᵉ Hébert — oh ! cette vieille Mᵐᵉ Hébert ! — avec une intensité si aiguë, si effroyable, si fatigante, que Gabrielle voulut immédiatement fuir Versailles et se sauver n'importe où... à Paris.

Elle se coiffa d'un chapeau; mais, sur le point de décrocher sa pelisse, un souvenir l'arrêta net : celui de Jules, de son pauvre Jules à qui elle n'avait pas eu le temps de penser... de ce cher Jules que, plus tard, le tribunal ne lui accorderait pas, puisqu'elle était coupable. La lettre en témoignait !

Elle fut prise d'un tel attendrissement qu'une bouffée de chaleur sanguine lui monta au visage et que des larmes commencèrent de lui couler à profusion. Son âme fondait.

Elle s'agenouilla contre un fauteuil. Une à une, elle égrena d'abord les prières dont elle savait la teneur : Notre père qui êtes aux cieux; je vous salue Marie; je crois en Dieu; je me confesse à Dieu. Puis, n'étant pas encore satisfaite, elle inventa des oraisons où planait l'innocence de son fils.

Ses genoux craquèrent de lassitude, son imagination faiblit; mais elle n'abandonna pas sa pose humiliée. Et elle poussa des sanglots, tout émue de ferveur et de lugubre poésie, lorsque l'idée lui vint de déserter l'appui de ses talons pour donner plus de mérite à ses prières. C'était une imprudence! et de nouvelles douleurs de ventre le lui prouvèrent. Elle grimaça.

La sonnerie du cabinet d'Hébert tintinnabulant sur l'entrefaite, Gabrielle tressaillit : pourquoi sonnait-il ? Elle se leva, courut à une porte et l'ouvrit avec précaution. Un pas montait du rez-de-chaussée. « Entrez, Eugène, entrez!» s'écria Hébert avant même qu'on eut frappé. Une dépêche!... Il prononça le mot : dépêche; — elle ne pouvait s'adresser qu'à la vieille Mme Hébert; — puis il parla d'une lettre... à M. de

Jancourt, — d'une lettre dont il faudrait attendre la réponse.

« Ah çà ! mais... il expédie *des* lettres, *des* dépêches... Il n'a donc pas perdu l'esprit ? » pensa Gabrielle. Et, bien qu'un peu mortifiée, elle s'estima heureuse de n'avoir plus ses parents ; car de quel front l'eussent-ils accueillie ?...

Elle rejeta la possibilité d'un duel entre Ventujol et son mari, par compréhension absolue du caractère de ce dernier. « Est-ce que les magistrats se battaient, d'ailleurs ? »

Toutefois, comme depuis quelques minutes, elle s'était sentie raisonner malgré ses chagrins, elle eut un fugitif éclair d'orgueil qui lui fit à peu près se dire : Faut-il que je sois une gaillarde !

Ses douleurs de ventre ne discontinuaient point.

Quant à l'amant qu'elle venait de perdre et dont la fréquentation, en somme, n'allait pas lui manquer chaque jour, c'était à peine s'il la préoccupait ; tant il l'avait meurtrie et blessée ! tant une passion est susceptible de violemment s'assainir ! Elle le revit à la revue, chez lui, à l'hôtel du boulevard Montparnasse, dans la chambre de la rue Montbauron, à Jouy, lors du déjeuner sur l'herbe ; mais ce fut sans douceur, sans regrets positifs, — et sous la crainte d'une brusque rentrée d'Hébert.

Que restait-il en effet à cette femme du fracas de sa vie amoureuse ?... quelque chose de sonore comme le vent et d'impalpable comme lui : de l'expérience.

Elle avait bien aussi des remords, de vagues remords ; on a toujours des remords en pareil cas ! mais ce n'était que d'avoir sacrifié son mari à un fourbe. Elle ne pleurait plus.

L'heure de dîner approchant, elle devint très perplexe : lui fallait-il s'avouer malade, garder la chambre comme une adultère de roman, ou affronter la présence d'Hébert, afin de donner le moins de prise possible à la curiosité des domestiques?

Énergique et diligente, Gabrielle se rafraîchit les paupières, se recoiffa, ordonna mieux sa toilette, — elle portait un costume de taffetas bleu chamarré de velours et de franges; — puis, cinq minutes avant sept heures, elle se dirigea vers la chambre du petit Jules.

Assis sur les genoux de sa bonne, contre une table, il étalait une ferme que son père avait achetée la veille. « Ça, c'était un mouton!... Ça, c'était un cheval!... Ça, c'était le chien! »

— Eh bien! mon chéri, dit en entrant Gabrielle, — tu t'amuses?

Il accourut l'embrasser.

« Oh le gâté, le cher gâté! pourquoi n'avait-elle pas su tout lui sacrifier, tout! »

Elle souffrait abominablement.

Ce fut là, près de son fils, qu'on monta lui annoncer le dîner. Elle frissonna; du sang lui bourdonnait dans les oreilles; mais elle ne perdit en aucune façon la tête :

— A-t-on prévenu monsieur?

Monsieur était déjà dans la salle à manger.

Elle le rejoignit.

En l'absence du domestique, la femme de chambre se tenait prête à servir.

Hébert et Gabrielle s'assirent; puis ils déployèrent leurs serviettes, se jetant à la dérobée des regards qui, lorsqu'ils se croisaient, retombaient aussitôt. Ni l'un ni l'autre n'avaient le désir de parler.

Coûte que coûte il fallait manger cependant, — et aussi parler.

« Ne les observait-on point? » Hébert fut le premier à le comprendre.

— Sais-tu si Jules est sorti aujourd'hui? demanda-t-il.

Gabrielle répondit : Oui. Mais le timbre de sa voix lui communiqua une sorte de vibration surexcitée, interne, très émotionnante. « Si elle savait?... Évidemment elle savait... Est-ce que, pour avoir été mauvaise épouse, elle était une mère inattentive? »

— A-t-il été sage? reprit le magistrat.

— On ne peut plus sage.

— A-t-il bien dîné?

— Fort bien dîné?

Il n'insista pas; Gabrielle se remit vite.

Et le service continua, çà et là coupé de phrases brèves, solidairement exhalées, — phrases à l'aide desquelles ces deux êtres, d'aptitudes quelconques, mais disciplinés par l'éducation, gardaient les apparences de leur honneur comme des dogues auraient gardé une maison.

Au dessert, à leur profond soulagement, la bonne d'enfant amena Jules.

Quand, au moment de se lever de table, le valet de chambre apporta la réponse de M. de Jancourt, Hébert la lut et la fourra dans sa poche. On l'y autorisait à prendre une semaine de vacances.

Il renvoya la bonne d'enfant, puis, accompagné de sa femme et de son fils, il gagna le petit salon. Gabrielle était à bout de forces; le magistrat de plus en plus sévère d'aspect.

Obligés de causer avec Jules, malgré leurs besoins de silence, intéressés à se montrer placides, malgré leur désespoir, sans cesse distraits d'une idée fixe et sans cesse contraints de la reprendre, — lui, l'âme en désordre, elle, rongée d'inquiétudes, malade, follement énervée, ils passèrent alors une inoubliable demi-heure de repos accablant. — Tous deux avaient le pied de Ventujol sur la poitrine.

Une escouade qui, sous leurs fenêtres, en un tapage de gros souliers, vint un instant battre le boulevard de la Reine, acheva de les déconcerter.

— Tiens!... des soldats! fit joyeusement le petit Jules.

Gabrielle se leva et déguerpit vers sa chambre. Elle aurait crié. La mesure était comble.

Jules, étonné, regarda son père.

— Ta maman est souffrante... elle va se reposer, dit le magistrat.

Mais il était, de son côté, dans un tel état d'agitation musculaire que ses mains en recevaient des saccades. Il les dissimula derrière son dos.

Rien, paraît-il, ne devait lui être épargné ce soir-là; car, à l'heure où il fut question d'emporter Jules, celui-ci, gifflant sa bonne, hurla comme si on le tuait. On eut toutes les peines du monde à le coucher.

Gabrielle ne se dérangeant point cependant, le procureur finit par suffoquer de rage muette : « Cette catin était donc sourde qu'elle n'accourait pas? »

Ce fut le même accès de rage, accès dont la violence dura, qui, un peu plus tard, au mépris de ses timidités, lui permit de se présenter assez crânement devant sa femme.

Il la trouva dans un fauteuil, au coin du feu, hors de la clarté ronde que répandait une lampe. Elle sanglotait.

Il la considéra d'abord d'un air très décidé à lui jeter son fait; mais trop de rancunes l'incitant et se bousculant pour être exprimées, il se mit à marcher de long en large au travers de la chambre, du lit, que ses rideaux de peluche bleue obscurcissaient, à la psyché, dont le miroir était lamé de reflets métalliques. — Aucune pitié ne le toucha. — Il allait, venait, d'un même pas solide. Et il s'étonnait de défaillir ainsi à son égard; lorsque, d'habitude, par n'importe quelle audience, son verbe coulait avec tant de nonchaloir et de facilité.

— Vous êtes une mauvaise mère! déclara-t-il néanmoins, — à force d'évoquer Gabrielle aux bras de Ventujol, de se la figurer amoureuse, vraiment amoureuse, en chemise, un peu odorante et tiède, telle qu'il l'avait eue, chaque nuit, depuis plusieurs années.

Elle ne répondit pas, toute traversée de ce reproche qu'elle s'était déjà fait; mais ses sanglots redoublèrent, lui soulevant la poitrine, s'entre-coupant. — Le magistrat bouillonnait.

— Ah! si quelqu'un dormait sur les deux oreilles, allez, c'était moi! reprit-il bientôt.

Et gêné par le craquement que produisaient ses bottines, des bottines neuves, il s'assit, puis, croisant les jambes, agita celui de ses pieds qui se trouvait en l'air. De la faconde lui revenait.

— Vous n'étiez donc pas heureuse? interrogea-t-il. — Vous n'aviez donc aucune affection, aucune estime pour moi?... Votre piété n'était donc pas sincère?

Gabrielle ne répondit pas encore. Elle ne cessait de sangloter, les yeux loin de lui.

26.

— Je ne suis pourtant ni un méchant homme, ni un tyran ! continua-t-il. Ai-je une seule fois contrarié vos fantaisies... négligé vos plaisirs ? Ne vous ai-je pas soignée de mon mieux quand vous étiez malade ?

Il se leva et marcha de nouveau à travers la chambre de long en large. Il tortillait ses favoris.

— Si j'avais été seul pour vous,... si vous n'aviez pas eu d'enfant, mon Dieu !... jusqu'à un certain point... j'aurais... balbutia-t-il, — mais non !... c'est à devenir fou ! J'ai beau chercher, je ne vois même pas comment vous avez pu connaître...

Gabrielle mordit son mouchoir.

— Où avez-vous connu ?... demanda-t-il.

Gabrielle ferma les paupières :

— Oh ! taisez-vous... taisez-vous !

Hébert était pris de l'âpre curiosité de savoir pour le chagrin de savoir, de cet amour des tortures qui pousse les victimes morales à ne se ménager d'aucune sorte. Et il répéta :

— Où avez-vous connu ?... Est-ce par moi ?

Gabrielle secoua négativement la tête.

— C'est donc dans la rue ? scanda-t-il alors, d'une voix glacée.

C'était en effet presque dans la rue. Gabrielle tressauta.

— Excusez-moi, reprit Hébert... mais je suis si niais... je me doutais si peu qu'un semblable... accident pût m'arriver... par vous... ma femme... la femme d'un magistrat !... que j'en suis encore à ne rien savoir...

— Taisez-vous !... taisez-vous ! recommença Gabrielle.

Il poursuivit :

— En tout cas, vous avez dû bien vous moquer de moi; car je ne vous ai guère inquiétée.

Quand il approchait de la pendule, dans les hasards de sa marche, un tic-tac pressé lui emplissait les oreilles. — D'interminables silences avaient plusieurs fois coupé ses plaintes. — Les sanglots de sa femme l'agaçaient.

— Il est bien temps de pleurer, s'écria-t-il soudain. Ça sert à grand'chose !

Puis, comme ses précédentes curiosités n'avaient pas été satisfaites, il demanda :

— C'est donc aux heures où j'étais au Palais que...

Mais il interrompit sa question; Gabrielle n'y eût pas mieux répondu que précédemment. Elle ne pouvait répondre. Il le comprit et recommença de se promener, la face morne, l'aspect lamentable.

Ce qui le désolait et le tracassait à cette heure, ce qui surtout l'amoindrissait à ses propres yeux, lui magistrat, lui procureur en la Cour de Versailles, c'était la maigre pénétration qu'il avait déployée en ne découvrant pas plus tôt l'aventure de sa femme, — aventure dont il n'avait même pas soupçonné l'existence.

« Je vais lui avouer que j'ai une métrite, se dit alors malicieusement Gabrielle. Au moins verra-t-il ainsi qu'on n'a pu m'approcher de longtemps ! »

Et comme elle souffrait beaucoup, elle ne se gêna plus pour soupirer, se tordre et s'abandonner à son mal, tout en pleurant de vraies larmes sur le désastre dont elle était cause.

— Qu'est-ce que vous avez? finit par demander Hébert.

— J'ai... Il y a... répondit-elle, en versant d'abondantes et nouvelles larmes, — il y a que j'ai... une mé... une métrite... depuis ma fausse couche.

— Une métrite?

— Et que... par conséquent... vous voyez bien...

— Quoi?

— Vous voyez bien que je ne pouvais... que je ne pouvais...

— En effet, dit Hébert.

Mais attirant une chaise, il s'y laissa tomber. Aussi, dans quel but s'était-il imaginé que la trahison de sa femme n'avait pas précédé la fausse couche? — Il reprit :

— L'enfant... la petite fille morte n'était donc pas de moi?

— Oh! fit Gabrielle qui se dressa et vint à lui, presque indignée; oh! o-oh! pouvez-vous croire!... pouvez-vous croire! Je vous jure... Il y avait quinze jours... Il y avait au moins quinze jours que j'étais grosse, quand j'ai connu... quand j'ai été... quand... enfin, quand M. de Ventujol...

— C'est bon! c'est bon! répliqua Hébert impatienté de la voir debout contre lui. — Je préfère ne pas vous démentir.

— Je vous jure... répéta-t-elle.

— Mais puisque je ne vous démentis pas! fit-il avec sécheresse.

Et il lui tourna le dos, disant :

— Ce qu'on a de mieux à faire, lorsqu'on est malade, c'est de se coucher. Couchez-vous donc. Demain, j'enverrai chez le docteur Fouché.

Gabrielle répondit :

— Je ne veux pas de médecin... Je ne veux pas qu'on me soigne.

Il haussa les épaules.

— Couchez-vous.

Elle refusa. « Elle n'était point fatiguée ; n'avait aucun besoin du lit. La chaise longue était bien assez bonne. Lui, au contraire, devait désirer du repos. »

Il haussa de nouveau les épaules. Et plusieurs fois il les haussa, tout en essayant de lui persuader de se mettre au lit, — puisqu'il fallait que leur lit fût défait.

Un pareil assaut de fausse politesse ne pouvant durer, elle alluma une bougie et passa dans son cabinet de toilette.

Les yeux braqués sur les braises rouges du foyer, le magistrat désirait ardemment l'arrivée de sa mère. « Quelle décision lui conseillerait-elle de prendre ? » Il essaya de le prévoir jusqu'au moment où Gabrielle reparut, en pantoufles. — Elle se coucha.

Puis, tandis qu'elle grelottait, seule au milieu d'un lit froid, elle pensa, malgré les douleurs qui continuaient à lui cingler le ventre, que la scène dont elle sortait, grâce au calme relatif d'Hébert, n'avait somme toute pas été trop pénible, — et qu'elle ne ressemblait point aux scènes du même genre qu'on lit où qu'on voit jouer dans les théâtres.

Des minutes s'écoulèrent.

— Dormez-vous ? demanda brusquement le procureur.

— Non... oh ! non... Pourquoi ?

— Parce que, dit-il, je désirerais que vous gardiez demain la chambre. Cela vaudra mieux.

— Bien, fit-elle.

Et un implacable silence les sépara encore.

Hébert éteignant tout à coup la lampe, afin de se

cacher à sa femme, celle-ci souffla la bougie qu'elle avait rapportée du cabinet de toilette.

— Jusqu'à ce que vous ayez décidé de mon sort... avec votre mère... pourrai-je voir Jules? demanda-t-elle, du fond de l'obscurité qui se fit.

— Soit, répondit Hébert.

Mais il s'étonna d'avoir été ainsi deviné.

On n'échangea plus un mot de la nuit. Affaissé, engourdi, le magistrat ne sortit pas du cercle étroit de ses rancœurs; quant à Gabrielle, rongée d'inquiétudes, bourrelée de souffrances, follement attendrie, elle tint à honneur de ne même point s'assoupir.

Peu à peu cependant, une barre de lumière pâle s'était montrée entre les rideaux des fenêtres. Elle s'éclaircit. La rue s'éveilla; puis les casernes, au loin; puis certaines maisons; — et les domestiques procédèrent à la toilette de l'hôtel.

Hébert se débarbouilla, vêtit une robe de chambre et, tel qu'on le voyait chaque matin, il s'en fut vers son bureau, sans même adresser un regard à sa femme.

Il lui envoya le petit Jules à neuf heures.

Onze heures sonnant, il vint prendre des nouvelles de la malade et lui réitéra sa proposition de mander le docteur Fouché. Elle ne s'y résolut pas.

— Ma mère arrivera aujourd'hui à cinq heures, dit-il, avant de se retirer.

L'après-midi passa dans une solitude énervante.

Lorsque Gabrielle entendit s'arrêter le fiacre qui ramenait de la gare la vieille Mme Hébert, elle fut prise d'une terreur dont l'émotion, se propageant comme du venin, la rendit froide et décolorée.

— Entrez ! fit-elle pourtant, d'une voix éteinte, aussitôt qu'on eut frappé à sa porte.

La vieille dame entra, précédant son fils. Elle souriait, harnachée de noir, le chapeau sur la tête.

— Bonsoir, mon enfant... commença-t-elle.

« Hébert n'avait donc rien dit ?... Est-ce que par hasard il allait ne pas dire ?... »

— Raoul m'annonce que vous êtes souffrante. Est-ce vrai ? Puis-je vous embrasser tout de même ? continua la vieille dame.

Elle se penchait ; Hébert la retint :

— Non, maman, ne l'embrasse pas. Tu le regretterais. Ce n'est qu'à cause des domestiques que je t'ai amenée ici. J'ai à te parler.

Elle éleva sa face-à-main, le regarda ; et tous deux sortirent, laissant Gabrielle terrorisée.

— Eh bien ! s'informa la vieille dame, dès l'antichambre, m'expliqueras-tu ?...

— Oui, tout de suite, répondit-il.

Mais il était si bouleversé qu'après avoir ouvert la porte de son cabinet, il ne s'effaça point devant sa mère. Elle en fut vaguement froissée.

— Eh bien...? reprit-elle, quand elle eut pénétré dans le cabinet.

Le magistrat ferma la porte.

— Eh bien ? eh bien ?... répéta-t-elle.

— Oh ! maman... finit-il par gémir.

— Eh bien ?... répéta encore la vieille dame.

— Gabrielle... Gabrielle ! sanglota-t-il alors. — Si tu savais !... C'est une malheureuse !... Ma vie est brisée !... Je n'ai plus... plus qu'à donner ma démission... Elle ne m'aimait pas.

Et redevenu petit garçon, sous l'œil de cette mère,

assise là, près de lui, et l'écoutant la mine grave, il ajouta :

— Elle me trompait, m'man... avec un officier.

— Oh! oh! fit la vieille dame, stupéfaite. Est-ce Dieu possible! mon enfant... mon pauvre enfant!

— Voici comment je l'ai su, répliqua Hébert.

Et fouillant dans sa poche, il en tira la lettre de Ventujol.

— Tiens! maman.

Tremblante, la vieille dame ne trouva d'abord pas sa face-à-main; mais lorsqu'elle l'eut découverte, sous son châle, elle se mit fiévreusement à lire. De grosses larmes lui tombaient des yeux.

La lettre finie, elle se jeta dans les bras d'Hébert dont la face était ruisselante. Et longtemps ils continuèrent à pleurer, tout entiers à leur douleur, la tête inclinée sous le vent de honte qui soufflait.

— Tu ne vas pas te battre, j'espère? demanda cependant la vieille dame, au bout d'un assez long silence.

— Non, répondit Hébert, — tellement il était né magistrat! — C'est défendu.

Puis, comme ils n'aimaient point à parler pour ne rien exprime·, ils avaient recommencé à larmoyer, mais plus doucement.

— J'avais bien besoin de te voir, va, maman! déclara soudain le procureur.

La vieille dame le baisa au front.

L'heure du dîner approchant, Hébert balbutia :

— Essuyons-nous les yeux. Il ne faut pas qu'on sache...

— Tu as raison, fit la vieille dame.

Et dans l'ombre qu'un crépuscule gris s'amusait à répandre, ils semblèrent se calmer peu à peu, — causèrent :

— Que me conseilles-tu, maman?

Elle ne se donna même pas la peine de réfléchir :

— Je crois que tu ferais bien de *la* garder.

— Tu crois?

— Oui, parce que tu es magistrat et que les femmes de magistrats doivent au moins paraître honnêtes.

— Mais si je démissionnais?

— Baste!... pourquoi?

— Pour être libre de me séparer.

— Ce serait une bêtise.

— Une bêtise?

— Une grosse bêtise, — dont personne ne te saurait gré. Demande plutôt ton changement de résidence.

— En effet, ça concilierait... beaucoup de choses.

— Reims équivaut à Versailles, n'est-ce pas?

— Sans doute, maman; mais la place de procureur à Versailles est plus recherchée. On est si près de Paris... et du ministère.

— Eh bien! écris à ton collègue de Reims. Écris-lui tout à l'heure. Il est fort probable qu'il ne refusera pas de changer de ville avec toi.

— J'écrirai ce soir, dit Hébert.

Il reprit, au bout d'un silence :

— Je désirerais partir d'ici le plus tôt possible, parce que, vois-tu, maman... cet homme... l'officier... je ne veux pas être obligé de le rencontrer.

La vieille dame ne répondit rien.

— Tu as vu, dans la lettre, poursuivit-il, — à la fin de la lettre : il épouse Mlle de Jancourt... Il se marie!

27

— Oui, murmura la vieille dame, rêveusement. C'est même ce qu'il avait de mieux à faire!

Et elle ajouta :

— Il faudrait que tu obtiennes des vacances.

— J'en ai.

— Combien de jours?

— Huit jours.

— C'est suffisant jusqu'à nouvel ordre. Partez demain... Tu conduiras ta femme chez moi.

— Et Jules?

— Je m'en charge.

— Mais...

— Oh! le temps de congédier vos domestiques et de tout mettre sous clef!

— Tu sais! reprit bientôt Hébert, *elle* est malade, depuis sa fausse couche. *Elle* a une métrite.

— Vraiment! fit la vieille dame dont les yeux pétillèrent. — Il ne nous manquait plus que ça!... Enfin!... tu consulteras à Paris. — N'as-tu d'ailleurs pas à courir les bureaux, à demander une audience à ton ministre?

— Une audience indispensable.

— Eh! mais... raconte-lui donc tout, pendant que tu y seras.

— Tu veux?...

— Pourquoi pas?... Qu'est-ce que ça fait?... A un ministre!... Il ne t'en accordera que plus vite ton changement de résidence.

— Soit! répondit Hébert, soit! — Passons dans la chambre de m... ma femme.

Puis, sans même recommander du calme à sa mère, tant il la connaissait! — on rejoignit Gabrielle.

— Oh ! madame... pardon ! pardon ! s'écria celle-ci
à leur vue.

La vieille ne la regarda même point.

— Apprends-lui ce que nous avons décidé, ordonna-
t-elle seulement à son fils.

Hébert s'approcha de Gabrielle.

— Maman, dit-il, m'a conseillé de vous garder.

Gabrielle voulut lui prendre une main pour l'embrasser, mais il la retira.

— Je demanderai mon changement de résidence,
continua-t-il.

Gabrielle sanglota :

— Et Jules ?... Jules ! lui permettrez-vous de m'aimer encore ?

D'un coup d'œil, Hébert interrogea sa mère.

— Il le faut bien, répondit celle-ci, — jusqu'à ce qu'il
aille en pension.

Hébert reprit :

— Nous partirons demain soir pour Paris.

— Le plus tard possible, ajouta la vieille dame, —
afin qu'on ne vous rencontre pas.

— Vous sentez-vous la force de voyager ?

— Parbleu ! fit la vieille dame, au lieu de Gabrielle.

Et on annonça le dîner.

La nuit n'était pas froide, le lendemain, quand,
malgré la proximité du chemin de fer, le procureur
et sa femme montèrent en fiacre ; mais, voilant la
clarté des becs de gaz, une pluie fine emplissait le
boulevard de la Reine d'un crépitement monotone.

— Rive droite ! cria Hébert à son cocher.

Gabrielle avait fermé les yeux.

Ils écoutèrent une minute le bruit de ferrailles que

sonna leur voiture en s'ébranlant ; puis, la face morne,
l'âme éteinte, — lui, d'aspect rébarbatif, elle, de plus
en plus malade, — ils revirent leur arrivée à Versailles
autrefois, par une après-midi de soleil, sous un ciel
bleu tout vibrant d'hirondelles : Hébert venait d'obtenir un avancement inespéré ; Gabrielle était grosse
du petit Jules.

Le magistrat étouffa un dernier sanglot.

Un instant après, M. et Mᵐᵉ Hébert disparaissaient
dans la gare.

FIN

Sceaux. — Imp. Charaire et fils.

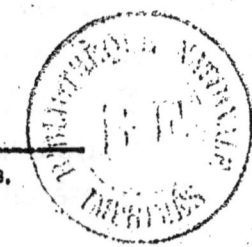

www.ingramcontent.com/pod-product-compliance
Lightning Source LLC
Chambersburg PA
CBHW070211030726
47505CB00006B/1640